Begehrt mit Haut und Haar

BENNET BIALOJAHN

# BEGEHRT MIT HAUT UND HAAR

KRIMINALROMAN

**Bibliografische Information der Deutschen Nationalbibliothek:**
Die Deutsche Nationalbibliothek verzeichnet diese Publikation in der
deutschen Nationalbibliografie; detaillierte biografische Daten
sind im Internet über dnb.dnb.de abrufbar.

Satz, Umschlaggestaltung, Herstellung und Verlag:
BoD – Books on Demand, Norderstedt

ISBN: 978-3-7597-0681-2

*Es war still, absolut still. Kein Wind raschelte im Mais, der mannshoch links und rechts des Weges wuchs. Kein Flugzeug zog eine Schneise durch den intensiven blauen Himmel und zerschnitt ihn mit einem Kondensstreifen. Nichts, gar nichts.*

*Ann-Christin sah auf das Vorderrad ihres kleinen Fahrrades, dessen Reifen gerade mit einem lauten Knall geplatzt war. Seufzend sah sie sich um. Weit und breit war niemand zu sehen, sie stand mutterseelenallein mit ihrem Rad auf dem schnurgeraden Feldweg, der zwischen den Maisfeldern an mehreren Windrädern vorbeiführte. Dann aber sah sie eine Frau um die Ecke des Weges biegen, die eine Leine in der Hand hielt. Sofort hörte Ann-Christin die Stimme ihrer Mutter, die ihr eingeschärft hatte, nie mit einem Fremden mitzugehen und sich auch nicht anquatschen zu lassen. Sie hatte erst mit dem Fahrrad zur Oma losfahren dürfen, nachdem sie alles hoch und heilig versprochen hatte.*

*»Hast du meinen Hund gesehen?«*

*Sie sah in das freundliche Gesicht der Frau und lächelte scheu zurück.*

*Die Frau kam auf sie zu und hielt die Leine hoch, an deren Ende ein Halsband schaukelte. »Bist du ganz allein unterwegs?« Die Frau sah sich um.*

*»Ich habe ein Handy. Ich kann zu Hause anrufen, wenn mir etwas passiert.« Ann-Christin zeigte auf ihren Rucksack.*

*»Das ist sehr klug von deinen Eltern.« Die Frau sah sie beruhigend an. »Weißt du, mein Hund steckt in dem Feld fest«, die Frau wies über ihre Schulter in den Mais, »und ich brauche Hilfe, um ihn herauszubekommen. Vielleicht kannst du mir helfen?«*

*Das Mädchen sah die Frau zweifelnd an.*

»Es ist noch ein sehr junger Hund, weißt du, ein Baby-Hund sozusagen.«

Ann-Christin schaute neugierig in den Mais.

»Hat einfach den Kopf aus dem Halsband gezogen, als er einen Hasen gesehen hat.« Die Frau verzog missbilligend den Mund. »Und jetzt steckt er da fest und ich kann ihn ohne Hilfe nicht befreien.«

Das Mädchen trat einen Schritt auf die Frau zu.

»Jetzt jault er wieder, hörst du ihn?« Die Frau sah Ann-Christin bittend an.

Das Mädchen legte den Kopf schief und lauschte, aber sie konnte keinen Laut vernehmen.

»Vielleicht musst du näherkommen, um ihn zu hören.«

Ann-Christin sah die Frau skeptisch an.

»Er ist da allein im Mais und weint. Ich muss zu ihm.« Die Frau machte eine kleine Bewegung. »Vielleicht finde ich noch jemanden, der meinem kleinen Hund helfen kann.« Sie steckte eine Hand in die Jackentasche und zuckte die Achseln.

Das Mädchen blickte den Feldweg hinunter. »Ich muss zu meiner Oma, ich darf nicht trödeln.«

»Klar, das verstehe ich. Ich hoffe nur nicht, dass er sich ernsthaft verletzt hat.« Sorgenvoll sah die Frau sich um.

»Vielleicht …« Ann-Christin machte einen weiteren Schritt auf die Frau zu.

»Mein Hund hat sich aus dem Halsband befreit und ist in das Feld gelaufen.« Die Frau zeigte in eines der Maisfelder. »Er ist noch ein Baby, weißt du. Ich habe Bella erst vier Tage.«

Ann-Christin überlegte. Dies war eine Frau – zwar eine Frau, die sie nicht kannte, aber Mama meinte bestimmt *fremde Männer, mit denen sie nicht mitgehen sollte. Und diese Frau brauchte schließlich Hilfe, ihr kleiner Hund war weggelaufen.*

*»Er ist noch so klein und ich habe Angst, dass er nicht zurückfindet.« Die Frau entfernte sich einige Meter und blieb stehen. »Kannst du mir nicht vielleicht doch beim Suchen helfen? Es dauert auch bestimmt nicht lange.« Die Frau sah auf Ann-Christins Fahrrad. »Wenn du magst, kann ich dich anschließend nach Hause bringen, dann musst du dein Rad nicht schieben.« Sie lächelte.*

*»Ich weiß nicht«, sagte Ann-Christin leise.*

*»Du musst mir nicht helfen, ich verstehe schon.« Die Frau ließ die Schultern hängen, drehte sich um und rief nach ihrem Hund.*

*Ann-Christin seufzte. »Ein bisschen suchen kann ich ja. Wo ist er denn hingelaufen?« Sie legte ihr Fahrrad auf den Boden.*

*»Das ist aber lieb von dir!« Die Frau strahlte sie an. »Mein Auto steht da hinten um die Ecke, dort ist Bella auch in den Mais gelaufen.« Sie zeigte hinter sich. »Wir können dein Fahrrad ja schon mal ins Auto legen. Vielleicht ist Bella ja sogar schon am Wagen und wartet da.« Die Frau machte ein hoffnungsvolles Gesicht. »Sie ist eine süße kleine Maus, du wirst sie mögen.«*

*»Okay«, sagte Ann-Christin, hob ihr Rad wieder auf und schob es neben der Frau her. Diese rief immer wieder nach dem Hund und lauschte in den Mais.*

*Als sie um die Ecke bogen, sah Ann-Christin das Auto, das am Wegesrand geparkt war. Im Hintergrund zeigte eines der Windräder steil in den Himmel.*

*Die Frau öffnete den Kofferraum und schaute*

Ann-Christin einladend an. »Na, komm.« Dann trat sie näher. »Soll ich dir helfen?«

Ann-Christin dachte, dass sie ihr das Rad abnehmen würde. Aber stattdessen zog die Frau etwas hervor und drückte es Ann-Christin direkt ins Gesicht. Sie hörte von weit her die Stimme ihrer Mutter, die sie eindrücklich davor warnte, nicht mit Fremden mitzugehen. Dann wurde alles um sie herum schwarz.

Die Frau lächelte zufrieden. Dann nahm sie dem bewusstlosen Mädchen den Rucksack von Rücken und griff hinein. Sie zog das Handy heraus, entfernte den Akku und die SIM-Karte und steckte beides ein. Das Handygehäuse schleuderte sie mitsamt dem Rucksack weit ins Maisfeld hinein. Dann hob sie den Kinderkörper in den Kofferraum, sah sich um, legte die Leine dazu und ließ die Klappe langsam herunter. Das Fahrrad warf sie ebenfalls in den Mais, stieg in den Wagen und fuhr langsam los.

*

Die Dämmerung legte sich mit einem feinen Schleier aus Sprühregen über die Landschaft. Jenseits der Scheibe herrschte zunehmende Dunkelheit, Regentropfen zogen still ihre Bahn auf dem trüben Glas. Die Intensivstation lag im Dämmerlicht, die Stille des Zimmers wurde nur vom saugenden Geräusch des Beatmungsgeräts und dem Piepsen des Elektrokardiogramms regelmäßig unterbrochen.

Die Eltern standen am Bett ihrer Tochter, die aufgrund eines tragischen Verkehrsunfalls eine Leberquetschung erlitten hatte und daran sterben würde, wenn nicht ein Wunder geschah. Die Siebenjährige erhielt gegen die Schmerzen eine hohe Dosis Morphium, dadurch fiel sie immer wieder in einen dumpfen Schlaf und war nicht ansprechbar.

Die Mutter hielt die kleine schlaffe Hand in ihrer und streichelte sie sanft. Tränen liefen ihr unablässig über das Gesicht und ruinierten das Make-up.

Der Vater stand am Fußende, er konnte kaum die Augen vom Geflacker der Geräte lösen. Das ständige Malmen seiner Kieferknochen zeichnete sich unter seinem Mundschutz deutlich ab, auf seiner Stirn hatten sich Schweißperlen gebildet.

Seine Frau sah ihn plötzlich mit einem wilden Blick an. »So tu doch endlich etwas«, flüsterte sie heiser, »du kannst das Kind doch nicht so verrecken lassen!«

»Aber was soll ich denn machen?«, fragte er sie verzweifelt.

Seine Frau antwortete ihm nicht, sondern hatte ihre ganze Aufmerksamkeit wieder ihrer sterbenden Tochter zugewandt.

»Der Chefarzt erwartet Sie.« Die Intensivschwester war leise hereingekommen.

Der Vater zuckte zusammen und versuchte, seinen Blick auf die Schwester zu konzentrieren. »Ja, danke«, flüsterte er und räusperte sich. »Komm, Julia.«

Seine Frau schüttelte müde den Kopf. »Geh du allein. Ich will es nicht hören.« Sie sah ihn erschöpft an. »Ich lasse sie nicht mehr allein.«

Der Vater nickte und verließ das Krankenzimmer. Seinen Kittel, den Mundschutz und die Überzieher ließ er langsam in die dafür vorgesehene Wanne gleiten. Er sah durch die Scheibe seine Tochter in dem großen Bett liegen. Sie wirkte so klein und zart, so zerbrechlich und verloren. Er seufzte und versuchte, sich für das Gespräch zu wappnen.

*Der Arzt hatte hinter seinem Schreibtisch gesessen und war sofort aufgestanden, als es klopfte. »Kommen Sie herein und nehmen Sie Platz.« Er wies auf eine Sesselgruppe. »Wo ist Ihre Frau? Kommt sie noch?«*

*»Sie will bei unserer Tochter bleiben.«*

*»Ich verstehe.« Er war froh, dass die Mutter nicht mitgekommen war. Derartige Gespräche, wie nun eines folgen würde, führte er lieber unter Männern, das war für ihn einfacher. Die emotionalen Reaktionen von Frauen bereiteten ihm manchmal Schwierigkeiten. »Ich will Sie nicht hinhalten, aber ich muss Ihnen leider sagen, dass wir für Ihre Tochter aus medizinischer Sicht nichts mehr tun können. Unsere Mittel sind ausgeschöpft.« Er schenkte Wasser in ein Glas und schob es über den kleinen Beistelltisch.*

*»Es muss aber doch eine Möglichkeit geben, sie ist doch erst sieben Jahre alt!« In die hilflos blickenden Augen des Vaters mischte sich Wut.*

*»Als sie angekündigt wurde, haben wir Ihre Tochter gleich auf die Warteliste von Eurotransplant setzen lassen.« Der Arzt holte Luft, um diesem Vater zum wiederholten Male zu sagen, was er so oder so ähnlich schon vielen Angehörigen mitgeteilt hatte. »Eurotransplant vergibt Spenderorgane nach Dringlichkeit und Erfolgsaussicht, wir haben keinen Einfluss auf die Vergabe.«*

*»Aber es ist doch dringlich, mein Kind stirbt doch sonst!« Der Vater stieß die Worte heftig hervor, Speicheltropfen sprühten auf die Tischplatte.*

*Die Erfolgsaussichten, das wusste der Arzt nur zu gut, lagen bei weniger als fünfzig Prozent, weil die Erkrankung des Kindes rasant voranschritt und der Allgemeinzustand instabil war. Eurotransplant würde unter* diesen Umständen kein Organ vergeben, aber das wollte der Mediziner dem Vater nicht direkt sagen.

»Es muss doch irgendwo auf dieser beschissenen Welt ein passendes Spenderorgan geben! Sie ist unser einziges Kind, Doktor.« Der Vater umfasste das Handgelenk des Arztes wie eine Schraubzwinge. »Wir haben sehr lange gewartet, bis uns unsere Tochter geschenkt wurde. Ich lasse sie mir jetzt nicht so einfach wegnehmen …« Seine Stimme brach.

Der Chefarzt wand sich aus dem Griff des Vaters.

»Mir ist nichts zu teuer, hören Sie.«

Der Arzt blickte den Vater abwartend an.

»Ich scheue weder Kosten noch Mühen, verstehen Sie?«

Es entstand eine Pause, in der sich die Männer schweigend ansahen.

Schließlich stand der Mediziner auf und ging zu seinem Schreibtisch. Er schrieb eine Telefonnummer auf einen kleinen Zettel. »Das ist eine Privatklinik. Sie ist nicht billig. Vielleicht ist dort ein … ein Bett für Ihre Tochter frei.« Er legte eine kurze Pause ein. »Eine Entscheidung müsste zeitnah fallen, denn Ihre Tochter ist nicht mehr lange transportfähig.«

»Ich verstehe. Ich rufe sofort an.« Der Vater verließ eilig das Zimmer.

Der Mediziner nahm ein Handy aus seiner Aktentasche. »Friedrich vom UKE hier. Gleich wird sich ein neuer Kunde melden.« Er wartete die Antwort gar nicht erst ab, beendete das Telefonat und entnahm seinem Handy die SIM-Karte. Mit einer Schere zerschnitt er sie in winzig kleine Teilchen, die er mit einer raschen Geste vom Schreibtisch in den Mülleimer wischte. Dann griff er erneut in *seine Aktentasche und zog die SIM-Karte eines türkischen Telefonanbieters heraus.*

*

*Eine dunkelblaue Limousine hielt vor der verdeckt liegenden Einfahrt zum Lieferanteneingang der Burg. Die Fahrerin tippte auf einem Nummernblock, der auf einer Säule in Höhe des Wagenfensters angebracht war, eine Zahlenkombination ein und kurz darauf öffnete sich das große schmiedeeiserne Tor geräuschlos. Der Wagen fuhr über einen gepflasterten Weg direkt in eine geräumige Doppelgarage, deren Tor sich bereits abgesenkt hatte, bevor die Fahrerin den Motor ausgestellt hatte. Die Garage war leer bis auf ein Fahrrad, das an einer Wand lehnte.*

*Die Frau öffnete den Kofferraum, hob das darin liegende Kind auf eine bereitstehende Liege und rollte zu einem Aufzug, dessen Tür offen stand. Sie drückte die Taste für das Kellergeschoss.*

*Als der Aufzug stoppte, folgte sie dem Lichtschein durch einen schummrigen Flur und öffnete schließlich die Tür zu einem hell beleuchteten, vollständig gefliesten Raum. In der Mitte stand ein Seziertisch, auf dem sie das Mädchen ablegte.*

*Ohne sich umzusehen, ging sie zurück zu ihrem Wagen. Dort nahm sie ihr Handy heraus. Als die Verbindung zustande gekommen war, holte sie Luft.*

*»Die Ware wurde geliefert.«*

*

»Es wird Zeit für eine Party.« Die Gräfin reichte dem Mann einen zusammengefalteten Bogen. »Unsere Gästeliste. Alle haben schon eine schriftliche Einladung erhalten. Jetzt geht es um die Detailabsprachen am Telefon. Sie sollen mit kleinem Gepäck anreisen, schließlich brauchen sie nicht viel.« Sie lächelte bösartig. »Autoschlüssel, Wagen- und Ausweispapiere werden wie immer beim ersten Kontakt unaufgefordert abgegeben. Die Gäste werden im Freizeitlook hierher transportiert. Kontaktaufnahme wie gehabt. Neben der Arbeit soll das Vergnügen schließlich nicht zu kurz kommen.« Sie lachte auf. »Steh hier nicht rum und halte Maulaffen feil, mach dich lieber an die Arbeit.«

Der Mann hob den Blick erst, als er das Zimmer verlassen hatte. Er ging in ein kleines Büro, legte den aufgefalteten Bogen auf einen kleinen Tisch und wählte die Nummer hinter dem ersten Namen.

Der Teilnehmer hob sofort ab.

»Sie werden am Samstag zur Party von der Gräfin erwartet. Sie reisen mit Ihrem Wagen an und werden um 14 Uhr in das Parkhaus 4 des Rhein-Main-Flughafens in Frankfurt einfahren. Ihre Beifahrertür ist entriegelt und es wird jemand zusteigen. Alles Weitere erfahren Sie von Ihrer Kontaktperson. Wenn Sie die Uhrzeit nicht einhalten können, haben Sie keinen Anspruch auf Erstattung Ihrer Teilnahmegebühr. Sie werden außerdem nie wieder eine Einladung erhalten.«

Der Mann beendete das Gespräch und wählte die nächste Nummer. Er spürte ein sanftes Kribbeln in den Hoden und leckte sich über die Lippen. Endlich würde es wieder eine unvergessliche Party geben, deren Gäste nicht nur aus Deutschland anreisten. Keiner von ihnen würde diese Party überleben.

Er ging hinaus, um mit den Vorbereitungen zu beginnen,

*schließlich wollte er die Gräfin nicht enttäuschen. Seine Augen bekamen einen fiebrigen Glanz, und erwartungsvoll leckte er sich erneut über die Lippen.*

*

*Das Telefon drüben im Arbeitszimmer läutete. Dr. Friedrich legte Messer und Gabel hin und stand vom Tisch auf, auf dem seine Haushälterin das Abendessen angerichtet hatte. Im Display seines Telefons wurde eine Nummer mit maltesischer Vorwahl angezeigt und er meldete sich mit belegter Stimme. Er hörte zu, ohne ein Wort zu sagen.*

*Endlich hatte er die langersehnte Einladung erhalten. Doktor Friedrich legte den Hörer freudig erregt auf.*

*Seit er die Gräfin auf einer sehr exquisiten privaten Feier kennengelernt und sie ihm ihre Aufmerksamkeit zum ersten Mal geschenkt hatte, wollte er zu keiner anderen Domina mehr gehen. Die Gräfin erfüllte ihm Wünsche, die er sich selbst nicht auszusprechen wagte. Nach ihrer dritten gemeinsamen Sitzung hatte sie ihm von der russischen Nacht in ihren Privatgemächern erzählt. Nur sieben, von der Gräfin persönlich ausgewählte Gäste würden dort eine Nacht voll ekstatischer Wonnen erleben.*

*Seine DVDs, die er im Safe aufbewahrte, waren vermutlich Kinderkram gegen das, was er wohl am Samstag erleben durfte. Das Eintrittsgeld von 20.000 € war es ihm wert, einem anderen Menschen beim Sterben zuzusehen. Er spürte die Schweißperlen, die sich auf seiner Oberlippe gebildet hatten, und steckte seine Hand in die Hose. Er befingerte seine Erektion und dachte daran, wie es erst sein würde, wenn er all seine Fantasien hautnah erleben würde. Auflachend freute er sich auf den Link, den er nach der Party für die doppelte Summe bekommen sollte und der ihm den Zugang zu einer verschlüsselten Webseite im Darknet ermöglichte. Dann würde er sich wieder und wieder den Film von der Feier der Gräfin anschauen können.*

*Sein Herz klopfte wild. Nur noch zwei Tage! Er hatte nur noch zwei Tage Zeit, die Instruktionen, die er vor längerer Zeit im Falle einer Einladung erhalten hatte, umzusetzen. Er musste seinen Urlaub organisieren, seine Angestellten in Frankreich informieren, dass sie sein Haus in Salernes auf seine Ankunft vorbereiteten. Gott sei Dank war er alleinstehend und musste keinen Familienangehörigen irgendwelche Erklärungen abgeben.*

*Er kehrte an den gedeckten Tisch zurück. Seine Haushälterin erschien in der Tür.*

*»Ich verreise am Wochenende«, erklärte er ihr. »Ich ziehe mich zur Erholung einige Tage in die Provence zurück. Ich weiß noch nicht, ob ich länger wegbleibe. Ich werde Sie auf jeden Fall rechtzeitig über alles informieren.« Er lächelte seiner Haushälterin zu. »Vielleicht nutzen Sie die Zeit und fahren mal wieder zu Ihrer Schwester nach Bremen? Ich kann Sie ja jederzeit über das Handy erreichen.«*

*Seine Haushälterin lächelte erfreut, und er beugte sich zufrieden vor und nahm Messer und Gabel wieder auf.*

\*

*Da war sie endlich – die heiß begehrte Einladung! In der letzten Zeit hatte sie ihr geradezu wie besessen entgegengefiebert. Nun hielt sie den unscheinbaren Umschlag und die Karte in ihren zitternden Händen. Ihre Augen saugten*

15

sich an den Buchstaben fest und sie spürte ihre Erregung wie eine heiße Flamme aufsteigen. Immer und immer wieder las sie die kurze Nachricht: »Die Gräfin gibt sich die Ehre. Sie werden am kommenden Freitag für ein gemeinsames Wochenende mit aufregenden Gästen erwartet. Sie werden am Bahnsteig im Terminal des Flughafens erwartet. Ihr persönlicher Guide wird sich um alles Weitere kümmern. Ihr Geschenk überbringen Sie persönlich. Die Gräfin kann es kaum erwarten, Sie kennenzulernen.«

Die Karte trug keine Unterschrift, auf dem Umschlag war kein Absender vermerkt.

Auf ihrem Schreibtisch lag bereits die Bahnfahrkarte für Freitag zum Flughafen nach Frankfurt am Main.

Sie atmete schwer, griff sich in die Hose, fasste sich in den Schritt und fühlte Feuchtigkeit zwischen ihren Beinen. Sie, die Vorsitzende des örtlichen Golfklubs, langjähriges Mitglied des Kirchenchores ihrer Gemeinde und Vorsitzende Richterin des Landgerichts, war geil wie eine Kanalratte und klammerte sich an ihrem Schreibtisch fest, um der Erregung Herrin zu werden.

Es klopfte an der schweren Eichentür und sie zog rasch die Hand aus der Hose. »Herein!«

»Frau Doktor, es sind nun alle anwesend und Sie werden zur Eröffnung der Verhandlung erwartet.« Die Gerichtsdienerin reichte ihr die schwarze Robe. Hinter ihr steckte die beisitzende Richterin den Kopf herein.

»Agnes, bist du so weit?«

»Ja, ja, ich komme.« Sie richtete sich auf, strich sich kurz übers Haar, griff nach der Robe und legte sie sich um. »Ich bin bereit.«

*

16

*Die eiserne Tür wurde mit Schwung geöffnet und ein voll-kommen in Latex gekleideter Mann betrat mit gesenktem Kopf den Raum. Er blieb direkt neben der Tür stehen und begrüßte die sieben Wartenden mit leiser Stimme: »Die Gräfin heißt Sie herzlich willkommen.«*

*Eine schlanke, mittelgroße Frau, deren Alter schwer zu schätzen war, schritt auf schwarzen Lacklederpumps mit roten, sehr spitzen Pfennigabsätzen in einem hautengen schwarzen Lederminikleid herein. Ihr lockiges schwarzes Haar fiel ihr lässig über die Schultern, eine Strähne verlor sich in ihrem auffälligen Dekolleté. In einer Hand hielt sie lässig eine siebenschwänzige Katze mit goldenem Knauf. Ihre blauen Augen musterten die Anwesenden kühl, ihr knallroter Mund verzog sich zu einem leichten Lächeln, was ihr ein gnadenloses Aussehen verlieh. Während sie sich langsam in einen großen, roten Ledersessel gleiten ließ, schloss der Mann in Latex leise die Tür und stellte sich mit gefalteten Händen neben sie.*

*Für einige Augenblicke herrschte Stille, in der das aufgeregte Atmen der Wartenden die Atmosphäre auflud.*

*Ohne den Mann in Latex anzusehen, schlug die Schwarzhaarige ihm mit einer fast unmerklichen Handbewegung mit ihrer Peitsche auf den Penis, der sich unter dem dünnen Latex deutlich abzeichnete. Der Mann zuckte zusammen und stöhnte leise auf.*

*Einige der Anwesenden stöhnten ebenfalls lustvoll.*

*»Die Gräfin freut sich, dass Sie ihrer Einladung gefolgt sind«, presste der Latexmann hervor.*

*Ein leises Murmeln war die Antwort der Gäste, das von der Gräfin durch einen eiskalten Blick beendet wurde.*

*Der Latexmann fuhr fort. »Sie gehören zu den wenigen*

exklusiven Menschen, die an den besonderen Spielen in diesem Haus teilnehmen dürfen. Um Ihre Anonymität zu wahren, werden Sie hier mit den Namen angesprochen, die Ihren Zimmern zugeordnet sind: Rosengarten, Windspiel, Bergsee, Alpenveilchen, Morgenröte, Waldgeist und Feenstaub. Ihnen wird aufgefallen sein, dass sich Motive Ihres Namens auf den Kimonos finden, die Sie tragen. Wie Sie weiter bereits festgestellt haben, werden Sie nicht nur mit exquisiten Speisen und Getränken verwöhnt, die Gräfin hat auch einige andere exotische Genüsse für Sie vorbereitet.« Der Mann machte eine kleine Pause, in der er sich leicht über die Lippen leckte. Dies führte dazu, dass die Peitsche wieder auf seinen Penis knallte. Als Reaktion darauf griffen sich zwei der männlichen Gäste unter ihre dünnen Seidenkimonos und entblößten dabei für einen kurzen Augenblick ihre erigierten Penisse. Die Gräfin zeigte mit der neunschwänzigen Katze auf einen der Männer.

»Nehmen Sie die Hand von Ihrem Schwanz!«, herrschte der Latexmann den Gast an, der erschrocken zusammenfuhr und augenblicklich dem Befehl gehorchte. »Die Gräfin mag es gar nicht, wenn Sie sich in Ihrer Gegenwart derartig gehen lassen«, fügte er leise, mit einem drohenden Unterton in der Stimme, hinzu. »Sie allein bestimmt, was Ihnen wann in diesen Räumen gestattet ist.«

Der Angesprochene räusperte sich und hob beide Hände, als wolle er um Verzeihung bitten. Er öffnete den Mund, doch bevor er etwas sagen konnte, herrschte ihn der Latexmann wieder an: »Halten Sie die Klappe. Wenn die Gräfin will, dass Sie etwas sagen, wird sie es Ihnen erlauben.«

Der Gescholtene schloss rasch den Mund, wobei seine

*Zähne leicht aufeinanderschlugen. Die Gräfin quittierte dies mit einem Blitzen in ihren Augen.*

*Der Latexmann blickte schweigend in die Runde und warf seiner Herrin einen kurzen fragenden Blick zu. Als sie leicht nickte, wandte er sich wieder an die Gäste: »Die Gräfin wird sich morgen persönlich um Ihr Wohlbefinden kümmern. Bis dahin haben Sie die Gelegenheit, sich gegenseitig in allen von Ihnen gewünschten Arten kennenzulernen. Sie dürfen dazu gern Ihre Schlafzimmer, aber auch die Themenzimmer nutzen. In die privaten Gemächer werden Sie zu gegebener Zeit eingeladen.« Er trat einen Schritt zurück und hob die Hände. »Lasst die Spiele beginnen!«*

*Die Gräfin verließ wortlos den Raum, ihr Sklave folgte ihr in gebührendem Abstand und schloss die Tür hinter sich.*

*

*»Welche Wahl soll ich treffen?« Er kniete mit gesenktem Kopf vor ihr und hielt den Blick gesenkt. Seine Augen hielten sich an ihren Schuhspitzen fest und er atmete schneller. Er wusste, dass er nicht wert war, in ihre Augen, in ihr Gesicht zu sehen. Schnell beugte er den Oberkörper tiefer und hoffte, dass seine Demut sie gnädig stimmen würde. Ein einziges Mal hatte er einen Fehler gemacht und sie hatte ihn sofort hart bestraft. Nun fehlte ihm der kleine Finger seiner linken Hand und er hatte sich vorgenommen, nie wieder einen Fehler zu machen.*

*Sie ließ sich Zeit mit ihrer Antwort und ein aufregender Schauer überzog seinen Körper. Er spürte unter seiner ledernen Henkersmaske, dass sich Schweißtröpfchen auf seiner Stirn bildeten.*

*Er hörte sie im Raum umhergehen. Das Klackern ihrer Pumps mit den zehn Zentimeter hohen, mörderischen Pfennigabsätzen steigerte seine Erregung und Schweiß bildete sich zwischen seinen Schulterblättern. Dann stand sie auf einmal neben ihm und legte ihm eine kalte Hand auf seinen nackten Rücken.*

*»Ich überlasse dir die Wahl. Du hast dir eine kleine Belohnung verdient. Vielleicht ist es ja zufällig Rosengarten, denn ihre Geschenke stehen ganz oben in der Gunst.« Sie gab ihrer herrischen Stimme einen milden Klang und er stellte sich vor, wie kalt ihre Augen ihn von oben herab ansahen.*

*»Danke.« Er ging tiefer auf die Knie und küsste ihre Schuhe.*

*»Mach dich ans Werk, vertrödele keine Zeit.« Ihre Füße verschwanden aus seinem Blickfeld und er hörte die Tür ins Schloss fallen.*

*Langsam richtete er sich zu seiner vollen Größe auf und verließ ebenfalls den Raum. Er folgte dem gewundenen engen Gang und betrat eine geschickt ausgeleuchtete kleine Halle.*

*Er blickte in die Runde. Drei Frauen und vier Männer saßen nackt auf schemelartigen Hockern, die mit Rückenlehnen versehen waren, im Kreis. Einige von ihnen waren mit atmungsaktiven Ballknebeln versehen, die mit Lederriemen an den Hinterköpfen befestigt waren, blickten sie ihn erwartungsvoll an. Ihre Hände waren hinter ihren Rücken mit Handschellen an die Lehnen gekettet. Ihre Beine waren mit einer Deichsel gespreizt und ebenfalls so angekettet, dass ihnen keine Bewegung möglich war. Der Schemel bestand aus einem ledernen Ring, der an zwei Stahlbeinen befestigt war.*

*Er lächelte unter seiner Maske, und die enge schwarze Lederhose, die er zu den schweren schwarzen Polizeistiefeln trug, wurde noch etwas enger. Als er in den Kreis trat, ging ein Aufstöhnen durch die Runde.*

*»Du bist ja schon ganz schön angeturnt, alte Fotze.« Er stellte sich breitbeinig vor eine Frau mittleren Alters, die ihn lüstern unter ihrem schweißnass an der Stirn klebenden Haar hervor ansah. Die Macht genießend, die er wie eine Droge in seinen Adern fühlte, blickte er auf sie herab. »Du kannst es wohl nicht schnell genug bekommen?« Er ließ den Polizeischlagstock in seine Handfläche klatschen.*

*Die Frau zuckte zusammen und stöhnte auf. Ihre Brustwarzen waren hart und ihre Schenkel zitterten.*

*Er ließ den Schlagstock zwischen ihre Beine gleiten und besah ihn sich anschließend. »Das kannst du aber noch besser!«*

*Die anderen keuchten und er wandte sich von der Frau ab.*

*Die steifen Schwänze der Männer brachten ihn zum Lachen und er ließ den Knüppel auf einen von ihnen niedersausen. Sein Besitzer stöhnte auf und eine der Frauen stieß einen wollüstigen Schrei aus.*

*Sie blickte gebannt auf das malträtierte Geschlechtsteil und Speichel lief ihr übers Kinn.*

*»Du bist echt eine Vorwitzige. Ich sollte dir meine Aufmerksamkeit schenken.« Wenn er sich recht erinnerte, war sie die trinkende Managergattin aus Hannover. Er blickte in ihr von Geilheit und Geifer gezeichnetes Gesicht.*

*Er hob den Arm, und der Schemel, auf dem die Auserwählte hockte, fuhr auf einer Schiene zu einem Rondell in der Mitte des Raumes, das sich langsam drehte. »Ihr wollt doch alle euren Spaß.«*

*Der Schemel knickte nach hinten und alle konnten dabei zusehen, wie der Mann mit der Henkersmaske seinen Schlagstock einsetzte.*

*Das Gewölbe hallte wider von Schmerzensschreien und Anfeuerungsrufen, in die sich einzelne Ausrufe des Entsetzens mischten.*

*Als sich die Blase und der Darm der Gepeinigten entleerten, die wie eine achtlos hingeworfene Puppe alle Glieder von sich streckte, ließ der Mann mit der Henkersmaske von ihr ab und der Schemel, auf dem sie fixiert war, glitt auf der Schiene zurück.*

*»Und, was machen wir jetzt?« Er sah sich langsam um.*

*

*Der Oktober brachte einen wunderbaren Spätsommer mit sich. Nachts war es teilweise schon empfindlich kalt, der Raureif war morgens auf den Autoscheiben gefroren. Aber tagsüber ließ die herrliche Sonne den herannahenden Winter noch in weiter Ferne erscheinen.*

*Die Rübenkampagne hatte begonnen. Auf den Feldern um Erftstadt waren für die Ernte der Zuckerrüben Rübenroder unterwegs, die die Rüben in Mieten am Feldrand ablegten oder während des Rodens auf den Anhänger eines Treckers luden.*

*Zwischen den Windrädern war der Fahrer vom Sieber-Hof noch am frühen Abend auf dem Feld. In aller Herrgottsfrühe hatte er sich an die Arbeit gemacht, jetzt wurde es bald dunkel und es würde noch mindestens eine Stunde dauern, bis er von einem Kollegen abgelöst würde. Es galt, die Nacht durchzuarbeiten, denn der Chef hatte von der Zuckerfabrik* die Nachricht erhalten, dass die Rüben morgen ab sieben Uhr früh geliefert werden sollten.

Die Mitarbeiter des Lohnunternehmens standen unter Zeitdruck, denn ihre Roder mussten noch weitere Felder anderer Landwirte abarbeiten. Der sechsreihige Zuckerrübenvollernter, den sie sich mit anderen Höfen teilten, arbeitete wie ein Uhrwerk. Nun steuerte der Fahrer die Miete auf dem Feldweg an, um die Rüben vom Transportband des Roders aus dem Vorratsbunker zu befördern. Die Rüben wurden aus dem metallenen Bauch regelrecht herausgespuckt und rollten in die Miete herunter, beleuchtet von riesigen Scheinwerfern auf dem Dach des Roders.

Der Fahrer blickte auf seine Armbanduhr. »Pinkelpause«, sagte er zu sich selbst. Er kletterte von seinem Arbeitsgerät herunter und stellte sich an die Miete.

Klock, klock, klock, klock …

Immer wieder machte sich eine Rübe selbstständig und rollte von der Miete zu Boden.

Klock, klock, klock.

Der Fahrer stutzte und kniff die Augen zusammen. Er sah angestrengt auf die Rüben hinunter. »Das ist doch …« Sein Adamsapfel hüpfte auf und ab, sein Mund öffnete sich erneut, doch kein Wort kam heraus.

Von der Spitze der Miete rollte eine große Rübe herunter und kullerte auf den Arbeiter zu.

»Ach du Scheiße!« Seine Augen weiteten sich entsetzt.

Ein menschlicher Schädel lag vor ihm auf dem Boden. In den leeren Augenhöhlen krabbelten Würmer.

*

»Hier herrscht ja extrem emsige Geschäftigkeit! Haben Sie nichts zu tun, Frau Leippold?«

Die Angesprochene hob den Kopf und sah missbilligend zu dem Mann hinüber, der sich auf den Schreibtischstuhl ihr gegenüber fallen ließ. »Und du? Keine Leichen mehr in deinem düsteren Seziersaal, an denen du munter herumschneiden kannst, um uns Unwissende mit den Erkenntnissen des einzigen und wahren Gerichtsmediziners zu beglücken?« Frieda Leippold sah Lars mit erhobenen Augenbrauen lächelnd an.

»Du wirst lachen, aber ich habe es sogar mit einer sehr interessanten Leiche zu tun. Einem Kind.«

»Ach Nein, bitte nicht, keine Horrorstorys vor dem Mittagessen.« Frieda schüttelte abwehrend den Kopf.

»Nicht?« Lars beugte sich vor. »Dann erfreut dich vielleicht dies: Ich glaube, ich habe gerade deine … ich meine: deinen Ex gesehen.« Mit einem triumphierenden Lächeln lehnte sich der Gerichtsmediziner zurück und verschränkte die Arme vor der Brust.

»Meinen Ex? Ich habe hier in Köln keinen Ex!« Nach einer kleinen Pause fügte Frieda hinzu: »Und dein dämliches Grinsen kannst du dir sparen.«

»Kein Grund, ärgerlich zu werden. Bei Ex dachte ich weniger an einen Liebhaber als vielmehr an einen Kollegen.« Lars sah sie erwartungsvoll an. »Na, klingelt's?!«

»Max? Du hast Max gesehen?« Jetzt war es an Frieda, sich nach vorn zu beugen.

»Bingo, Liebste!«

»Wo?« Frieda sah sich um, als würde Max jeden Moment zur Tür hereinkommen.

»Vor einer guten Stunde. Er ging mit dem Oberguru

durch die Lobby, als ich zu meinem Termin ins Präsidium kam.«

»Max, zusammen mit dem Polizeipräsidenten?« Frieda sah Lars skeptisch an.

»Genau.«

»Das wüsste ich.« Frieda verschränkte nun ihrerseits die Arme vor der Brust. Sie dachte daran, als Lara Fricke sich während der Arbeit an einem Mordfall in einem Kölner Klub als transident geoutet hatte und als Max Fricke in einer Nacht- und Nebelaktion Köln verließ.

»Seit wann hast du ihn nicht mehr gesehen? Oder von ihm gehört?« Lars machte eine kleine Pause. »Wenn mich nicht alles täuscht, dann war das, als Max im Krankenhaus lag, nachdem er versucht hat, sich das Leben zu nehmen. Nachdem du den Fall geklärt hast und Max rehabilitiert war, hat er sich in Luft aufgelöst. Futsch, weg. Wie lange ist das her? Fünf Jahre?«

Frieda nickte. Dann kniff sie die Augen zusammen. »Und wieso glaubst du nur, ihn gesehen zu haben, anstatt es zu wissen?« Sie sah Lars herausfordernd an.

»Er hat sich verändert, also optisch, meine ich.« Lars lächelte. »Er sieht eindeutig besser aus.« Er fuhr sich mit der Hand übers Kinn. »Die kurzen Haare stehen ihm, und der Bart auch.«

Das Telefon klingelte und Frieda griff zum Hörer. »Leippold.«

»Wir sollen zum Chef kommen. Dringend, also sofort. Ich hole Sie ab.«

Ihr Kommissariatsleiter Hauptkommissar Thomas Neuenschildt hatte aufgelegt, bevor Frieda antworten konnte.

»Lass uns das Gespräch heute Abend fortsetzen, Lars.

Ich muss zum Oberguru, wie du immer sagst.« Sie sah ihn bedauernd an.

»Okay, ich bin zu Hause und halte meine berühmten, hemmungslos machenden Tagliatelle al Prosciutto warm.« Lars warf ihr eine Kusshand zu, stand auf und verließ den Raum.

Wenige Augenblicke später stand Thomas Neuenschildt in der Tür und sah sie ungeduldig an.

»Worum geht es denn?« Frieda sprang von ihrem Stuhl auf.

»Kommen Sie, die Teppich-Etage wartet nicht gern.« Er sah auf seine Armbanduhr.

»Sie machen es ganz schön spannend.« Frieda versuchte zu lächeln.

»Ehrlich gesagt weiß ich selber nicht, was Kriminalrat Grewen von uns will«, antwortete Neuenschildt auf dem Weg zum Aufzug.

*

Frieda war noch nicht oft in Grewens Büro gewesen, das mit imposanter Größe aufwarten konnte und einen herrlichen Blick über den Rhein zum Dom bot.

»Da sind Sie ja, Neuenschildt! Guten Tag, Frau Leippold.« Kriminalrat Grewen kam mit ausgestreckter Hand auf sie zu. »Kommen Sie, wir setzen uns zu den anderen.« Er wies auf einen riesigen Tisch, um den zehn Stühle standen, von denen vier besetzt waren. Einer der Anwesenden stand auf und kam auf Frieda zu.

»Max!« Sie starrte ihn ungläubig an.

»Hallo, Frieda.« Max lächelte und nahm sie herzlich in den Arm.

Frieda spürte, wie ihr eine Gänsehaut über die Arme und den Rücken fuhr.

»Setzen Sie sich, bitte.« Kriminalrat Grewen nahm am Kopf des Tisches Platz. »Vor Ihnen liegen Mappen mit den Informationen vom BKA zu dem Fall, zu dem ich Sie hergebeten habe. Sie alle«, Kriminalrat Grewen blickte langsam in die Runde, »bilden ein Sondereinsatzkommando. Sie sind dem Kommissariat von Kriminalhauptkommissar Neuenschildt zugeordnet, der sozusagen Ihr Supervisor sein wird. Geleitet wird die Soko von Kriminalhauptkommissarin Leippold.«

Alle Augen richteten sich auf Frieda, die auf ihrem Stuhl hin- und herrutschte.

»Des Weiteren gehören der Soko Kriminalkommissarin Fuchs sowie die Kriminalkommissare Sommer, Stein und Fricke an.« Grewen blickte jeden Einzelnen an. »Es fehlt noch Kriminaloberkommissar Wüst.«

Ein Raunen ging um den Tisch.

»Arno Wüst?« Neuenschildt sah den Kriminalrat erstaunt an.

»Ja. Ich möchte seinen Einsatz mit Ihnen besprechen.« Grewen blickte vor sich auf den Tisch. »Sie kennen alle den Kollegen Wüst?«

»Mehr oder weniger, nehme ich an.« Neuenschildt runzelte die Stirn, während die anderen nickten.

»Gut, dann wissen Sie ja um die besonderen Verdienste von Herrn Wüst.« Grewen blickte auf. »Ich möchte nur ungern auf die Fähigkeiten von Herrn Wüst verzichten. Ich weiß allerdings auch, dass er kein Teamplayer ist.«

»Das haben Sie nett ausgedrückt.« Neuenschildt war besorgt.

»Ja, ja.« Der Kriminalrat winkte ungeduldig ab. »Er wird auch nicht hier mit Ihnen vor Ort arbeiten, sondern ich schlage vor, dass er einen Außeneinsatz übernehmen wird.« Grewen öffnete die Akte, die vor ihm lag. »Bevor ich es vergesse: Das Landeskriminalamt stellt uns eine Profilerin zur Verfügung. Vivien Rudloff, ihres Zeichens forensische Psychologin. Sie kann wahrscheinlich frühestens morgen zum Team stoßen, da sie heute bei Europol in Brüssel einen Vortrag über Kindsmörderinnen hält.«

Frieda warf Max einen Blick zu, der ihn mit Fragezeichen in den Augen zurückgab.

Grewen fuhr fort, ohne eine Frage zuzulassen. »Lassen Sie mich nun im Folgenden darstellen, was Inhalt Ihrer Sonderermittlungen sein wird.« Grewen blickte kurz auf. »Es geht im Groben um die Frage, ob es einen wie auch immer gearteten Serienmörder gibt oder ob es sich um zufällige Gemeinsamkeiten bei den beiden Schädeln mit den fehlenden Zähnen handelt. Ihnen stehen alle Datenbanken zur Verfügung, um innerhalb des als vermisst geltenden Personenkreises Ähnlichkeiten oder Gesetzmäßigkeiten zu finden. Gerade im Fall des vermissten Mädchens aus Erftstadt ist größte Dringlichkeit geboten, wenngleich die bislang ermittelnden Beamten wenig Hoffnung hatten, die Kleine noch lebend aufzufinden. Aber Sie wissen ja«, Grewen klatschte einmal kräftig in die Hände, »die Hoffnung stirbt zuletzt, vor allem die Hoffnung der Eltern. Ich wünsche Ihnen viel Erfolg.«

*

Die Lampe am Telefon blinkte hektisch auf.

Wüst nahm ab. »Hm.«

»Sind Sie es, Herr Wüst?«

»Wer sollte sonst an diesen Apparat gehen?« Er sah die Sekretärin des Polizeipräsidenten vor sich, wie sie mit wichtiger Miene im Vorzimmer von Kriminalrat Grewen thronte. Er hatte sie der Kategorie »Dörrobst« zugeordnet und nannte sie im Stillen »Trockenpflaume«.

»Was weiß denn ich!« Ihre Stimme klang gereizt, und Wüst grinste zufrieden.

»Ich nehme an, Sie rufen nicht an, um nett mit mir zu plaudern, oder habe ich etwas verpasst?«

»Sie sollen sofort zu Herrn Kriminalrat Grewen kommen.« Ohne ein weiteres Wort legte die Trockenpflaume auf.

Kriminaloberkommissar Arno Wüst wusste selbst, dass er es wie kein anderer verstand, sich dauerhaft unbeliebt zu machen. Er war nicht sozialkompatibel und hatte freiwillig auf einen Schreibtisch in einem der größeren Büros verzichtet. Stattdessen zog er es vor, in dem kleinen Kabuff im Kellergeschoss, das den Namen Büro wahrlich nicht verdiente, alleine zu arbeiten. Er war keinem Dezernat zugeordnet, sondern beschäftigte sich seit zwei Jahren nur noch mit abgelegten, nicht gelösten Fällen, in die er sich wie ein Terrier verbiss. Mit Hingabe verglich er Spuren mit Ergebnissen, überprüfte Hypothesen der Kolleginnen und Kollegen, ging Zeugenaussagen durch, beleuchtete Widersprüche und zog daraus seine eigenen Schlüsse.

Vier dieser Fälle waren aufgrund seiner Fragestellungen keine Aktenleichen geblieben, sondern konnten aufgeklärt werden. Diese Erfolge wurden bei den verschiedenen Dezernaten unterschiedlich bewertet; die meisten Kollegen konnten mit dieser Art der Qualitätskontrolle nicht umgehen und fühlten sich in ihrer Ehre gekränkt.

Wüst waren die Gefühle von wem auch immer völlig egal. Er stand kurz vor dem vorgezogenen Ruhestand und würde niemanden aus dem »Bunker«, wie er das Präsidium nannte, vermissen.

Seufzend stand er auf, dehnte sich und machte sich auf den Weg zum Aufzug. Vielleicht hatte sich wieder jemand über ihn beschwert und Grewen wollte ihm die Meinung sagen.

Als der Aufzug die oberste Etage erreichte und sich die Tür öffnete, starrte Wüst auf die verlängerte Rückenpartie einer sehr schlanken Frau, die sich gerade vornüberbeugte, um einen Aktenkoffer zu schließen, der vor ihr stand. Sie trug ein graues Kostüm und schwarze Pumps, ihr langes blondes Haar hing ihr ins Gesicht.

»Komm, Mädchen, nimm mal deinen Hintern zur Seite, damit ich durchkann.« Mit der Zunge schnalzend legte er die Hand auf die Hüfte der Frau, die sich mit einem Ruck aufrichtete und ihn empört ansah. »Na also, geht doch.« Wüst verschwendete keinen weiteren Blick und auch kein Wort mehr und schlurfte lustlos weiter. Missmutig sah er zum Glaskasten, in dem er schon von Weitem Trockenpflaume Buchner erkennen konnte. Sie hatte die Jalousien der Glasscheiben, die bis zum Boden reichten, hochgezogen. So konnte sie sehen, wer auf dem Gang unterwegs war.

»Da sind Sie ja endlich. Herr Kriminalrat Grewen wartet!«

»Ist das eigentlich der einzige Dienstrang, den Sie kennen, Frau Buchner? Oder orientieren Sie sich nur am höheren Vollzugsdienst?«

Die Tür zu Grewens Büro, das ähnlich verglast war wie

das Vorzimmer, stand offen und der kleine Wortwechsel war nicht zu überhören gewesen. Grewen seufzte leise. Wäre Wüst nicht so ein fähiger Kriminalist und stünde er nicht wenige Wochen vor seinem Ruhestand, er wäre auch im abgeschiedenen Keller nicht mehr tragbar. Es gab niemanden, der so viele Dienstaufsichtsbeschwerden in seiner Personalakte angesammelt hatte wie Wüst. Er war der geborene Unsympath und machte keinerlei Anstalten, daran irgendetwas zu ändern. Grewen hatte sich oft gefragt, ob Wüsts Lebensphilosophie nichts anderes zuließ oder ob er einfach ein Charakterschwein war.

Um seine Sekretärin aus der Schusslinie zu holen, trat er vor die Tür. »Frau Buchner, bringen Sie Herrn Kriminaloberkommissar Wüst und mir doch bitte frischen Kaffee.«

Wüst grinste und fragte sich, welche Erfüllung die blöde Tippse an ihrem Arbeitsplatz erlebte. Er folgte Grewen in sein Büro und setzte sich auf den zugewiesenen Stuhl am schwarz glänzenden Besprechungstisch.

»Wir warten noch auf eine Kollegin, die sich überraschend angekündigt hat. Ich habe sie eigentlich erst morgen erwartet, aber es hat da wohl eine Terminverschiebung gegeben.« Grewen hatte seinen Satz noch nicht ganz beendet, als Frau Buchner eine Frau hereinführte. »Frau Rudloff für Sie.«

Die Frau im grauen Kostüm trat lächelnd auf den Kriminalrat zu und streckte ihm die Hand entgegen.

»Frau Rudloff, welche Freude. Dies ist Arno Wüst, einer der Kollegen, mit denen Sie in dem Fall zusammenarbeiten werden.« Grewen wies mit der Hand auf Wüst, der sitzen geblieben war.

Das Lächeln auf dem Gesicht von Frau Rudloff erstarb

und sie sah Wüst kalt an. Sie setzte sich, ohne ihm die Hand zu geben, während Wüst ein »Habe die Ehre« murmelte.

Kriminalrat Grewen war ein wenig konsterniert, wollte aber auf die merkwürdige Begrüßung nicht weiter eingehen. »Lassen Sie uns auf den Fall zu sprechen kommen.« Grewen räusperte sich. »In den Feldern draußen am Golfplatz in Erftstadt-Konradsheim wurde vor einigen Tagen der Schädel eines sechs- bis zehnjährigen Kindes gefunden. Nackter Knochen, keine Hautfasern oder Gehirnmasse.«

Grewen setzte sich Wüst gegenüber.

»Und? Was habe ich damit zu tun?« Wüst hatte nicht vor, die ruhige Einzelarbeit in seinem kleinen Kabuff kampflos aufzugeben.

»Alle Informationen der Rechtsmedizin wurden in den Computer des Bundeskriminalamtes eingegeben.« Grewen ignorierte Wüsts Frage. »Es waren nicht viele, denn es konnte keine verwertbare DNA festgestellt werden. Der Schädel wies allerdings eine Besonderheit auf: Ihm fehlten sämtliche Zähne.«

»Ausgeschlagen?« Wüst hob die Brauen.

»Nein, offensichtlich sauber gezogen.«

»Warum sollte jemand einen Totenschädel, dem er die Zähne gezogen hat, in einem Feld ablegen? Das ergibt doch keinen Sinn.« Wüst tippte sich an die Stirn.

»Sie kennen doch das Sprichwort: Wenn es dem Esel zu wohl wird, geht er aufs Eis. Vielleicht wird da jemand größenwahnsinnig.« Grewen sah die Profilerin an. »Das zu interpretieren ist wohl eher Ihre Zuständigkeit, Frau Rudloff.«

Die Angesprochene lächelte und zog es vor, nichts zu erwidern, während

Wüst seinen Vorgesetzten zweifelnd ansah.

»In Fulda wurde ein Schädel ohne Zähne mit einem winzigen Hautfetzen gefunden, der nach akribischer Kleinarbeit einem vermissten achtjährigen Jungen aus Kronichen zugeordnet werden konnte. Dankenswerterweise haben die Eltern ihr Kind zu regelmäßigem Zähneputzen angehalten und es gab DNA-Spuren auf der Zahnbürste.«

»Warum erzählen Sie mir das alles?« Wüst schüttelte den Kopf. »Das BKA ist doch dran. Und wo ist überhaupt dieses Kronichen?«

»Tiefste Eifel. Das Bundeskriminalamt hat aufgrund des letzten Schädelfundes an uns abgegeben. Ich setze unter anderem Sie auf den Fall an.«

»Mich? Ich will nicht in einem Sondereinsatzkommando verschwinden. Ich habe einen neuen Fall aufgerollt, den ich noch klären möchte.« Unbescheiden konnte man Arno Wüst nicht nennen.

»Sie gehören zur Soko, arbeiten aber überwiegend allein.«

Wüst sah grimmig rein. »Ich habe nur noch zwei Wochen, dann ist meine Zeit um. Wie stellen Sie sich das vor?«

Kriminalrat Grewen räusperte sich. »Ich sprach gerade schon davon, dass Sie einen Außeneinsatz übernehmen werden, der sicherlich in dem genannten Zeitrahmen zu erledigen sein wird. Wenn Sie mit ihren Ermittlungen vor Ort fertig sind, steht ihrem Ruhestand nichts mehr im Wege. Hier vor Ort wird Frieda Leippold die Soko leiten. Mit dabei ist auch Max Fricke.«

»Das ist doch die Transe!« Arno Wüst lachte auf.

»Wüst, mäßigen Sie sich. Ich erwarte von Ihnen, dass Sie sich zusammenreißen und auf diskriminierende Sprüche jeglicher Art verzichten.« Grewen sah um Entschuldigung bittend zu Frau Rudloff. Dann

gab er seiner Sekretärin ein Zeichen, die darauf mit einem Tablett eintrat und Kaffeetassen verteilte. »Wir, das heißt die anderen Kolleginnen und Kollegen des Teams, haben bereits besprochen, dass Sie, Herr Wüst, nach Kronichen fahren und mit den Eltern des toten Jungen sprechen werden. Vielleicht gehört der andere Schädel auch in die Gegend.«

»Ist das nicht etwas weit hergeholt, Herr Kriminalrat?«, wandte Wüst ein.

»Es ist eine Möglichkeit, der Sie nachgehen werden.«

»Und wo ist dieses Kronichen genau und warum gehen die örtlichen Kollegen dem nicht nach?« Vivien Rudloff meldet sich zu Wort.

»In der Nähe der belgischen Grenze. Es gibt dort einen für die Gegend zuständigen Kollegen, der durch seine mangelnde Kooperation beim BKA in Ungnade gefallen ist.« Jovial lächelnd wandte sich der Kriminalrat an die Profilerin.

Wüst blickte Grewen sprachlos an.

»Es liegt sozusagen auf dem Weg zu Ihrem Ruhestandssitz, und Ihr Instinkt, lieber Kollege Wüst, ist legendär. Wenn Sie dort keine Spur finden, dann gibt es auch keine.« Grewen lächelte wohlwollend.

»Das vermaledeite Kaff liegt nicht auf und schon gar nicht neben meinem Weg. Ich will mich nach Schweden zurückziehen, nicht in die Ardennen.« Wüst ärgerte sich über die Kungelei zwischen Kriminalrat Grewen und den Kollegen vom BKA.

»Wüst, Sie fahren über die Eifel zu Ihrem Häuschen nach Schweden. Aus Kronichen geben Sie dem Team eine Rückmeldung und reiten gemütlich in den Sonnenuntergang, wenn ich Ihren Eintritt in den Ruhestand mal so nennen darf.«

Wüst dachte daran, dass er kurz davorstand, seine Eigentumswohnung komplett möbliert dem neuen Eigentümer zu übergeben. Er wohnte bereits in einer kleinen Pension und seine gesamte Habe war in zwei Koffern verstaut, denn er hatte sich von allem unnötigen Ballast befreit. In den schwedischen Schären wartete ein kleines Haus auf ihn und seine Angel. Wüst hatte nicht vor, mehr zu tun als zu angeln und aufs Wasser zu starren. Er sehnte sich nach Ruhe und wollte sich von nichts und niemandem stören lassen. »Sie wollen mich also auf eine Mission schicken, bei der die Chancen 9:1 stehen, mich lächerlich zu machen? Da haben Sie sich ja ein nettes Abschiedsgeschenk für mich ausgedacht.«

Kopfschüttelnd antworte Grewen: »Mein lieber Wüst, was soll denn Frau Rudloff von uns denken?«

»Es ist ein ausgesprochen großzügiges Angebot, dass Sie nach getaner Arbeit Köln Adieu sagen können. Möglicherweise schon nach einem Tag in der wunderschönen Eifel.« Mit einem unergründlichen Blick sah Vivien Rudloff Arno Wüst fest in die Augen.

*

Auf dem Weg zu einem der mittleren Besprechungs-
räume, der für die Sonderkommision reserviert worden
war, raunte Frieda Max zu: »Hört sich für mich alles etwas
kryptisch an, was Grewen uns da mit auf den Weg gegeben
hat.«

»So ganz kapiere ich den Aufwand, den wir treiben sollen, auch noch nicht.« Max lächelte. »Aber es ist doch toll,
dass wir wieder zusammenarbeiten.«

»Das stimmt, fast wie in alten Zeiten.« Frieda drückte
Max Hand und sie betraten einen Raum, an dessen einer
Wand sich eine große Tafel und eine verschiebbare Pinn-
wand befanden. Sechs Tische standen sich in der Mitte
gegenüber, jeder mit einem Telefon und einem Laptop versehen. Auf einem Regal vor der Fensterfront wartete der
Drucker auf seinen Einsatz. Alle setzten sich und nahmen
ihre Unterlagen zur Hand.

»Peter, würdest du bitte die Bestückung der Tafel übernehmen?« Frieda kannte Kriminalkommissar Sommer
bereits von einem anderen Einsatz. Dies erleichterte ihr
die Aufgabenverteilung erheblich.

»Klar.« Der Angesprochene stand sofort auf und entnahm seiner Mappe einige Fotos, die er an die Pinn-
wand heftete. Mit einem schwarzen Stift fügte er die vorhandenen Informationen hinzu. »Erstens: Schädel ohne
Zähne eines ca. sechs- bis zehnjährigen Kindes, vermutlich ein Mädchen. Fundort: Erftstadt-Konradsheim. Zwei-
tens: Schädel eines zehnjährigen Jungen, Marlon Strotz aus
Kronichen in der Eifel, Fundort Fulda in Hessen. Beide
Schädel wiesen keinerlei Hautfetzen oder anderes Gewebe
auf. Der Schädel aus Erftstadt liegt zurzeit noch in der Gerichtsmedizin und könnte zu einer Vermisstenmeldung

aus dem Sommer gehören. Dies muss noch überprüft werden. Das war's.«

»Wie viele Vermisstenmeldungen gibt es noch?« Betty Fuchs, eine durchtrainierte Dreißigjährige, blickte in die Runde.

»In Nordrhein-Westfalen oder bundesweit?« Rolf Stein, der aus der Sonderabteilung Kinderpornografie abgezogen worden war, hob fragend eine Augenbraue.

»Ich habe aktuelle Zahlen eingeholt.« Max holte Luft, um mit seinen Ausführungen zu beginnen. »Allein in Düsseldorf werden um die tausend Vermisstenanzeigen pro Jahr aufgenommen, davon bleiben ca. drei Prozent länger als ein Jahr vermisst, dann gibt es kaum noch Hoffnung, dass diese Personen lebend gefunden werden. Deutschlandweit gibt es täglich ungefähr dreihundert Vermisste. Aufklärungsquote auch hier siebenundneunzig Prozent.« Max stand auf und ging zur Tafel. »Das Landeskriminalamt NRW hat uns eine Liste mit allen aktuellen Vermisstenmeldungen zukommen lassen. Die aufgeführten Personen werden teilweise schon mehrere Monate vermisst und es gibt keinerlei Hinweise auf einen möglichen Aufenthaltsort.« Er pinnte die Liste an die Wand. »Unter anderem geht es um eine Richterin am Oberlandesgericht, die unter merkwürdigen Umständen verschwunden ist.«

»Und Kinder?«, fragte Betty Fuchs.

Max nickte. »Einige. Es wird davon ausgegangen, dass nur ein Prozent der vermissten Kinder dauerhaft verschwunden bleiben, also weder tot noch lebendig gefunden werden. Unter anderem hier bei uns in Deutschland Debbie Sassen, die vor über dreißig Jahren auf dem Heimweg von der Schule spurlos verschwand. Ihr wisst, dass bei einem vermissten Kind unser gesamter Apparat auf Hochtouren läuft. Suchhunde, Hubschrauber, Wärmekameras, aber alles ohne Ergebnis.«

»Okay, gibt es Kontaktdaten zu dem Mädchen aus Konradsheim?« Frieda sah sich um. »Nein? Gut, dann werden Max und ich uns darum kümmern und ihr anderen fordert von den übrigen Landeskriminalämtern Vermisstenlisten an und durchforstet sie nach Ähnlichkeiten, Gesetzmäßigkeiten etc. Vielleicht gibt es Auffälligkeiten. Wir treffen uns spätestens morgen um 9.00 Uhr zur nächsten Lagebesprechung.«

*

Ann-Christin Morgenthaler war am 15. August von ihren Eltern als vermisst gemeldet worden. Die Familie wohnte in Konradsheim.

Max bog von der Durchgangsstraße in ein kleines Sträßchen, das links und rechts von Ein- und Zweifamilienhäusern gesäumt war, die wie Perlen an einer Kette aufgereiht wirkten. Einige Häuser wirkten einladend und Frieda blickte neugierig in die Fenster, die ohne irgendeinen Sichtschutz Einblicke boten. Andere Häuser wirkten kühl und abweisend, so als wollten die Besitzer verhindern, dass sich jemand näherte.

Max fuhr den Wagen auf die breite Auffahrt des letzten Hauses auf der rechten Seite. Frieda hatte sie beide von unterwegs telefonisch angemeldet, sodass sie sicher sein konnten, jemanden von der Familie anzutreffen.

Die Haustür wurde mit Schwung geöffnet, bevor sie den Wagen verlassen hatten. »Haben Sie unsere Tochter gefunden?« Eine Frau stand mit weit aufgerissenen Augen in der Tür und sah ihnen bang entgegen.

»Dürfen wir reinkommen?« Frieda lächelte. »Frau Morgenthaler, nehme ich an?«

»Ja, ja, natürlich. Entschuldigen Sie.« Frau Morgenthaler trat zur Seite und ließ sie herein. Mit der Hand wies sie auf eine geöffnete Schiebetür. »Bitte gehen Sie ins Wohnzimmer.«

Frieda und Max stellten sich vor und nahmen dann auf einem bequemen Sofa nebeneinander Platz, und Frau Morgenthaler setzte sich ihnen gegenüber.

»Wir haben noch einige Fragen zum Verschwinden von Ann-Christin.«

Frau Morgenthaler nickte. »Mein Mann muss jeden Moment kommen, ich habe ihn angerufen.«

»Schön.« Frieda lächelte wieder. »Wollen wir auf ihn warten, oder können Sie uns auch weiterhelfen?«

»Wir tun alles, was uns unser Kind zurückbringt.« In der Tür stand ein untersetzter Mittvierziger, der sogleich seiner Frau die Hand auf die Schulter legte.

»Erinnern Sie sich noch an den Tag, an dem Ihre Tochter verschwand?« Max blickte von der Mutter zum Vater.

»Es war ein schöner, sonniger Tag«, sagte Frau Morgenthaler. »Ann-Christin wollte mit dem Fahrrad zur Oma fahren. Sie war ganz aufgeregt, denn sie durfte erstmals allein fahren. Vorher habe ich sie immer begleitet, wissen Sie, der Weg ist recht einsam. Er führt durch die Felder zum nächsten Ort.« Frau Morgenthaler hing ihren Erinnerungen nach.

»Wir haben ihr sehr deutlich klargemacht, dass sie nicht anzuhalten und irgendwelchen Blödsinn zu machen hat.«

Der Vater kniff die Augenbrauen zusammen. »Sie wusste ganz genau, dass sie mit niemandem zu sprechen oder gar mitzugehen hatte.«

»Ja, und von daher wissen wir gar nicht, wo sie hin ist. Sie kannte nur den Weg zur Oma.« Tränen schimmerten in den Augen der Mutter.

»Außerdem hatten wir ihr mein altes Handy gegeben, damit sie anrufen konnte, wenn sie sich verirren sollte oder sonst etwas war.« Der Vater sah vorwurfsvoll zu Max. »Ihre Kollegen haben damals das Handy geortet und herausgefunden, dass es zuletzt bei einem der Windräder eingeloggt war.« Er zeigte über die große Terrasse zu den nahe gelegenen Feldern. »Gar nicht so weit von hier, vielleicht zwei Kilometer.« Er blickte in die Ferne.

»Wusste Ihre Tochter, wie sie das Handy ausschalten konnte?« Frieda wandte sich an den Vater.

»Nein, das haben wir ihr nicht gezeigt, schließlich wollten wir sie auf dem Schirm behalten. Wir hatten eine Tracking-App installiert, sodass wir jederzeit nachverfolgen konnten, wo sie sich aufhielt.«

»Gibt es noch andere Personen, die sie besucht haben könnte? Eine Freundin aus der Schule zum Beispiel?« Max klappte seinen Notizblock auf.

»Nein, dort in der Richtung wohnt nur die Oma.« Frau Morgenthaler knetete ihre Hände.

»Ist Ihnen an dem Tag irgendetwas aufgefallen, war etwas anders als sonst?« Max spielte mit seinem Kugelschreiber.

Herr Morgenthaler schüttelte den Kopf.

»Alles war wie immer«, sagte seine Frau. »Ann-Christin freute sich auf die Oma und wollte dort übernachten.

Ich habe ihr nachgesehen, bis sie zwischen dem Mais verschwunden war. Dann habe ich hier gesessen und darauf gewartet, dass sie anruft, um zu sagen, dass sie bei der Oma angekommen ist.« Nach einer Pause fügte Frau Morgenthaler hinzu: »Aber dann verging die Zeit und schließlich rief die Oma an und fragte, wann Ann-Christin kommen würde. Ich bin sofort mit dem Fahrrad los, um sie zu suchen. Aber ich habe sie nirgends gefunden.« Nun begann Frau Morgenthaler hemmungslos zu weinen.

»Sind hier fremde Fahrzeuge durchgefahren, oder waren Leute unterwegs, die Sie noch nie gesehen haben?«

»Dies ist keine Durchfahrtsstraße, wie Sie vielleicht bemerkt haben.« Der Vater meldete sich wieder zu Wort. »Fünfzig Meter weiter endet die Asphaltierung und geht in einen Feldweg über, der nur von landwirtschaftlichen Fahrzeugen benutzt werden darf. Ebenso ist die Straße, die am Golfplatz vorbei in die Felder führt, kein öffentlicher Weg. Allerdings fahren Hundebesitzer manchmal bis zu den Windrädern mit dem Auto, um da die Vierbeiner Gassi zu führen. Die Landwirte sehen das nicht gern, weil sie dann mit den großen Maschinen nicht an ihnen vorbeikommen. Es gibt deswegen immer mal wieder Ärger.«

»Waren viele Hundebesitzer unterwegs?«

»Das kann ich Ihnen wirklich nicht sagen, vermutlich nicht mehr als sonst auch.« Frau Morgenthaler sah Frieda an. »Obwohl, um die Uhrzeit sind eigentlich nicht so viele Leute unterwegs. Ann-Christin ist um 11 Uhr losgefahren, die Oma wollte mit ihr gemeinsam zu Mittag Griesflammeri kochen.«

»Danke.« Frieda stand auf. »Wenn Ihnen noch etwas

einfällt, rufen Sie uns an. Wir werden zu gegebener Zeit auch auf Sie zukommen.«

»Unsere Tochter hatte ein Fahrrad und einen kleinen Rucksack dabei. Beides wurde nicht gefunden.« Die Mutter führte sie zur Tür.

»Können Sie uns beschreiben, wo genau der Handykontakt abriss?« Max hielt immer noch seinen Notizblock in der Hand.

»Ich kann Ihnen die Koordinaten geben.« Herr Morgenthaler zückte sein Smartphone und gab Max den letzten Standort an.

Max am Steuer folgte dem Navi in die Felder, während Frieda den Blick über die Landschaft gleiten ließ. Der Weg führte parallel zum Golfplatz direkt auf eines der sechs Windräder zu, die in der Landschaft aufragten. Hundertfünfzig Meter vor dem Windrad verließen sie den asphaltierten Weg und bogen auf eine Schotterpiste ab. Schließlich hielten sie auf einem schmalen Weg zwischen zwei Maisfeldern, die darauf warteten, abgeerntet zu werden.

»Die Pflanzen sind ganz schön braun.« Max stieg aus und reckte sich. »Weißt du, dass mit Vorliebe in Maisfeldern Cannabisplantagen angelegt werden?« Er grinste Frieda an. »Sie sind nur aus der Luft zu erkennen, der Mais verdeckt alles.«

»Ist man mit einer Drohne über das Feld geflogen?« Frieda sah sich um.

»Ja, alle Felder hier in der Umgebung wurden aus der Luft kontrolliert, man hat keine Plantage gefunden.« Nach einem strafenden Blick von Frieda fügte Max hinzu: »Man hat auch keine Spur von dem Kind gefunden. Kein Fahrrad, nichts.«

Frieda schaute sich um und ihr Blick blieb an dem nahe gelegenen Windrad hängen. »Diese Dinger haben doch bestimmt Überwachungskameras installiert, oder?«

»Davon ist auszugehen.« Max sah vom Windrad auf seine Armbanduhr. »Ich kümmere mich morgen früh darum und rufe beim Betreiber an.«

»Okay, dann lass uns zurückfahren.« Frieda ging zum Wagen zurück. Einen Moment später bog ein sehr staubiges Auto um die Ecke und hielt neben ihr an.

»Was machen Sie denn hier?«, raunzte der Fahrer sie unfreundlich an.

»Kriminalpolizei Köln.« Frieda zückte ihren Dienstausweis. »Das ist mein Kollege. Und wer sind Sie?«

»Heinz Ullrich, ich habe die Felder gepachtet und sehe nach dem Rechten. Hier sind manchmal die merkwürdigsten Leute unterwegs.« Er stieg aus dem Wagen und richtete sich offensichtlich auf ein längeres Schwätzchen ein. »Was suchen Sie denn hier?«, fragte er interessiert.

»Wir wollten uns die Stelle ansehen, an der das kleine Mädchen verschwunden ist«, antwortete Max.

»Schrecklich, das mit dem Kind.« Der Landwirt schaute sie neugierig an. »Haben Sie die Kleine inzwischen gefunden?«

»Nein, noch nicht. Können Sie sich an den Tag erinnern, an dem das geschehen ist?« Frieda hatte wenig Hoffnung.

»Ja, klar, ist doch noch gar nicht so lange her. Heiß war es, verdammt heiß und trocken.« Er wies auf den Mais. »Sehen Sie ja selbst, wie trocken es war. Alles braun und verdorrt. Die Kolben sind so klein, so was hab ich noch nicht gesehen.« Er ging zum Feld und brach einen Mais-kolben ab, den er Frieda unter die Nase hielt. »Hier, sehen Sie. Ist Futtermais, darum ist es nicht ganz so tragisch. Wird alles geschreddert und in die Silos verbracht.«

»Ist Ihnen damals etwas hier in den Feldern aufgefallen, als das Kind verschwand?« Max lehnte sich gegen den Dienstwagen.

»Nein, alles war wie immer. Leute mit Hunden, Rad-fahrer, Spaziergänger, der Typ mit seinen komischen Übungen. Das Übliche halt.« Er kratzte sich am Kopf.«

»Was für komische Übungen? Kennen Sie den Typ?« Max zückte sein unvermeidliches Notizbüchlein.

»Nee, das ist so ein schräger Vogel. Steht da und bewegt sich in Zeitlupe. Hände über dem Kopf, Knie abwechselnd hochgezogen, lange Schritte nach links und rechts. Ich bin mir ziemlich sicher, dass er auch mal ein Schwert dabei-hatte.« Heinz Ullrich schüttelte missbilligend den Kopf. »Der haut immer gleich ab, wenn man näherkommt. Schwingt sich auf sein Fahrrad und gibt Gummi.« Er schüttelte wieder den Kopf. »Vielleicht kann Ihnen unser Naturschützer mehr sagen. Der ist immer zur Vogel-beobachtung hier und zählt die kleinen Viecher.«

»Wissen Sie denn dessen Namen?« Max hielt immer noch sein Büchlein in der Hand, in das er eilig den Namen schrieb, den der Landwirt ihm nannte.

»Wann holen Sie den Mais rein?«, fragte Frieda.

»Die Erntemaschine haben wir für die nächste Woche zugeteilt bekommen, genaue Tage stehen noch nicht fest.«

»Wenn Ihnen bei der Ernte etwas auffällt, melden Sie sich doch bitte bei uns.« Frieda reichte dem Landwirt ihre

Karte. »Vielleicht taucht ja etwas von dem vermissten Kind auf.« Sie lächelte dem Mann freundlich zu.

»Gut, ich sag meinen Leuten, dass sie die Augen offenhalten sollen.«

»Danke, Herr Ullrich. Eine gute Ernte trotzdem.« Frieda zeigte auf den Maiskolben und stieg in den Wagen.

Der Landwirt tippte an seinen Hut, stieg ein und fuhr in einer Staubwolke davon.

*

Im Trans*Later war an diesem Frühabend nicht viel los, als Frieda sich mit Max an die Theke setzte, um einen Absacker auf den Heimkehrer zu trinken. Als Conny seinen Blick vom Zapfhahn löste und sie ansah, ging ein Lächeln über sein Gesicht.

»Ich glaube es nicht, der verlorene Sohn taucht tatsächlich wieder auf.« Er kam um die Theke herum und klopfte Max fest auf den Rücken. »Gut siehst du aus!« Conny betrachtete Max ungeniert von oben bis unten. Mit seinen Händen umfasste er dessen Bizeps. »Respekt!«

Max grinste. »Da stecken Blut, Schweiß und Tränen drin, glaub es mir.«

»Davon gehe ich aus, Mann.« Conny verschwand wieder hinter der Theke. »Wie immer?«

Frieda und Max sagten aus einem Mund: »Ja.«

Wenig später standen zwei Kölsch vor ihnen und sie prosteten sich zu.

»Ich hab dich vermisst.« Frieda wischte sich den Schaum von der Oberlippe.

»Echt?«

»Warum hast du dich nie gemeldet?«

»Ich wollte erst mal meine Ruhe haben.« Max blickte in sein Glas und es entstand eine Pause. »Es war eine wilde Zeit, durch die Testosterongaben kam ich in so etwas wie die zweite Pubertät, wobei die erste ja schon ziemlich aufregend ist. Du kannst dir vielleicht vorstellen, dass es viel zu überlegen und zu entscheiden gab. Zwischen den Operationen lag immer ein halbes Jahr, um dem Körper die Zeit zur Heilung zu lassen. Nach dem letzten Eingriff brauchte ich einige Zeit, um wieder auf die Beine zu kommen, und ich stellte schließlich den Antrag auf Versetzung ins Landeskriminalamt. Dem wurde schnell entsprochen. Sehr schnell sogar, wenn ich zurückblicke. Ich hatte das Gefühl, dass Grewen mich loswerden wollte und froh war, dass die Initiative für den Wechsel von mir ausging.« Max leerte sein Glas und machte Conny ein Zeichen.

»Meinst du wirklich? Warum sollte er?« Frieda sah ihn zweifelnd an. »Wir haben dich schnell rehabilitiert und den Fall aufgeklärt, sodass auch nicht der Hauch eines Zweifels an deiner Integrität bestehen blieb.«

»Darum ging es auch nicht. Meine Transidentität machte Grewen zu schaffen.«

»Ich weiß nicht, Max.« Frieda schüttelte den Kopf. »Ich kann mir nicht vorstellen, dass Grewen irgendein Problem mit dir oder deiner Identität hat oder hatte.«

Bevor Frieda weitersprechen konnte, ging die Tür mit Schwung auf. Lars trat ein und mit ihm kam ein Schwall kalter Luft hereingeflogen. Er ging direkt auf Frieda zu, und als er Max sah, hielt er kurz inne.

»Ach sieh da, Herr Fricke ist wieder im Lande! Dann müssen wir wohl die Kölner Mädels vor einem neuen

Abstecher in die Town warnen.« Er baute sich breitbeinig vor Max auf und lächelte süffisant.

Während Frieda entsetzt über dieses schwachsinnige Auftreten aufsah und Conny überrascht zwischen den Dreien hin- und herblickte, erwiderte Max seelenruhig: »Der Leichenfledderer hat immer noch blöde Sprüche auf Lager. Es hat sich nichts verändert. Oder doch, ein Rettungsring schiebt sich über seinen Hosenbund.« Er grinste Lars provozierend an.

»Ja, sehr schön!« Frieda war genervt. »Könnt ihr euch auch wie normale Menschen benehmen? Was ist bloß in euch gefahren?«

Lars stiefelte hüftlahm in bester John-Wayne-Manier an Friedas Seite und schwang sich auf den Barhocker. »Zur Begrüßung unseres jungen Freundes eine Runde Kölsch, Conny.«

*

Wüst stand auf seinem Balkon und rauchte. Er wohnte im Unicenter und seine Wohnung lag im 46. Stock, am Ende eines der Flure der drei Wohntürme, die zu einem der größten Wohnhäuser Europas gehörten. Über ihm befand sich nur noch ein Penthouse.

An Wüsts Hochhaus schieden sich die Geister. Von Selbstmördern, die sich aus den oberen Stockwerken stürzten, war immer wieder die Rede. Er lebte seit zwanzig Jahren hier und schätzte die Einsamkeit inmitten von 1500 anderen Menschen, die ebenfalls in diesem Gebäude wohnten. Wüst kannte seine Nachbarn nicht und legte auch keinen Wert darauf, an irgendwelchen Events

teilzunehmen, die alle paar Monate von der Eigentümer-
gemeinschaft veranstaltet wurden. Er wollte allein sein
und in Ruhe gelassen werden.

Die einzige Ausnahme von dieser selbst gewählten
Einsamkeit war Dagmar, von der er nur den Vornamen
und die Wohnungsnummer kannte. Sie waren vor einigen Jahren gemeinsam in einem der neun Fahrstühle zwei
Stunden lang stecken geblieben, danach in ihre Wohnung
gegangen und nach einem Whiskey gemeinsam im Bett
gelandet. Sie hatten nicht viel gesprochen und doch bestand seitdem eine stille Übereinkunft zwischen ihnen.
In unregelmäßigen Abständen klingelte Wüst an ihrer
Wohnungstür und sie hatten Sex miteinander, auf eine
unspektakuläre Art und Weise, die an ein seit Ewigkeiten
miteinander vertrautes Paar erinnerte und die ihm für
einige Minuten das Gefühl von Gehaltenwerden und Ge-
borgenheit gab. Sie waren sich zu nichts verpflichtet, und
Wüst wusste, dass dieses Arrangement jederzeit zu Ende
sein konnte.

Er blickte zum angestrahlten Dom, der in der Dunkelheit ein ganz besonderer Blickfang war, und ging im
Geiste die Ereignisse des Tages nochmals durch. So einfach, wie Grewen heute Mittag gedacht hatte, schien der
Fall doch nicht zu sein, und die Presseleute würden sich
wie die Geier darauf stürzen, wenn sie von den Funden in
Taunusstein und Goslar erfuhren. Er hatte nicht vor, das
an die große Glocke zu hängen, um erst mal in Ruhe alle
bekannten Fakten sondieren zu können; er würde sich
kurz in der Soko vorstellen und dann sein Ding durchziehen.

Es klingelte. Wüst seufzte, schnippte seine Kippe über

die Balkonbrüstung und ging zur Wohnungstür, um den zukünftigen Eigentümer einzulassen.

⋆

Das Team traf sich im Beisein von Thomas Neuenschildt wie vereinbart am nächsten Morgen, als die Tür aufging und Kriminalrat Grewen mit einer elegant gekleideten, sehr schlanken Frau und dem offensichtlich schlecht gelaunten Arno Wüst eintrat.

»Guten Morgen, guten Morgen.« Grewen gab sich betont jovial und machte eine einladende Handbewegung. »Ich darf Ihnen Frau Rudloff vorstellen, die sicherlich gleich selbst etwas zu ihrer Person sagen wird. Der Kollege Wüst ist ja bekannt.« Der Kriminalrat lächelte und blickte in die Runde. »Ich will Sie gar nicht lange aufhalten, bei Fragen wenden Sie sich einfach an mich.« Er wandte sich zur Tür und rief ein »Fröhliches Schaffen« über seine Schulter.

»Herzlich willkommen, Frau Rudloff.« Frieda war aufgestanden und ging auf die Profilerin zu, um ihr die Hand zu reichen. »Ich bin Frieda Leippold, ich leite diese Sonderkommission. Nehmen Sie doch Platz.« Mit einem kurzen Nicken in die Richtung von Arno Wüst folgte: »Sie kennen sich ja aus, Kollege Wüst.«

»Nur keine Umstände, Mädchen.« Arno Wüst ließ sich auf einen der Stühle fallen.

»Vielleicht stellen wir uns der Reihe nach vor und dann erzählen Sie etwas über sich.« Frieda lächelte die Profilerin einladend an.

»Vielen Dank, das ist sehr freundlich.« Vivien Rudloffs Stimme klang warm und entspannt.

»Gestern haben Sie ja auf Püppchen gemacht, heute bieten Sie uns einen ganz anderen Typ. Schade, die Pumps haben mir besser gefallen.« Wüst grinste unverschämt.

Bevor die Angesprochene etwas erwidern konnte, sagte Frieda schnell: »Wir starten jetzt wohl besser unsere Vorstellungsrunde.«

Betty Fuchs begann mit ein paar Sätzen, dann stellten sich die anderen kurz vor. Arno Wüst begnügte sich damit, zu erklären, dass es über ihn nichts zu sagen gäbe.

»Vielen Dank.« Vivien Rudloff setzte sich nach vorn. »Meinen Namen kennen Sie, ich bin seit zwei Jahren beim Landeskriminalamt in Düsseldorf als Profilerin beschäftigt.«

»Ich wusste gar nicht, dass die auch Kinder einstellen.« Arno Wüst sah zu ihr herüber. »Sind Sie überhaupt schon irgendwas?«

»Herr Wüst, ich nehme an, dass Sie uns hiermit Ihre spezielle Form von Humor präsentieren. Lassen Sie sich beruhigen, ich habe mein Masterstudium mit einer hervorragenden Note abgeschlossen und viel Erfahrung im Bereich der Forensik gesammelt.« Vivien Rudloffs Lächeln glich dem Ritt auf einer Rasierklinge, und Wüst lehnte sich zurück. »Ich wurde Ihrer Sonderkommission zugeordnet, damit Sie im Bedarfsfall auf meine Expertise zurückgreifen können. Schwerpunkt meiner kriminalistischen Arbeit war die Beschäftigung mit der Persönlichkeit von männlichen Serientätern. Da die weibliche Variante dieser Spezies erheblich seltener in Erscheinung tritt, gibt es dazu weniger wissenschaftlich verwertbares Material. Es ist vorgesehen, dass ich an ein bis zwei wöchentlichen Besprechungen teilnehme und ansonsten in Düsseldorf arbeite. Ich stehe Ihnen aber selbstverständlich jederzeit auf Abruf zur Verfügung, auch für Videokonferenzen.« Sie blickte in die Runde.

»Okay, dann starten wir doch mit den neuen Informationen.« Frieda blickte Max an. »Vielleicht fängst du an und setzt die Kolleg*innen von unseren gestrigen Gesprächen in Konradsheim in Kenntnis.«

Während Max' Ausführungen betrachtete Frieda die Profilerin aus Düsseldorf aus dem Augenwinkel. So jung, wie sie zu Anfang gewirkt hatte, war Vivien Rudloff offenbar gar nicht. Sie hatte zwar eine mädchenhafte schlanke Figur, aber in den Mundwinkeln und auf der Stirn machten sich feine Fältchen bemerkbar. Ihr Make-up war sehr geschickt aufgetragen, und der Schnitt ihres glatten langen Haars und die dezent aufleuchtenden Strähnchen schienen das Ergebnis der Arbeit eines sehr guten Coiffeurs zu sein. Die Profilerin trug legere Klamotten, die nicht billig gewesen sein dürften; vom Kaschmirpullover über die Jeans bis zu den handgenähten Slippern war alles vom Feinsten.

Frieda stellte fest, dass Vivien Rudloff die Ausführungen nicht, wie die anderen Kolleg*innen, mit ihren Zwischen- und Nachfragen unterbrach, sondern sehr aufmerksam zuhörte und sich Notizen machte.

Friedas Blick wanderte zu Arno Wüst und sie sah direkt in seine spöttisch blickenden Augen. Sie zuckte kurz zusammen, weil sie nicht bemerkt hatte, dass er sie scheinbar ebenso aufmerksam beobachtet hatte wie sie ihrerseits Vivien Rudloff. In diesem Moment kehrte Max vom Board zurück und setzte sich, sodass Frieda wieder das Wort ergriff und nach den Ergebnissen der Vermisstenrecherche fragte.

Betty Fuchs übernahm nun das Wort und verteilte mehrere Blätter. »Wir sind gestern intensiv die Vermisstenmeldungen der letzten sechs Monate durchgegangen, dabei haben wir uns nicht nur auf Nordrhein-Westfalen beschränkt. Wir haben die Parameter Alter, Geschlecht, Herkunft, sozialer Status, gesellschaftliche Rolle, Art des Verschwindens, eventuell vorheriges Verschwinden, Ort des letzten Kontaktes und Hobbys verglichen. Voraussetzung war bei allen Personen, dass sie die Kriterien zur Aufnahme einer Vermisstenmeldung auch tatsächlich erfüllen, so wie sie in der polizeilichen Bearbeitung von Vermisstenfällen geregelt ist. Also, wenn eine Person aus unerklärlichen Gründen ihrem gewohnten Aufenthaltsort fernbleibt, ihr aktueller Aufenthaltsort nicht feststellbar ist oder von einer Gefahr für Leib und Leben, wie es so schön heißt, angenommen bzw. ausgegangen werden kann. Es ist ja immer zu prüfen, ob die vermisste Person eventuell Opfer einer Straftat, eines Unfalls, plötzlicher Hilflosigkeit aufgrund medizinischer Probleme wurde oder sich möglicherweise suizidiert hat.« Sie holte Luft und sah sich kurz in der Runde um. »In Deutschland hat eine erwachsene Person, die im Vollbesitz ihrer geistigen und körperlichen Kräfte ist, das Recht, ihren Aufenthaltsort frei zu bestimmen, auch ohne die Angehörigen oder Freunde zu informieren. Ihr wisst, dass bei Kindern und Minderjährigen grundsätzlich von einer Gefahr für Leib und Leben ausgegangen wird, wenn sie ihr gewohntes soziales Umfeld verlassen haben und ihr Aufenthaltsort unbekannt ist. Ich bin dabei, die Ergebnisse der ermittelnden Beamten zusammenzutragen. Die Resultate der Nachforschungen fallen, soweit ich das bisher gesehen habe, recht unterschiedlich aus, was den Umfang betrifft.«

»Woran liegt das?« Vivien Rudloff sah Betty fragend an. »Gibt es nicht ein standardisiertes Vorgehen in besagten Fällen?«

»Ich kann nur Vermutungen anstellen, Frau Rudloff«, antwortete Betty. »Der unterschiedliche Erfahrungshintergrund verbunden mit Alter und Lebenserfahrung der Kolleg*innen zusätzlich zur allgemeinen Arbeitsbelastung führte wahrscheinlich zu einem mehr oder weniger umfangreichen Ermittlungsergebnis.«

»Danke, Betty.« Frieda stand auf und sah auf ihre Armbanduhr. »Ich schlage vor, dass wir die weiteren Daten weiter zusammentragen und auswerten. Wir treffen uns alle gemeinsam heute um 15 Uhr wieder und legen die nächsten Schritte fest.«

Alle murmelten Zustimmung und widmeten sich ihren Computern.

»Ich ziehe mich in mein Lustgemach im Keller zurück und werde bei den abgelegten Altfällen nach den beschriebenen Parametern suchen.« Arno Wüst zeigte auf die Tafel. »Sie können mich gern besuchen kommen, da unten sind wir garantiert ungestört.« Er zwinkerte Vivien Rudloff zu und verließ den Raum.

»Vielen Dank, aber ich habe Besseres zu tun«, flötete sie ihm hinterher und drehte sich zu Rolf Stein. »Ich würde mich gern zu Ihnen gesellen und mit Ihnen gemeinsam die Datenbank von Europol durchsuchen, wenn Sie nichts dagegen haben.« Sie sah fragend zu Frieda.

»Was sollte ich dagegen haben?« Frieda fragte sich schon die ganze Zeit, womit sie die Profilerin beschäftigen sollte.

»Es wird sicherlich interessant sein, welche Zusammenhänge Sie erkennen, nicht wahr, Rolf?«

»Klar.« Rolf Stein rückte seinen Stuhl sofort zur Seite und machte an seinem Tisch Platz und Vivien Rudloff schob ihren Stuhl neben seinen.

Nachdem abgesprochen war, wer sich an welches Landeskriminalamt nebst seiner Datenbank wandte, wurde es still im Raum. Nur die leisen Geräusche der Tastaturen, der Drucker und der Telefonate mit den vor Ort ermittelnden Kolleg*innen waren noch zu hören.

*

Vom permanenten Starren auf den Computerbildschirm bekam Frieda müde Augen und sie war froh, als Lars um die Ecke schaute und sie auf einen Kaffee in die Kantine entführte.

»Ich bin mit meiner Arbeit an dem Schädel fertig und schicke dir morgen den schriftlichen Bericht.« Lars wischte sich den letzten Krümel einer Nussecke aus dem Mundwinkel. »Wer ist denn die Neue bei dir im Team?«

»Vivien Rudloff. Profilerin beim Landeskriminalamt in Düsseldorf.«

»Und, wie ist sie?«

»Wie soll sie sein? Ich weiß kaum etwas über sie.« Frieda wunderte sich über sein Interesse.

»Und Max?« Der Gerichtsmediziner rührte in seiner Kaffeetasse, als gelte es, in möglichst kurzer Zeit den Tassenboden zu zermalmen.

»Max?« Frieda blickte ihn irritiert an. »Seit wann interessiert dich Max? Oder willst du nur wissen, ob ich mich intensiver mit ihm beschäftige? Er sieht schon verdammt gut aus, das muss ich zugeben. Durchtrainiert und kein Gramm Fett.« Frieda leckte sich kurz über die Unterlippe und sah Lars herausfordernd an. »Dein Beuteschema sieht doch eher die Rudloff vor.«

»Woher willst du das wissen?« Lars' gut geschnittenes Gesicht zeigte einen Anflug von Empörung.

»Ich bin lange genug mit dir zusammen, um zu wissen, welchen Frauen deine Aufmerksamkeit gilt.«

»Tatsächlich, Frau Kommissarin?« Er griff nach Friedas Hand. »Dir entgeht also nichts.« Er küsste sie auf die Hand. »Dann muss ich ja aufpassen, was ich mache.«

»Wenn du meinst, Lars. Schaden kann es auf jeden Fall nicht.« Sie lächelte und stand auf.

»Sehen wir uns heute Abend?«

»Heute nicht, Lars. Meine Schwester ist in Köln und wir treffen uns.« Frieda drehte sich zum Ausgang. »Du hast heute sturmfreie Bude, mein Schatz.«

»Wenn das mal gut geht«, rief er ihr gut gelaunt hinterher.

*

»Frieda!« Thomas Neuenschildt wedelte mit den Armen. »Es ist gerade eine Meldung aus Erftstadt hereingekommen. Bei der Maisernte wurde ein Kinderfahrrad gefunden. Die Spurensicherung ist bereits verständigt.«

»Ich fahre sofort raus.« Frieda gab Max ein Zeichen und sie machten sich auf den Weg.

»Vielleicht treffen wir wieder den freundlichen Landwirt von gestern.« Max steuerte den Wagen geschickt an der Köln-Arena vorbei zum östlichen Autobahnzubringer, um auf der A 4 das Gaspedal kräftig durchzudrücken. Nach einer guten halben Stunde standen sie wieder dort, wo sie gestern bereits mit Herrn Ullrich gesprochen hatten.

Und tatsächlich, der Landwirt stand vor einem großen Maishäcksler, der sich an einem pinken Mädchenfahrrad festgefahren hatte.

»Haben Sie uns gestern nicht gesagt, dass Sie die Erntemaschine nächste Woche erwarten?« Max stapfte auf den Landwirt zu.

»Ja, ja, manchmal kommt es eben anders als erwartet. Sehen Sie sich lieber das hier an!« Ullrich zeigte zu Boden. »Der Fahrer war so geistesgegenwärtig, sofort zu stoppen, als er sah, was die Maschine an der Angel hatte.« Seine Stimme schwankte zwischen Aufregung und Ärger. »Der Häcksler schneidet den Mais in einer Höhe von ca. zehn Zentimeter ab, wie Sie sehen.« Er wies auf den bereits abgeernteten Teil des Feldes. »Darum hat er das Rad erwischt. Den Rucksack hat er plattgefahren.« Er zeigte hinter den Häcksler. »Sehen Sie, da.«

Frieda und Max gingen um den Häcksler herum und sahen in kürzerer Entfernung etwas aus dem Boden ragen.

»Herr Ullrich, Sie müssen die Arbeiten bedauerlicherweise unterbrechen, bis die Spurensicherung hier fertig ist«, sagte Frieda.

»Wie lange dauert so was?« Der Landwirt sah sie empört an. »Der Häcksler ist nur geliehen und steht uns auch nur für eine befristete Zeit zur Verfügung. Zeit ist Geld.«

»Ich verstehe Ihren Unmut, allerdings kann ich nicht

genau sagen, wie lange die Arbeit der Kollegen dauern wird.« Frieda sah ihn bedauernd an.

»Verdammte Scheiße!«, entfuhr es Ullrich, »dann muss ich sofort telefonieren.«

Wie aufs Stichwort rollte der Wagen der Spurensicherung auf sie zu.

»Hallo, Klaus«, wurde einer der Männer, die ausstiegen, von Max begrüßt.

»Heiliger Strohsack, das Mäxchen ist wieder da«, war die freundliche Erwiderung.

»Ich gebe dir gleich ›Mäxchen‹«, lachte Max, »nimm lieber deinen Koffer und mach dich ans Werk.«

Frieda wartete neben dem Rucksack, bis dieser nach der Sicherung aller vorhandenen Spuren geborgen war und freigegeben wurde. Der spärliche Inhalt war auf einer Folie am Boden ausgebreitet. Außer Kleidung zum Wechseln und einem Schlafanzug enthielt er nur noch ein abgewetztes Kuscheltier. Der Anblick dieses offensichtlich seit Jahren heiß geliebten Begleiters für die Nacht löste bei Frieda ein Gefühl der Betroffenheit aus und sie musste sich räuspern. »Wo ist das Handy? Ist der Rucksack auch bestimmt leer?« Sie kniete sich neben die Fundstücke.

»Garantiert nichts mehr drin«, sagte Klaus.

»Verflixt, dann müsst ihr suchen.« Frieda blickte über das Feld und stellte sich eine von Flutlicht erhellte nächtliche Suchaktion vor. »Fahrrad und Rucksack haben offensichtlich nicht sehr dicht beieinandergelegen. Das könnte bedeuten, dass sie nacheinander in das Feld geworfen wurden.« Sie schätzte die Entfernung vom Fundort zum Weg ein. »Vielleicht wurde das Handy auch in den Mais geschleudert?«

»Wir suchen zuerst im Radius von fünf Metern und erweitern das Suchfeld bei Bedarf sukzessive.«

»Okay.« Frieda nickte dem Kollegen zu. »Ihr habt Lampen dabei?«

»Klar, wir sind komplett ausgestattet.«

Frieda gesellte sich zu Max, der sich das Fahrrad ansah.

»Das dürfte wohl das Fahrrad von Ann-Christin sein.« Er blickte auf das verbogene Kinderrad.

»Das überprüfen wir sofort. Mach ein Foto, das wir den Morgenthalers zeigen können. Vielleicht können sie es identifizieren.« Frieda wandte sich zum Wagen. »Komm, wir können hier nichts mehr tun. Wir stehen nur im Weg.«

*

Frieda und Max wurden zur zweiten Lagebesprechung des Tages bereits sehnsüchtig erwartet, denn alle waren müde und wollten nach Hause. Es war bereits 18 Uhr, als die beiden das Besprechungszimmer betraten. Vivien Rudloff sah ihnen ungnädig entgegen. »Beim nächsten Mal nehmen Sie mich bitte mit, Frau Leippold!«, beschwerte sie sich. »Das Vor-Ort-Erleben ist für meine Arbeit sehr wichtig und kann für Ihre Ermittlungen nur von Vorteil sein.«

»Ich werde Ihren Einwand zu gegebener Zeit berücksichtigen, Frau Rudloff.« Frieda hatte keine Lust auf eine Diskussion. »Nun wollen wir die Ergebnisse des heutigen Tages austauschen, damit wir in den Feierabend können.«

Das Team war von der Menge der zu vergleichenden Daten förmlich erschlagen und fühlte sich wie auf der Spitze eines Eisberges sitzend.

»Ich glaube, dass wir frühestens nächste Woche ein

halbwegs vorzeigbares Ergebnis haben werden«, vermutete Betty Fuchs und gähnte unverhohlen.

»Wahrscheinlich«, gab ihr Frieda recht. »Das Ergebnis der Spurensicherung wird in Teilen auch erst nächste Woche komplett vorliegen. Dr. Schneider von der Gerichtsmedizin hat seinen Bericht für morgen angekündigt. Es sieht so aus«, sie drehte sich zu Vivien Rudloff, »dass wir Sie vor nächster Woche nicht benötigen. Wenn Sie uns natürlich bei der Datensammlung weiter unterstützen wollen, sind Sie herzlich willkommen.«

»Wie Sie meinen, Sie sind die Leiterin dieses Teams.« Vivien Rudloff griff nach ihrer Aktentasche. »Dann sehen wir uns am Montag zur Lagebesprechung wieder.« Die zierliche Frau rauschte wie eine Dampflok hinaus.

Mit einem Lächeln verabschiedete Frieda die anderen Kollegen bis zum nächsten Tag.

»Da werden wohl die Krallen ausgefahren?« Max sah Vivien Rudloff hinterher, die im Aufzug verschwunden war. »Bei der weiteren Datenauswertung und Interpretation der Informationen ist sie uns sicherlich eine große Hilfe, aber erst mal müssen wir überhaupt verwertbare Daten haben.«

»Ja, ihr Einsatz mag zu einem späteren Zeitpunkt sinnvoll sein.« Für Frieda war das Thema damit abgehakt und sie zog sich ihre Jacke an. »Meine Schwester wird wenig begeistert sein, sie wartet seit zwei Stunden auf mich.« Frieda seufzte. »Wir sind zum Essen verabredet und wollten vorher noch auf ein, zwei Kaltgetränke ins Trans*Later.«

»Dann bist du heute gar nicht mit Dr. Frankenstein zusammen?«

»Meinst du Lars? Nein, Max.« Frieda blickte Max

erstaunt an. »Wir hängen nicht wie die Kletten jeden Abend zusammen. Ich habe immer noch meine eigene Wohnung. Dein Interesse an meiner Freizeitgestaltung ist mir neu.«

»Ich frag nur, wollte dir nicht zu nahetreten«, murmelte Max und steuerte das Treppenhaus an.

\*

Am nächsten Morgen saß Max bereits an seinem Schreibtisch und hämmerte auf sein Laptop ein, als Frieda das grell beleuchtete Büro betrat. Vor den Fenstern zog gerade die Morgendämmerung über die Stadt.

»Hast du schon mit dem Vogelbeobachter gesprochen?« Frieda sah Max erwartungsvoll an, während sie sich schaudernd an den Heizkörpern zu schaffen machte.

»Hab ich.«

Nach und nach kamen die anderen herein, und als das Team nach zwanzig Minuten komplett und mit Kaffee versorgt war, übernahm Frieda die Aufgabe, die neuen Infos auf das Board zu übertragen.

»Ich habe heute Morgen mit dem Vogelbeobachter telefoniert«, begann Max. »Er beobachtet da draußen in den Sommermonaten Feldlerchen, soweit sie noch vorhanden sind. Er bestätigte letztlich die Angaben von Landwirt Ullrich, dass sich dort in den Feldern jede Menge Gassigänger mit ihren Hunden, Jogger, Radfahrer und Spaziergänger rumtreiben. Bei dem hochstehenden Mais kann man jetzt natürlich nicht mehr weit sehen und bekommt nur noch diejenigen mit, die auf dem Feldweg in mehr oder weniger unmittelbarer Nähe vorbeikommen. Ullrich hat auch einen Mann beschrieben, der – wie er sagt – seltsame Übungen praktizieren würde. Hörte sich für mich nach Tai-Chi oder Qigong an.« Max grinste die anderen an. »Von einem Schwert, wie es bei Tai-Chi benutzt wird, hat er uns ja erzählt. Nun, der Mann würde auf jeden Fall sofort mit seinem Fahrrad verschwinden, wenn man sich ihm näherte, hat Ullrich erklärt. Er legt also offensichtlich keinen Wert auf Kontakt. Ob der ein Kind auf dem Fahrrad verschleppen würde, kann ich mir nicht so ganz vorstellen.« Max blickte wieder von seinen Unterlagen auf.«

»Ist der Name bekannt?«

»Nein, Peter. Keinerlei Daten bekannt. Der Hobby-Ornithologe berichtete lediglich, dass er immer in Richtung des Ortsteils Lechenich gefahren wäre.«

»Sollen wir uns in die Identifizierung des Mannes reinhängen?« Rolf Stein sah Frieda skeptisch an.

»Das können wir immer noch machen, wenn wir den Eindruck bekommen, dass er ein wichtiger Zeuge sein könnte. Ich kann mir genauso wenig wie Max vorstellen, dass er das Kind entführt hat. Wie seht Ihr das?« Frieda sah in die Runde.

»Es sein denn, er ist mit einem Auto unterwegs gewesen«, warf Betty Fuchs ein.

»Er wurde immer nur mit dem Fahrrad gesehen, von einem Auto war bei beiden Zeugen nicht die Rede.« Max schüttete den Kopf.

»Ich bin auch dafür, dass wir uns vorerst auf die Datenauswertung konzentrieren sollten.« Peter Sommer lehnte sich zurück. »Wir holen ihn uns, wenn wir ihn brauchen.«

»Dann gibt es da aber noch eine Beobachtung. Der Vogelbeobachter sagte, dass er eine Zeit lang jeden Tag, etwa immer um die gleiche Zeit, eine Frau und ein Mädchen gesehen habe, die mit ihren Rädern und relativ hohem Tempo ohne nach links oder rechts zu sehen durch die Felder in Richtung Mellerhöfe gefahren sind. Vermutlich handelt es sich hierbei um Frau Morgenthaler und Ann-Christin. Frau Morgenthaler hat uns beschrieben, dass sie mit ihrer Tochter die Strecke zur Oma öfter zu Übungszwecken gefahren sei.« Max hob die Augenbrauen. »Und jetzt: Kurz nach den beiden Radfahrerinnen sei mehrmals ein heller Kleinwagen gekommen und habe an dem Windrad in unmittelbarer Nähe zum Weg geparkt. Der Wagen habe unterschiedlich lange dort gestanden, ausgestiegen sei niemand. Der Zeuge meint allerdings, dass eine Frau am Steuer gesessen habe. Er meint auch, dass er den Wagen nach dem Verschwinden des Kindes nicht mehr gesehen habe, er ist sich allerdings nicht ganz sicher. Bevor ihr fragt – ich habe natürlich auch nach den Beobachtungen am Tag des Verschwindens selbst gefragt. Tja, er ist einen Tag vorher in Urlaub gefahren.«

»Die Windräder sind doch bestimmt mit Kameras ausgestattet, die Aufnahmen der näheren Umgebung machen«, überlegte Frieda laut. »Haben die damals ermittelnden Kollegen die Aufzeichnungen angefordert?«

»Nein, die Zeugenaussage des Vogelbeobachters und von Herrn Ullrich lagen damals nicht vor.« Max schüttelte den Kopf. »Ich habe beim Betreiber die Bänder aller sechs Windräder angefordert, nicht nur von dem, das dort steht, wo das Kind vermutlich verschwunden ist. Man hat mir zugesagt, dass ich die Bänder heute noch erhalte.«

»Dann weißt du ja, was du heute zu tun hast.« Betty sah

ihn mitleidig an. »Tausend Stunden Videoaufzeichnungen anschauen.«

»Ich lass mich dabei von dir ablösen, liebe Betty.«

Thomas Neuenschildt kam herein und unterbrach damit das aufkeimende Geplänkel zwischen Max und Betty. »Wie sieht es aus? Gibt es irgendwelche Zwischenergebnisse?« Er las die Kurzinfos auf den Wänden sorgfältig durch.

»Bezüglich der Ermittlungen zu Ann-Christin Morgenthaler haben wir neue Zeugenaussagen und wir warten noch auf die Ergebnisse der Spurensicherung«, fasste Frieda zusammen. »Der Bericht von Doktor Schneider liegt seit heute Morgen vor. Er hat eine mikroskopisch kleine Hautanhaftung am Hinterkopf des Schädels mit einigen Haaren daran festgestellt. Die Haarwurzeln sind durch den Einsatz von Chemikalien stark beschädigt. Er weiß noch nicht, ob sich daraus DNA-Material sichern lässt. Er kann nur mit Bestimmtheit sagen, dass es sich um den Schädel eines sieben- bis zehnjährigen Mädchens handelt. Die Zähne seien fachmännisch gezogen worden, keine Milchzähne mehr vorhanden und die Weisheitszähne sind ebenfalls entfernt worden. Ob dies alles postmortal oder noch zu Lebzeiten des Kindes geschehen ist, kann Dr. Schneider nicht mit Sicherheit sagen.«

»Okay, es besteht also die Möglichkeit, dass es sich um Ann-Christin Morgenthaler handeln könnte?« Neuenschildt sah Frieda an.

»Die Möglichkeit besteht, ja. Es stellt sich dann die Frage, was den Täter oder die Täterin dazu gebracht hat, den Schädel in dem Rübenacker zu platzieren, und ob dort auch noch andere Knochen des Mädchens zu finden sind.«

»Das bedeutet, dass wir dort nochmals akribisch suchen müssen.« Peter Sommer seufzte. »Die Spusi wird sich freuen.«

»Das bedeutet aber auch, dass einige von uns das Wochenende durchmachen werden. Gibt es Freiwillige?« Frieda sah, dass die Hände aller Kolleg*innen in die Höhe gingen. »Okay, und fährt auch jemand freiwillig, mit Gummistiefeln bewaffnet, raus in die Felder und unterstützt die Spurensicherung?« Frieda lächelte, als Peter Sommer sofort aufzeigte. »Gut, wir anderen machen hier weiter.«

»Wir könnten den Schädel auch zur Identifikation einem Kollegen zur Verfügung stellen, der Fachmann auf dem Gebiet der Gesichtsrekonstruktion ist.« Max sah in die Runde. »Ich habe beim LKA mal mit Karl-Heinz Brungs zusammengearbeitet, er ist Epithetiker,« fügte er erklärend hinzu und sah doch nur in fragende Gesichter. »Also, Karl-Heinz Brungs war im ersten Leben Physiotherapeut, als sich seine fünfjährige Tochter bei einem Grillfest schwere Verbrennungen im Gesicht und am vorderen Oberkörper zuzog. Er wollte seine Tochter vor sozialer Ausgrenzung bewahren und ihr ein Leben als Freak ersparen. In Zusammenarbeit mit plastischen Chirurgen hat er für seine Tochter verschiedene Epithesen, zum Beispiel für das linke Auge, ein Ohr und die Nase gemacht und über die Jahre variiert und weiterentwickelt, um sie dem Alter und dem Entwicklungsstand seiner Tochter anzupassen.«

»Und was kann dieser Mann für uns tun?« Betty zog die Augenbrauen hoch.

»Er hat sich im Lauf der letzten Jahre darauf spezialisiert, Gesichter wieder komplett herzustellen, um eine

Identifizierung zu ermöglichen. Dafür hat er eigene Software entwickelt und die immer noch nötige Handarbeit beziehungsweise Feinarbeit perfektioniert.«

»Und du meinst, er könnte den Schädel so bearbeiten, dass die Eltern Ann-Christin wiedererkennen?«, fragte Frieda zweifelnd.

»Wir könnten ihn fragen. Seine Praxis liegt übrigens gar nicht so weit von Köln.« Max lächelte zuversichtlich.

»Gut, klären Sie die Kosten und die Zeit, die dieser Rekonstruktionsversuch in Anspruch nehmen würde.« Thomas Neuenschildt nickte Max zu und erhob sich. Beim Hinausgehen blieb er neben Frieda stehen. »Wie geht es eigentlich mit Frau Rudloff? Ist sie heute nicht da?«

»Frau Rudloff hat sich an diesen ersten Tagen noch nicht mit ihrer fachlichen Expertise eingebracht. Sobald uns nächste Woche weitere Informationen zur Verfügung stehen, wird sie uns sicherlich eine Hilfe sein«, antwortete Frieda in sachlichem Ton.

»Schön. Hoffentlich hält ihr Einsatz, was er verspricht. Beim LKA ist man ganz begeistert und sehr stolz darauf, Sie sozusagen vom Bundeskriminalamt abgeworben zu haben.« Thomas Neuenschildt grinste. »Ich habe mal ein bisschen gegoogelt. Sie hat in den USA Psychologie und Anthropologie studiert und in beiden Fächern ihren Abschluss dort gemacht.«

»Eine Intelligenzbestie also.« Max rührte in seinem Kaffee.

»Kein Neid, Herr Fricke.« Neuenschildt lächelte.

»Wir kochen alle nur mit Wasser«, warf Frieda ein.

»Genau, und ich finde ja, dass man der Rudloff ihr

Alter gar nicht ansieht.« Neuenschildt schien dies zu bewundern.

»Wieso? Wie alt ist sie denn?« Peter Sommer schaltete sich in das Gespräch ein.

»Sie ist Baujahr 84.«

»Und da hat Arno von Kinderarbeit gesprochen!« Rolf Stein, der Arno Wüst schon lange kannte, musste lachen.

»Zehn Jahre jünger hab ich sie schon geschätzt.« Betty Fuchs war nun auch zur Runde gestoßen.

»Wie dem auch sei, ich möchte, dass wir uns jetzt an unsere Arbeit machen.« Friedas Stimme bekam einen strengen Ton und alle eilten an ihre Tische, während Thomas Neuenschildt sich verabschiedete.

\*

Am Mittag erschien Arno Wüst überraschend im Besprechungszimmer. Er griff sich, ohne zu fragen, ein Stück Pizza von Bettys Teller und setzte sich auf ihren Tisch.

»Freut mich, dass es Ihnen schmeckt.« Demonstrativ nahm Betty ihren Teller und setzte sich zu Max.

»Also, liebe Kollegen«, Wüst nickte Max süffisant lächelnd zu, »ich habe in unseren abgelegten Fällen einen Vermissten aus dem Jahr 2018 gefunden, der irgendwie heraussticht. Veith Giesen, Banker aus Zürich, sechzig Jahre alt, der als sogenannter Privatier in Köln lebte. Er besitzt ein Appartement in einem der Kranhäuser am Rheinau-Hafen. Ledig, kein fester Freundeskreis oder Familie. Lebte dort sehr zurückgezogen, der Portier sagt, dass er keinen Besuch bekommen hätte. Der gute Giesen sei aber so gut wie jede Nacht unterwegs gewesen. Damals haben die Kollegen ermittelt, dass er ein promiskuitives Kerlchen gewesen ist und als Dauerstecher durch die Schwulenszene getingelt ist.« Wüst wischte sich grinsend den Mund ab und sah sich nach einem weiteren Stück Pizza um. Da ihm niemand etwas anbot, fuhr er schließlich fort. »Die Wohnung befand sich in einem Topzustand, keine Einbruchspuren. Die Haushaltshilfe, die regelmäßig dort sauber machte, sagte, dass nichts fehlen würde. Giesens Bankkonto war prall gefüllt, sein Portemonnaie wahrscheinlich auch, da er einige Tage vor seinem Verschwinden 10.000 € in bar abgehoben hatte. In seinem Kleiderschrank deutete nichts auf eine längere Abwesenheit hin, es fehlte lediglich eine Sporttasche.«

»War das Geld in der Wohnung? Oder hat man herausfinden können, wofür er es ausgegeben hat?«, fragte Max kauend.

»Nichts von beidem.« Wüst schüttelte den Kopf und fuhr fort. »Es gab keine Lösegeldforderung, er hatte keinen Flug in ein exotisches Land gebucht, keine Zugfahrkarte online bestellt. Er ist schlicht am Morgen des 5. Juli 2018 in seinen italienischen Sportwagen gestiegen und weg war er. Die Überwachungskamera der Tiefgarage zeigte, dass er allein losfuhr und dass zumindest auch nicht vor der Einfahrt eine weitere Person zustieg. Er wurde noch mal auf einer Verkehrsüberwachungskamera am Heumarer Dreieck an der Autobahn erfasst. Sein auffälliger Sportwagen ist wirklich nicht zu übersehen. Wie zu erkennen war, saß er auch dort immer noch allein im Wagen.«

»In welche Richtung ist er auf die Autobahn aufgefahren?« Frieda schob ihren Pizzakarton zur Seite.

»Frankfurt.« Wüst verschränkte die Arme vor der Brust.

»Wir haben damals Amtshilfe bei den hessischen Kollegen beantragt und nach einiger Zeit die Meldung erhalten, dass er nirgendwo aufgetaucht sei. Er wurde scheinbar von keiner Kamera erfasst, der Wagen wurde bis heute nicht gefunden. Ob er in die Schweiz oder sonst wo hinwollte, das ist reine Spekulation.« Wüst stand auf und lüftete den Deckel von Friedas Pizzakarton. »Essen Sie das noch?«

»Nein, bedienen Sie sich. Von 2018 an bis heute gab es keinerlei Lebenszeichen von Giesen?«

»Nichts. Spurlos verschwunden.«

»Vielleicht war er krank und wollte sich umbringen«, sinnierte Peter Sommer laut.

»Eher nicht.« Wüst kaute und schluckte den Rest der Pizza herunter. »Wir haben herausgefunden, dass er vier Woche vor seinem Verschwinden einen medizinischen Check-up durchführen ließ. Die Rechnung lag auf seinem Schreibtisch und sein behandelnder Arzt war so freundlich, uns mitzuteilen, dass Veith Giesen kerngesund war.«

»Was hat denn die Befragung in den einschlägigen Lokalen ergeben?« Max wippte mit seinem Stuhl.

»Giesen war Stammgast in vielen Kneipen und überall hat er es krachen lassen. Muss ein wilder Typ gewesen sein.« Wüst stand wieder auf. »Die Kollegen haben nicht tiefer gegraben, da es keinerlei Hinweise auf eine Gefährdung gab. Man hat vermutet, dass er es sich auf der Fahrt möglicherweise anders überlegt hat und wer weiß wohin gefahren ist, weil er seine Ruhe haben wollte.«

»Weiß man etwas über Auslandskonten?« Max wollte sich noch nicht zufriedengeben.

»Auf den bekannten Konten gab es in all der Zeit keinerlei Bewegungen, aber vielleicht hat er ja jede Menge

Kohle auf den Komoren und inzwischen ein neues Gesicht.« Arno Wüst hob die Hand zur Verabschiedung und verschwand.

»Wir sollten uns noch mal in der Szene umhören.« Frieda sah auf ihre Uhr. »Ich mache heute Abend einen Zug durch die Schaafenstraße, wer übernimmt die Saunas und den Aachener Weiher?«

»Jetzt im Herbst ist da doch nicht viel los.« Peter Sommer machte keinen begeisterten Eindruck.

»Umso schneller hast du Feierabend, Peter.« Frieda lächelte. »Max, übernimmst du die Saunas?«

Max nickte und Rolf Stein fügte hinzu: »Betty und ich kümmern uns um die restlichen Locations.«

»Prima, ich bin gespannt, was wir bis morgen herausfinden.« Frieda setzte sich wieder an ihren Computer und vertiefte sich in ihre Arbeit.

\*

Der Trans\*Later war Friedas erste Anlaufstelle im sogenannten Bermudadreieck von Köln. Es war 22 Uhr und der Klub nur mittelmäßig gefüllt. Hinter der Theke bediente die Barfrau Lilly einige Gäste, von Conny, dem Inhaber, war nichts zu sehen. Frieda setzte sich auf einen freien Barhocker und sah sich um. Aus dem Kellergeschoß dröhnte Musik herauf. Heute spielte keine Live-Band, sondern die Musik deutete auf einen DJ hin, der sich warm spielte.

Lilly kam lächelnd auf sie zu. »Frieda, schön dich zu sehen. Bist du allein?«

»Ja, bin dienstlich hier.«

»Ach herrje, ist auf der Schaafenstraße wieder etwas passiert?« Lilly schaute ängstlich zur Eingangstür. »Weißt du, seit drüben die Belästigungen zugenommen haben, schaue ich mich nachts auf dem Weg zum Auto dreimal um.«

»Nein, Lilly, keine Sorge. Ich bin heute wegen eines Mannes da, der vor vier Jahren verschwunden ist, und wir rollen seinen Fall noch mal auf.«

»Ach ja? Wer ist es denn?« Lilly wollte sich gerade genüsslich auf die Theke lehnen, als ihr eine Bestellung zugerufen wurde. Sie ging zum Zapfhahn zurück.

»Machst du mir bitte ein Kölsch mit?«, rief Frieda ihr nach, nicht ganz sicher, ob Lilly sie gehört hatte.

»Bin gerade von unten hochgekommen und habe »Fall aufrollen« gehört.« Conny war neben Frieda aufgetaucht und schob sich nach einem schnellen Begrüßungsküsschen auf ihre Wange auf den Hocker neben sie.

»Hallo, Conny.« Frieda strahlte ihn an. »Ich dachte schon, du bist heute gar nicht hier.«

Conny lächelte und machte Lilly ein Zeichen, die neben dem Kölsch für Frieda auch ein Mineralwasser für ihn auf die Theke stellte. »Um welchen Fall geht es denn?« Er prostete Frieda zu.

»Veith Giesen, erinnerst du dich noch an ihn?«

»Veith?! Oh ja, ich erinnere mich. Der Mann ist so schnell nicht zu vergessen.«

»Nein? Warum nicht?« Friedas Aufmerksamkeit war geweckt, und sie sah Conny gespannt an.

»Veith war ein sehr gut aussehender, sportlich durchtrainierter Mittsechziger, der auf junge Ärsche stand.«

Frieda spürte, dass sie rot wurde, und hoffte sehr, dass Conny sie jetzt nicht ansah. Es ärgerte sie, dass sie sich wie ein Schulmädchen benahm, das von Tuten und Blasen keine Ahnung hatte.

Conny schien es nicht bemerkt zu haben, denn er sprach unbefangen weiter. »Er kam ungefähr zwei Jahre lang mindestens vier Mal in der Woche vorbei und war fast ausschließlich im Darkroom anzutreffen.«

Frieda erinnerte sich noch sehr gut daran, wie sie bei ihrem ersten Besuch während der Ermittlungen zu einem Mordfall mit dem Darkroom Bekanntschaft gemacht hatte – ein unvergessliches Erlebnis.

»Der Darkroom bietet nur zu Anfang die größte Anonymität«, sagte Conny nachdenklich. »Wenn du regelmäßiger Besucher bist, wirst du früher oder später erkannt. Einige Jungs waren etwas blass um die Nase, wenn sie rauskamen und sich hier an der Theke erst mal stärken mussten. Im Laufe der Zeit fiel mir auf, dass die ganz jungen Männer schnell wieder hier vorn waren, wenn Veith hinten in den Darkroom ging.«

»Zufall?« Frieda leerte ihr Glas.

»Nein, wohl nicht.« Conny machte ein ernstes Gesicht. »Veith wollte mit aller Macht Sexualpraktiken durchziehen, die nicht jedermanns Sache sind.« Er gab Lilly erneut ein Zeichen, die kurz darauf zwei gefüllte Gläser vor ihnen abstellte.

»Weißt du mehr?« Frieda erwartete harte Kost und wappnete sich.

»Ja, einige Burschen sagten mir, dass er auf brutales Fisting stand, das er an ihnen durchführen wollte. Ich habe mir Veith dann mal zur Seite genommen und ihn gebeten, besondere Spielchen doch in den dafür ausgestatteten und bekannten Klubs durchzuführen.«

Frieda sah ihn abwartend an.

Conny zuckte mit den Schultern und trank einen Schluck. »Er war dann ein oder zwei Wochen nicht hier, bevor er wieder auftauchte und die Jungs fernblieben. Bevor ich ihn noch mal ansprechen konnte, kam er nicht mehr. Ich habe von Kollegen später erfahren, dass er verschwunden ist und vermisst wurde. Ehrlich gesagt war ich ganz froh, dass er wegblieb. Die Stimmung im Darkroom war schlagartig wieder lockerer.« Er runzelte die Stirn und sah Frieda fragend an. »Ist er wieder aufgetaucht?«

»Nein. Bist du damals auch zu ihm befragt worden?« Frieda vermisste die gerade erhaltenen Informationen in der Fallakte, sie konnte sich nicht erinnern, sie irgendwo gelesen zu haben, nachdem Arno Wüst sie auf ihrem Tisch abgelegt hatte.

»Nein, einige andere Wirte auf der Schaafenstraße ja, aber in dieser Nebenstraße war niemand.«

»Was war Veith Giesen für ein Typ? Er wird doch nicht nur zum Sex hier gewesen sein.« Frieda versuchte, Conny möglichst unbefangen anzusehen.

»Ficken und saufen, Frieda, dafür ist er hergekommen.« Conny konnte ein Grinsen nicht ganz verbergen. »Er hat an seinem Tisch eine Runde nach der anderen bestellt.« Er deutete auf eine der Plüschecken. »Hat immer mindestens drei Burschen bei sich sitzen gehabt. Je jünger, je lieber, hatte ich den Eindruck. Je glatter die Haut, je weniger Haare auf der Brust, desto mehr hat er ihnen ausgegeben.«

»Hatte er einen festen Freund?«

»Nein. Seine Begleitung wechselte allabendlich.«

»Habt ihr euch mal unterhalten? Hat er etwas von sich erzählt?« Frieda sah Conny hoffnungsvoll an.

»Kaum. Er kam schließlich nicht her, um mit mir zu quatschen.« Er dachte nach. »Aber warte mal.« Er winkte Lilly, die sofort zu ihm herüberkam. »Sag mal, erinnerst du dich noch an Veith, den geilen Schweizer?«, brüllte er ihr ins Ohr, als sie sich über die Theke zu ihm beugte.

»Ja, ein hübscher Kerl war er ja«, rief Lilly zurück und lächelte versonnen.

»Er war das doch, der dich nach einem speziellen BDSM-Treff gefragt hat, oder irre ich mich?«

Lilly nickte. »Stimmt, das war Veith.«

»Kannst du mir die Adresse des Klubs aufschreiben?« Frieda würde die Befragung an Max weitergeben, so weit war sie sicher. »Fällt dir sonst noch etwas zu ihm ein?« Sie musste nun auch die Stimme heben, denn der Klub hatte sich in den letzten Minuten zusehends gefüllt und die Musik von unten schallte nun lauter herauf.

Lilly schüttelte den Kopf. »Die Sache mit dem Darkroom wird Conny dir erzählt haben. Einer der jungen Männer hat mal den Kopf an meine Schulter gelehnt und sich ausgeweint.« Sie malte zwei Gänsefüßchen in die Luft. »Wenn Veith in Fahrt kam, also richtig geil wurde, dann fiel es ihm wohl schwer, ein Nein zu akzeptieren.« Lilly drehte sich wieder weg, um neue Getränkebestellungen aufzunehmen.

»Ich werde mich auch mal hinter die Theke begeben, Lilly braucht Unterstützung.« Conny gab Frieda wieder ein Küsschen auf die Wange und schlängelte sich an ihr vorbei.

Frieda sah auf die Uhr. Ein Uhr vorbei, Zeit, nach Hause zu gehen.

*

Der Albert-Einstein-Ring im Industriegebiet von Erftstadt-Lechenich war unregelmäßig beleuchtet, einige der Straßenlaternen funktionierten nicht oder waren noch nicht angeschlossen. Es war kurz vor Mitternacht, als ein Pkw langsam von der Otto-Hahn-Allee abbog und in eine Parkbucht unter einer defekten Lampe rollte. Der Fahrer schaltete die Beleuchtung am Pkw aus und blieb in seinem Fahrzeug sitzen. Es herrschte eine beklemmende Finsternis, zu allem Überfluss begann es zu nieseln.

»Scheiß November«, fluchte der Fahrer und zündete sich eine Zigarette an. Das Aufflackern eines Feuerzeugs beleuchtete für einige Sekunden ein junges, glattes Gesicht. »Und den Arsch friere ich mir hier auch noch ab«, murmelte er ärgerlich. Er beobachtete, dass sich bei einem Fahrzeug, das ca. dreißig Meter hinter ihm geparkt war, die Fahrertür öffnete, ohne dass die Innenbeleuchtung anging. Eine dunkle Gestalt kam auf ihn zu, die hintere Tür seines Wagens wurde geöffnet und die Gestalt schlüpfte auf den Sitz hinter dem Fahrer.

»Warum hat das so lange gedauert?«, zischte es vom Rücksitz.

»Wildschweine auf der A1 hier am Kreuz Erftstadt, die Abfahrt war gesperrt, ich musste die nächste Ausfahrt runter.« Während der junge Fahrer antwortete, dachte er darüber nach, ob die zischende Stimme tatsächlich einer Frau gehörte oder ob er sich irrte.

Im Rückspiegel konnte er lediglich einen schwarzen Kapuzenpullover erkennen. Das Gesicht bedeckte eine schwarze FFP2-Maske, von den Haaren war nichts zu erkennen.

»Sieh nach vorn«, bellte die Stimme ihm ins Ohr. »Was hast du dir dabei gedacht?«

»Wobei?«, fragte er zaghaft.

»Jetzt nicht auch noch blöd stellen, darauf stehe ich gar nicht«, zischte es ungehalten von hinten, sodass dem jungen Mann ein Schauer über den Rücken lief. »Du weißt genau, worum es hier geht.« Als er nichts erwiderte, fügte die Stimme hinzu: »Warum hast du entgegen aller Abmachung den Schädel in die Rüben gekickt? Bist du verrückt geworden? Wir haben darauf vertraut, dass du dich an die Abmachungen hältst.«

»Ich war noch bei dem Leichendoktor und habe mit dem Hausmeister im Keller geplaudert, als die zu vernichtenden Überreste des Kindes herunterkamen. Der Hausmeister wollte sie in dem großen Ofen verbrennen.« Der junge Mann versuchte, im Rückspiegel zu erkennen, welche Reaktionen sein kleines Geständnis auslöste. »Und dann hat mich einfach der Hafer gestochen, sorry. Ich wollte ein Souvenir mitnehmen und habe den Schädel in meine Umhängetasche gestopft, statt ihn in den Ofen zu befördern.«

»Wie dämlich kann man sein!« zischte es empört von der Rückbank.

»Und als ich dann losgefahren bin, habe ich gedacht, dass es lustig wäre, wenn zwischen all den Rüben ein Totenschädel heraus grinst. Es war cool, wie der Schädel mit den wenigen wehenden Haaren in den Acker flog.« Er setzte ein windschiefes Lächeln auf. »Aber, ehrlich gesagt, habe ich nicht damit gerechnet, dass der Schädel den Einsatz des Rübenroders überlebt. Ich mach so einen Quatsch nie wieder, versprochen.«

»Bist du auf Droge?«

»Okay, ich hatte vorher gekifft, aber das zählt nicht«, versuchte der junge Mann, sich zu entschuldigen.

»Meinst du?« Die Gestalt hinter ihm rutschte weiter auf ihn zu und legte ihm eine Hand auf die Schulter. »Na ja, ist jetzt nicht mehr wichtig.«

Was vielleicht als beruhigende Geste gemeint war, versetzte den jungen Mann in aufkommende Panik. Blitzschnell fuhr die rechte Hand von hinten nach vorn, riss ihm mit ihren angespitzten metallenen Fingerpics die linke Halsschlagader auf und versetzte ihm einen glatten Schnitt bis zum rechten Ohr.

Der junge Mann keuchte auf. Das Blut spritzte wie Wasser aus einem Gartenschlauch aus seiner Kehle und die Gestalt hinter ihm hatte die Arme wie Schraubzwingen um ihn gelegt und drückte ihn in den Sitz. Verzweifelt versuchte der junge Mann, sich zu befreien, aber ohne Erfolg. Es war ihm noch nicht einmal möglich, die Hupe zu betätigen, um auf sich aufmerksam zu machen. Er spürte, wie seine Kräfte schwanden und er müde wurde. Dann wurde ihm schwarz vor Augen.

Nach einigen Minuten schlüpfte die Gestalt aus dem Wagen und schloss leise die Tür. Rasch zog sie die Latexhandschuhe mit den aufgesetzten Pics aus und ließ sie in eine mitgebrachte Tüte fallen. Dann zog sie unter ihrer Jacke ein Tuch hervor, öffnete den Tankstutzen und stopfte es hinein. Sie wartete, bis es genug Benzin angesogen hatte, und hielt ein Streichholz daran. Schnell zog sie sich vom Wagen zurück und lief zu ihrem eigenen Auto. Als das Benzin sich entzündete und der Tank explodierte, war sie bereits davongefahren.

*

Frieda erschien am Samstagmorgen als Erste des Teams im Präsidium. Zu ihrer großen Überraschung saß Vivien Rudloff bereits vor einem PC und schrak heftig zusammen, als sie von Frieda angesprochen wurde.

»Guten Morgen, habe ich Sie erschreckt?« Frieda sah die Profilerin erstaunt an. »Hatten wir nicht abgemacht, dass Sie erst am Montag wieder zu uns stoßen?«

»Nun …« Vivien Rudloff hatte sich schnell gefangen. »Ich bin auf dem Weg zu meiner Tante und nur kurz reingesprungen, um mir in Ruhe die bisherigen Ergebnisse anzusehen.« Sie lächelte, als sie aufstand und nach ihrem Mantel griff, den sie achtlos über einen der Stühle geworfen hatte.

Die Tür öffnete sich mit Schwung und Thomas Neuenschildt fegte herein. »Ah, schön, dass Sie beide schon da sind! Heute Nacht ist ein Fahrzeug im Industriegebiet in Erftstadt-Lechenich vollkommen ausgebrannt. Die Feuerwehr hat eine völlig verkohlte Leiche darin gefunden, die jetzt bei Dr. Schneider liegt und von ihm untersucht wird. Ihr Team wird die weiteren Ermittlungen übernehmen. Vielleicht besteht ein Zusammenhang mit den Fällen, die Sie bereits untersuchen.«

Während Frieda ihren Vorgesetzten noch erstaunt ansah, zog Vivien Rudloff wieder ihren Mantel aus. »Wie kommen Sie darauf, dass es Ähnlichkeiten oder Gemeinsamkeiten geben könnte?«, fragte sie. »Das scheint mir doch eine recht vage Vermutung zu sein.«

»Ob es lediglich eine Vermutung bleibt, werden die Ermittlungen des Teams ergeben. Erftstadt ist bislang nicht als Hotspot des Verbrechens in Erscheinung getreten, und es wäre ein sehr großer Zufall, wenn dort innerhalb so kurzer Zeit zwei voneinander unabhängige Kapitalverbrechen begangen würden. Außerdem gibt es eine auffällige Gemeinsamkeit, Frau Rudloff.« Neuenschildt sah die Profilerin an. »Es wird in beiden Fällen mit aller Macht versucht, die Identifikation der Opfer unmöglich zu machen. Ist Ihnen das nicht aufgefallen?« Er wandte sich an Frieda. »Ich habe dir alle bisherigen Informationen auf deinen Rechner geschickt.«

»Okay, die schaue ich mir nachher an, ich möchte erst zum Fundort fahren und mir einen Überblick über die Örtlichkeiten verschaffen.«

»Ich komme mit«, sagte Vivien Rudloff bestimmt.

»Wollten Sie nicht zu einem Familienbesuch?«

»Ja, ja, wir sind aber erst zum Mittagessen verabredet.« Die Profilerin schüttelte unwillig den Kopf.

»Wo müssen Sie denn hin?« Thomas Neuenschildt sah sie interessiert an.

»Nach Rheinbach.«

Frieda sah auf ihre Armbanduhr. »Das dürften Sie schaffen, wenn Sie mit Ihrem Wagen hinter mir herfahren. Oder sind Sie mit dem Zug gekommen?«

»Ich fahre hinter Ihnen her.«

Frieda nickte kurz und nahm den Zettel von Thomas Neuenschildt entgegen, auf dem er ihr die Adresse geschrieben hatte.

Vivien Rudloff fuhr brav hinter Frieda her, die nach einer Dreiviertelstunde das Industriegebiet in Erftstadt erreicht hatte und vor einem Absperrband anhielt. Vor Ort war noch die Spurensicherung an der Arbeit und es hatten sich einige Schaulustige eingefunden, die von den örtlichen Streifenbeamten auf Abstand gehalten wurden.

Eine junge Beamtin hielt Frieda und Vivien Rudloff das Absperrband hoch, sodass sie darunter her schlüpfen konnten.

Über dem ausgebrannten Autowrack war ein Pavillon aufgebaut, der vor dem einsetzenden Regen und allzu neugierigen Blicken schützen sollte.

»Guten Morgen,« begrüßte Frieda die Kolleg*innen.

Ein freundliches Gemurmel war die Antwort.

»Könnt ihr schon irgendetwas sagen?« Frieda zog den Kragen ihrer Jacke zusammen.

»Die Feuerwehr war zwar recht schnell vor Ort, nachdem sie benachrichtigt wurde, aber die Wucht des Feuers hat kaum brauchbare Spuren hinterlassen.« Der Beamte der Spurensicherung zuckte die Achseln und schüttelte den Kopf. »Die verkohlte Leiche lag auf dem Vordersitz, sie wurde bereits in die Gerichtsmedizin transportiert. Wir haben bislang keine Spuren von Ausweispapieren oder einem Handy gefunden.«

»Wer hat den Brand gemeldet?« Frieda sah sich um.

»Ein Zeuge, der mit seinem Wagen um 0.10 Uhr auf der Bundesstraße unterwegs war, hat das Feuer gesehen, ist hierhin abgebogen und hat dann 112 angerufen. Die Polizei der örtlichen Wache ist auch ausgerückt, hat seine Personalien aufgenommen und ihn nach Hause geschickt.«

Vivien Rudloff meldete sich zu Wort. »Gibt es weitere Zeugen?«

»Bislang nicht, hier herrscht wohl ab Einbruch der Dunkelheit tote Hose. Seitdem keine Lkws mehr über Nacht abgestellt werden dürfen, ist es hier ruhig geworden.«

»Überwachungskameras?« Frieda wies auf die Firmen-gebäude.

»Keine Ahnung.«

»Wir werden uns darum kümmern. Mal sehen, wen wir an einem Wochenende erreichen können.« Frieda wandte sich um, der Geruch nach Verbranntem, was auch immer es war, schlug ihr allmählich auf den Magen.

»Den Bericht schicken wir, sobald wir fertig sind.«

»Danke.« Sie ging einige Meter zur Seite und sah sich um. Im Gebäude einer Reinigungsfirma brannte Licht, und in Frieda keimte Hoffnung auf. Einige Grundstücke waren noch Brachen und warteten auf eine Bebauung.

»Ich würde sagen, wir statten ›fix&sauber‹ einen Besuch ab.« Frieda wies auf das beleuchtete Gebäude, und Vivien Rudloff folgte ihr.

In der Reinigungsfirma trafen sie auf den Inhaber, der über Einsatzplänen brütete. Er kam ihnen mit aus-gestrecktem Arm entgegen und schüttelte ihnen die Hände, als wären sie alte Bekannte. »Karl Weiland mein Name. Ich habe mich schon gefragt, was da drüben pas-siert ist«, begrüßte er die Frauen. »Kaffee?« Ohne eine Antwort abzuwarten, wandte er sich der Kaffeemaschine zu. »Espresso, Cappuccino, Latte?«

»Tee, bitte.« Vivien Rudloff strahlte Herrn Weiland an.

»Für mich nichts, danke schön.« Frieda wunderte sich über die Profilerin.

»Na ja«, sagte Weiland, »Tee wird schwierig. Ich kann nur Kaffee.« Er sah die Profilerin bedauernd an.

»Das macht nichts, dann verzichte ich.« Vivien Rudloff machte keineswegs einen enttäuschten Eindruck.

Karl Weiland machte sich selbst einen Latte Macchiato

und führte die beiden Frauen schließlich in sein Büro. »Hat es da drüben gebrannt?«, fragte er nach dem Offensichtlichen.

»Ja, ein Pkw ist ausgebrannt. Waren Sie gestern Abend hier?« Frieda setzte sich bequem hin.

»Bis 20 Uhr, dann waren die letzten Putzteams auf dem Weg zur Arbeit. Von dort aus fahren sie direkt nach Hause und kommen erst am nächsten Morgen wieder her oder fahren von zu Hause zum nächsten Einsatz, sofern sie nicht freihaben.«

»Und gestern? Ist spät am Abend noch ein Team zurückgekehrt?« Frieda sah Karl Weiland freundlich an.

»Nein, gestern war ich hier der Letzte.« Bedauern schwang in seiner Stimme mit.

»Haben Sie hier Überwachungskameras?«

»Ja«, antwortete er stolz.

»Würden Sie uns bitte die Aufnahmen von gestern Abend zur Verfügung stellen und zuschicken?« Frieda wollte aufstehen, doch Vivien Rudloff hatte einen Einwand.

»Wir könnten doch jetzt schon mal einen Blick darauf werfen, das macht doch sicherlich keine Mühe?«, flötete sie.

»Nein, natürlich nicht«, war dann auch prompt die Antwort. »Um welchen Zeitraum handelt es sich denn?«

»Die Zeit von 23 Uhr bis zum Eintreffen der Feuerwehr«, antwortete Frieda.

Karl Wieland suchte die Aufnahmen heraus und drehte den Monitor zu Frieda und Vivien Rudloff herüber. Sie sahen den Eingangsbereich der Reinigungsfirma, von einer schwachen Lampe nur spärlich erhellt.

»Die Beleuchtung da draußen ist recht mager«, stellte Frieda fest.

»Ja, da haben Sie vollkommen recht. Ich habe mich schon öfter über die defekte Straßenbeleuchtung beschwert«, empörte sich der Inhaber.

Die Zeitangabe der Aufzeichnung zeigte 23.45 Uhr, als das Scheinwerferlicht eines Wagens ins Bild kam. Die Marke war nicht zu erkennen, nur dass er offenbar rückwärts in eine Parklücke setzte. Die Scheinwerfer gingen aus und alles war wieder dunkel. Erst das Eintreffen der Feuerwehr und der Polizei veränderten die Szenerie.

»Verdammt«, entfuhr es Frieda. »Darauf ist ja nichts zu erkennen! Keine Pkw-Marke, kein Kennzeichen, nicht einmal, wie viele Personen sich in dem Fahrzeug befanden.« Frustriert stand sie auf. »Wissen Sie, ob es auch öffentliche Überwachungssysteme gibt?«

»Es war mal die Rede davon, dass die Zufahrt des Industriegebietes über die Otto-Hahn-Allee in beide Richtungen verkehrsüberwacht werden soll. Wieweit das schon umgesetzt ist, kann ich leider nicht sagen.« Der Mann hob bedauernd die Schultern.

»Vielen Dank, Sie haben uns trotzdem geholfen, Herr Weiland.« Frieda reichte ihm die Hand. »Wenn wir noch weitere Fragen haben, werden wir uns an Sie wenden. Sollte doch einer Ihrer Mitarbeiter*innen gestern Abend noch mal reingeschaut haben, informieren Sie uns bitte. Hier haben Sie meine Karte, auf der steht auch die Mailadresse, an die Sie die Aufzeichnungen Ihrer Kamera bitte schicken.«

Draußen hatte der Regen an Stärke zugenommen, und Frieda seufzte. Sie schlug den Kragen ihrer Jacke wieder hoch und sah Vivien Rudloff an. »Sie können jetzt zu Ihrer Großmutter fahren. Ich werde die örtlichen Kollegen bitten, die anderen anliegenden Firmen aufzusuchen und um eventuelle Überwachungsvideos zu bitten. Das gilt auch für eine mögliche öffentliche Verkehrsüberwachung. Dann werde ich mich wieder auf den Weg nach Köln machen und den Rest von uns informieren. Einwände?«

»Nein.« Die Profilerin schüttelte den Kopf und lief ohne ein weiteres Wort durch den Regen zu ihrem Auto.

»Ihnen auch ein schönes Wochenende«, murmelte Frieda.

*

In Köln herrschte geschäftige Stille, als Frieda mit einer großen Tüte Croissants wieder im Büro erschien. Als hätte er es gerochen, tauchte auch Arno Wüst kurze Zeit später auf und griff als Erster in die Tüte.

»Ich habe das Gefühl, dass wir wie Hühner im Nebel scharren«, seufzte Max und nahm sich ebenfalls ein Croissant. Er zeigte auf seinen Bildschirm. »Bis jetzt gibt es keinerlei Gemeinsamkeiten zwischen den Vermissten, die aus allen Gegenden in Deutschlands kommen. Wir stochern in trüber Brühe. Es ist schon erschreckend, wie viele Menschen nicht nur bei uns spurlos verschwinden, also nie wieder auftauchen ... Wo sind die alle hin? Die können sich doch nicht alle auf dem Weg zum Zigarettenholen verlaufen haben und leben jetzt glücklich und zufrieden auf der Straße. Menschen verschwinden, die geliebt, vermisst werden. Bei denen davon auszugehen ist, dass auch sie lieben und vermissen. Natürlich sind auch einige Selbstmörder dabei, die in irgendeinem Wald verrotten oder von Wildschweinen gefressen wurden.« Er biss herzhaft in sein Croissant.

»Was wäre denn, wenn sie gezielt verschwunden wären?«, fragte Arno Wüst mit vollem Mund in die Runde.

»Was meinen Sie mit ›gezielt verschwunden‹?« Frieda sah ihn verständnislos an.

»Lemminge auf dem Weg ins Glück?« Max grinste.

»Geplant, ausgesucht und von der Straße geholt, oder vielleicht auch entführt. In eine Falle gelockt, aus der es kein Entkommen gab.« Arno Wüst ignorierte Max' spöttische Bemerkung.

»Ufos? Die große neue Verschwörungstheorie?« Max tippte sich an die Stirn.

»Nein.« Arno Wüst blieb völlig ruhig. »Viel profaner. Man wollte etwas von ihnen haben.«

»Klar, ihr Geld.« Max nahm sich einen Kaffee.

»Nein, Möchtegern-Macho, ihre Gesundheit.« Jetzt war es Wüst, der in verständnislose Augen blickte. »Wir wissen doch, dass in den ärmsten Ländern Mittel- und Südamerikas Menschen entführt werden, ihnen Organe entnommen und sie dann zum Sterben an den Straßenrand gelegt werden.«

»Blödsinn, Arno.« Rolf Stein mischte sich ein. »Das mag ja in Ländern der Dritten Welt so sein, aber doch nicht hier bei uns!«

»Vielleicht ist ja genau das der Clou.« Arno Wüst stand auf. »Da es unvorstellbar erscheint, macht sich niemand in dieser Richtung Gedanken, und ermittelt wird schon mal gar nicht.«

»Eine gewagte Theorie, Kollege.« Max verschränkte die Hände hinter dem Kopf. »Und außer Ihnen ist noch niemand darauf gekommen. Bin gespannt, was unsere Profilerin dazu sagen wird.«

»Ups, Profilerin«, schnaubte Arno Wüst. »Ich habe noch nicht viel von der Wundertante aus Düsseldorf gehört. Allzu viel hatte sie ja wohl bisher nicht beizutragen.«

»Vielleicht ist das ja der Zusammenhang, nach dem wir suchen?« Frieda fand die These zwar beängstigend, aber nicht so abwegig wie ihre Kolleg*innen.

Bis auf Arno Wüst sahen alle sie erstaunt an.

»Das ist doch immerhin mal ein Ermittlungsansatz, mit dem wir alles bisher Gedachte nicht dauernd wiederholen und uns weiter im Kreis drehen. Lasst uns diesen Ansatz bei unserer weiteren Arbeit im Hinterkopf behalten.« Frieda zeigte sich zufrieden.

»Ich schlage vor, dass ich heute nach Kronichen fahre, wo der vermisste Marlon Strotz zu Hause war«, sagte Arno Wüst und stand auf. »Da ich auf gepackten Koffern sitze, habe ich nichts Besseres mit dem Wochenende vor und werde mich über die gesunde Luft da draußen freuen.« Er reckte sich und verabschiedete sich mit einem Nicken von den Kolleg*innen.

»Das ist vielleicht eine Type. Ist er wirklich so ein Widerling, oder tut er nur so?« Betty sah dem ungeliebten Kollegen nach.

»Egal, was oder wie er ist, wir haben noch eine Menge Arbeit vor uns.« Frieda setzte sich an ihren Tisch.

*

Es war bereits später Nachmittag, als Wüst seinen Wagen langsam über die Hauptstraße Kronichens rollen ließ, offensichtlich die einzige asphaltierte Straße des Ortes. Bei den wenigen abgehenden Wegen handelte es sich um festgefahrene Lehm- oder Schotterpisten.

»Verdammte, gottverlassene Gegend!«, dachte Wüst. Hier schien die Zeit stehen geblieben zu sein.

Es gab keinen Bürgersteig oder andere Gehwege. Grasflächen trennten die Fahrbahn entweder von kniehohen Metallzäunen oder niedrigen Mäuerchen, die die Vorgärten der Häuser begrenzten.

So wie Wüst erkennen konnte, waren nicht mehr alle Häuser bewohnt. Vor manchen stand ein Schild mit der Aufschrift »Zu verkaufen«, bei anderen waren die Türen vernagelt oder hingen schief in den Angeln.

»Willkommen in Zombie-City«, murmelte Wüst, als er nach kurzer Zeit die einzige Gaststätte des Ortes ansteuerte. Einen Parkplatz gab es nicht, so blieb Wüst einfach auf dem Grünstreifen stehen.

Die Dämmerung lag wie eine dunkle Wolke über Kronichen, als Wüst ausstieg. Er rechnete damit, dass er vor verschlossener Tür stehen würde, doch der Gasthof war geöffnet. Wüst stieß die Tür auf und trat in einen kleinen Raum, in dem es noch dunkler war als draußen.

Er blieb einen Moment stehen, um seine Augen an das fahle Licht zu gewöhnen, das eine Lampe an der linken Seite der Theke verbreitete.

Der Gastraum war mit vier Tischen bestückt; in der äußersten Ecke saß jemand mit dem Rücken zu Wüst und bewegte sich auch nicht, als dieser die Tür hinter sich schloss.

Ein Mann trat aus dem Schatten hinter der Theke und sah ihn aufmerksam an.

»Na, besonders enthusiastisch ist der Empfang hier nicht gerade«, dachte Wüst. »Guten Tag.« Er versuchte sich an einem Lächeln. Am liebsten wäre er auf dem Absatz umgekehrt, um diese gastliche Stube schnellstens wieder zu verlassen.

»Hallo.«

»Oh, es kann sprechen«, entfuhr es ihm leise und er trat näher, um sich auf einen Hocker an der Theke zu setzen. »Ein Bier, bitte.«

Der Wirt nickte mit dem Kopf und begann zu zapfen.

Gesprächig scheinen die hier nicht zu sein, befand Wüst und sah sich in dem stillen Raum um.

Die karge Inneneinrichtung schien noch aus den Sechzigern des letzten Jahrhunderts zu stammen, kein Fernsehgerät mit dem obligatorischen nervtötenden Sportprogramm flimmerte an der Wand, keine Dauerberieselung ertönte aus einer unsichtbaren Musikbox mit Schlagern aus den Siebzigern.

»Nicht viel los in Ihrem Örtchen, was?« Wüst nahm einen kräftigen Schluck und wischte sich den Mund ab. Immerhin, das Bier schmeckte.

»Kann man so sagen.« Der Wirt zog sich wieder in den Schatten zurück, lehnte sich rücklings an die Wand und sah Wüst abwartend an.

Meine Güte, sind das hier Stimmungskanonen. Ich sollte zusehen, den Rückwärtsgang einzulegen. »Machen Sie mir bitte noch eins.« Wüst wies auf sein Glas. »Vielleicht trinken Sie eins mit?«

»Danke, ich trinke keinen Alkohol, wenn ich arbeite.« Der Wirt griff nach einem neuen Glas und füllte es.

»Keine Laster?«, fragte Wüst ironisch.

»Ich rauche.«

Nachdem er Wüst das Glas hingestellt hatte, zündete sich der Wirt eine Zigarette an.

»Hier gibt es noch Raucherklubs?«

»Wer sollte hier etwas dagegen haben, wenn ich rauche?« Der Wirt verzog seinen Mund zu etwas, das Wüst als Grinsen interpretierte.

Aus der Ecke kam ein kurzes, meckerndes Lachen. Wüst drehte sich um, doch der alte Mann saß noch genauso unbeweglich mit dem Rücken zum Raum wie bei Wüsts Ankunft.

»Haben Sie sich verfahren?« Der Wirt bot ihm eine Zigarette an und gab ihm Feuer.

»Danke.« Wüst registrierte, dass es keine billige Plastikversion war, die ihm der Wirt vor die Nase hielt, sondern ein elegantes, silbrig mattes Feuerzeug. Der Mann hinter der Theke wirkte grundsätzlich nicht wie ein abgerissenes Überbleibsel einer vergangenen Epoche. Er konnte »billig« von »teuer« offenbar sehr gut unterscheiden und machte auf dezentes Understatement, wie Wüst interessiert feststellte.

»Wie viele Einwohner hat Ihr hübscher Ort?«

»Leider nicht mehr viele, fast nur noch alte Leute.« Der Wirt sah ihn misstrauisch an. »Wir haben hier eine tolle Gegend mit einem fantastischen Nationalpark. Im Bereich Tourismus müsste eigentlich etwas gehen, wenn man genug Geld in die Hand nimmt.«

»Sie suchen Investoren in dieser gottverlassenen Gegend?« Wüst hob spöttisch eine Augenbraue.

»Verfahren?« Der Wirt ging nicht auf ihn ein.

»Nein, ich suche hier jemanden.« Täuschte sich Wüst, oder hatte sich der Typ in der Ecke leicht aufgerichtet und die Schultern gespannt?

»Suchen? Hier bei uns? Wen?« Der Wirt war aus dem Schatten getreten.

»Mario und Helga Strotz.«

»Und wer sind Sie?« Der Wirt beugte sich vor und musterte ihn unverhohlen.

»Ich bin von der Polizei, ich möchte mit den Eltern von Marlon Strotz sprechen.« Wüst beobachtete nun seinerseits sein Gegenüber.

Der Wirt sah aus dem Fenster hinter Wüsts Rücken und sagte langsam: »Wie ich gesehen habe, kommen Sie aus Köln, um mit den Eltern des vor Jahren verschwundenen Marlon zu sprechen?«

»Genauso ist es.«

»Um ihnen zu sagen, dass Sie den Mörder ihres einzigen Kindes gefunden haben, kommen Sie zu spät.« Der Wirt machte eine Pause. »Mario hat sich vor einem Jahr im Wald aufgehängt und Helga ist bald darauf abgehauen.«

»Wissen Sie wohin?«

»Nein. Sie hat sich nicht von mir verabschiedet.«

»Gibt es sonst noch Kinder in dem Alter von Marlon, hier in Ihrem Dorf?«

Wieder erklang das meckernde Lachen aus der düsteren Ecke.

»Wollen Sie mich auf den Arm nehmen?« Der Wirt schien tatsächlich ärgerlich zu werden. »Haben Sie sich nicht umgesehen, als Sie die Straße rauf- und runtergefahren sind? Haben Sie irgendwo Kinder oder junge Leute gesehen? Hier ist tote Hose, Amigo.«

»Sie sind doch auch hier.« Wüst lächelte.

»Ich bin wieder zurückgekommen. Meine Mutter hat mir dieses Gasthaus hinterlassen. Meinen Teil vom Abenteuer habe ich gehabt.« Der Wirt wandte sich ab.

Na, da habe ich wohl eine empfindliche Stelle getroffen, stellte Wüst zufrieden fest. Der Typ in seinen handgenähten Slippern und der kompletten Hugo-Boss-Ausstattung will mir hier den Samariter verkaufen. Das Kaff scheint doch spannender zu sein, als er mir weismachen will.

»Vermieten Sie auch Zimmer?« Er sah auf seine Armbanduhr.

Der Wirt lachte auf und wies mit ausgestreckten Armen und nach oben gerichteten Handflächen in den Raum. »Sieht das hier für Sie wie ein Hotel aus? Wir liegen an keiner Wanderroute, hier hat kein Germanenfürst in alter Zeit geschichtsträchtig an einen Baum gepinkelt. Wozu sollte ich hier Zimmer einrichten? Für so Leutchen wie Sie, die sich alle Jubeljahre mal hierher verirren? Die sind schneller wieder hier raus, als ich kassieren kann.« Er lächelte Wüst an. »Aber Sie haben Glück. Ich habe ein altes Personalzimmer.«

»Manchmal bin ich ein echtes Glückskind.« Wüsts Interesse für diesen Ort und seine Bewohner war geweckt, und er wollte sich noch einen Tag Zeit geben und sich etwas umsehen.

Der Wirt langte in eine Schublade und legte einen Schlüssel auf die Theke.

»Passt auf die Haustür und die Zimmertür. Wenn Sie da durchgehen«, er wies auf eine Tür mit WC-Zeichen, »kommen Sie ins Treppenhaus. Unterm Dach. Waschbecken auf dem Zimmer, WC auf dem Flur. 20,- €, Frühstück kommt extra.«

Wüst freute sich auf sein Haus in Schweden. »Schön, kann ich hier bei Ihnen jetzt auch etwas zu essen bekommen?«

»Kalte Frikadellen mit Kartoffelsalat.«

»Hört sich gut an. Ich bringe meine Sachen aufs Zimmer und bin gleich wieder da.« Wüst stand auf, um seine Ankündigung wahr zu machen.

Der Wirt blickte ihm nach und der Gast in der Ecke stand langsam auf, als Wüst auf der Treppe polterte. Er kam zur Theke und legte abgezähltes Kleingeld hin. Beide nickten sich wortlos zu und der Gast verließ leise die Kneipe.

Derweil trug Wüst seine kleine Tasche zwei Treppen nach oben unters Dach. Im Treppenhaus und auf dem Flur brannte jeweils eine scheußliche Funzel, die nicht zur Aufhellung der Stimmung beitrug.

Er öffnete die Zimmertür und seine schlimmsten Befürchtungen bestätigten sich. Abgetretenes Linoleum in undefinierbarer Farbe bedeckte den Boden. Ein schmales Eisenbett stand an einer Wand, ihm gegenüber befand sich das Waschbecken, dessen einziger Hahn es fertigbrachte, gleichzeitig verkalkt und verrostet zu sein. Vor dem Waschbecken lag ein abgewetzter Webläufer mit den Flecken eines Jahrhunderts darauf. Einen Stuhl und einen Kleiderhaken gab es noch, sonst nichts.

Willkommen im 21. Jahrhundert, Arno. Das ist so klischeebeladen, das kann nur ein Fake sein.

Er stellte seine Tasche auf den Stuhl und schloss die Tür wieder hinter sich, gespannt, welches Horroressen er serviert bekommen würde. Langsam stieg er die Treppe hinunter und fragte sich, ob der Wirt hier wohnte und was sich hinter den Türen des ersten Stocks verbarg.

Der Wirt hatte an einem der Tische eine Serviette und Besteck gedeckt.

Wüst hörte Geschirrgeklapper im Hintergrund. Die Gaststube war leer.

Er setzte sich und harrte der Dinge, nachdem er sich vergeblich nach einer Tageszeitung umgesehen hatte. Er griff zu seinem Handy, um sich nachrichtentechnisch auf den aktuellen Stand zu bringen. Aber der Verbindungsbalken blieb leer. Er hatte keinen Empfang.

Die Schwingtür zur Küche öffnete sich und der Wirt erschien mit einem Teller, den er vor Wüst absetzte. »Guten Appetit!«

»Haben Sie hier Handyempfang?«

»Kein Kabelfernsehen, kein schnelles Internet, kein Handyfunkturm in der Nähe. Willkommen in Kronichen.« Der Wirt lachte abfällig. »Telefon- und Stromkabel sind überirdisch verlegt.« Er wies zum Fenster. »Schöne alte Holzmasten. Bei Sturm oder Schnee kann es sein, dass wir ganz im Dunkeln sitzen. Dunkeldeutschland gibt es auch hier.«

»Kein Wunder, dass die Leute weggehen.«

»Sie sagen es. Ein Bier dazu?«

Wüst nickte. »Gibt es bei Ihnen einen Bürgermeister, Ortsvorsteher, Arzt oder Ähnliches, die ich wegen Marlon ansprechen könnte?« Er schob die nächste Gabel mit Kartoffelsalat in den Mund.

»Einen Arzt finden Sie im Umkreis von dreißig Kilometern nicht. Der Ortsvorsteher bin ich. Aber ich schätze, dass ich Ihnen nicht helfen kann, denn ich bin erst hier angekommen, als Marlon schon verschwunden war.«

Da Wüst den Mund voll hatte, wartete er ab, ob der Wirt weitersprach.

»Die einzige Amtsperson, die länger hier ist als ich, arbeitet draußen im Labor.«

Wüst verschluckte sich fast. »Was haben Sie hier? Ein Labor?« Er traute seinen Ohren nicht.

»Ja, soweit ich weiß, ein kriminaltechnisches Labor als eine europäische Kooperation zwischen Deutschland, Belgien und den Niederlanden. Sie arbeiten dort für das Einzugsgebiet des erweiterten Grenzbereiches. Vor ungefähr sieben Jahren wurde es von Doktor Sonntag übernommen. Ich kann mir vorstellen, dass dort noch diesbezügliche Akten aufbewahrt werden. Was von dem Jungen hier gefunden wurde, ist damals dort untersucht worden.« Der Wirt sah auf die Uhr, die hinter der Theke hing. »Vielleicht erwischen Sie Doktor Sonntag noch. Im Labor wird bis spät in den Abend gearbeitet.«

»Wie finde ich dorthin?« Wüst tupfte sich mit der Serviette den Mund.

»Sie fahren die Straße runter bis zum Schild, das Ihnen den Weg weist.«

Die Tür wurde mit Schwung aufgestoßen. Zwei alte Männer schlurften herein und setzten sich an den Tisch direkt daneben. Sie nickten dem Wirt zu und gaben ihm ein Zeichen.

»Kundschaft.« Der Wirt lächelte Wüst zu. »Einen erfolgreichen Abend wünsche ich.«

»Danke.« Wüst stand auf. »Sie schreiben es mir auf die Rechnung, okay?«

Der Wirt nickte und schickte sich an, zwei Biere zu zapfen.

*

Draußen herrschten pechschwarze Nacht und vollkommene Stille. Aus einigen Fenstern der umliegenden Häuser drang schwaches Licht, aber Straßenlaternen schien es in Kronichen nicht zu geben.

Los, Arno, gib Gas. Ein erfolgreicher Besuch im Labor und du bist morgen in aller Herrgottsfrühe weg. Auf das Frühstück kannst du locker verzichten.

Wüst hatte Kronichen schnell hinter sich gelassen und bald umfing ihn dichter Wald. Die Baumwipfel schienen zusammenzuwachsen und bildeten ein Dach über der Straße. Ein Dach, das keinen Blick auf den Himmel zuließ. Hier war es vermutlich auch am Tag dunkel.

Eine unerwartete Bewegung am Straßenrand ließ Wüst auf die Bremse treten. Er hielt an und stieg fluchend aus dem Wagen. »Verdammt, was machen Sie denn da?«

Im Licht der Scheinwerfer sah er eine alte, schwarz gekleidete Frau, die leicht gebeugt an einem Stock ging. In der anderen Hand trug sie einen Korb.

»Kein Fremder kommt zweimal her«, murmelte die Alte und ging Richtung Kronichen davon.

»Verrücktes Weib.« Wüst stieg wieder ein und fuhr weiter. Nach zwei Kilometern sah er den Wegweiser zum »Labor Sonntag«. Auf einem kleineren Schild darunter stand »Tierkrematorium«. Er bog ab und fuhr auf ein Backsteingebäude zu, dessen hohe Fenster hell erleuchtet waren.

Wüst parkte vor der Eingangstür und sah an dem zweistöckigen Gebäude hoch. Er erkannte zwei Frauen, die einem Laborraum im Erdgeschoss mit Pipetten Flüssigkeit auf Glasträger auftrugen und in verschiedenen Zentrifugen platzierten. Wüst versuchte, weitere Einzelheiten der

Umgebung auszumachen, die in völliger Dunkelheit lagen. Offenbar gehörte ein weiteres Gebäude mit einem hohen Schornstein, der in den Nachthimmel aufragte, auch noch zum Laborkomplex. Mühsam entzifferte er aus der Entfernung das Schild mit der Aufschrift »Tierkrematorium«, das neben der Eingangstür angebracht war.

»Suchen Sie etwas?«

Wüst fuhr herum. Hinter ihm war die Eingangstür lautlos geöffnet worden und ein jüngerer Mann mit teigigem Gesicht sah ihn mit einem undefinierbaren Gesichtsausdruck an.

»Ich möchte zu Doktor Sonntag.«

»Um diese Uhrzeit? Wer sind Sie?«

»Der Wirt in Kronichen sagte, ich könnte mein Glück noch versuchen. Ich habe Fragen zu Marlon Strotz.«

»Polizei?« Das teigige Gesicht zuckte.

Wüst nickte und zeigte seinen Ausweis.

Die Tür schwang so weit auf, dass er eintreten konnte, und er fand sich in einer gefliesten Halle wieder, an deren rechter Wand ein Empfangsbereich installiert war.

»Die Sekretärin ist natürlich um diese Zeit nicht mehr da.« Der Mann wies auf eine große Uhr über der Eingangstür. »Kommen Sie, ich bringe Sie zu Doktor Sonntag.« Er ging zu einer Treppe, die offenbar ins Untergeschoss führte.

Klar, wo wurden schließlich Leichenteile untersucht? Natürlich im Keller. Wer will schon bei Sonnenschein, der durch hohe Fenster in den Raum fällt, an totem Fleisch herumschneiden?

Wüst folgte dem Mann nach unten. Ein gekachelter Gang, der mit Neonleuchten bestückt war, führte zu einer großen Schwingtür, hinter der sich, wie Wüst vermutete, das Allerheiligste befand. Bevor er eintrat, hörte Wüst hinter sich das Geräusch einer sich öffnenden Tür und er drehte sich um, nur um einen kurzen Blick auf das Profil einer Frau zu erhaschen, die sich sofort wieder in einen dunklen Raum zurückzog.

Wüst folgte dem Angestellten und sah sich drei modernen Edelstahltischen mit Abzugshauben und Tablettwagen daneben gegenüber. Durch eine Glasfront dahinter blickte er auf eine Reihe von unterschiedlichen Mikroskopen und medizinischen Gerätschaften.

Während er noch das Interieur bewunderte, rief der Mann: »Polizei für Sie, Doktor Sonntag.« Er lächelte Wüst zu, sagte: »Kommt gleich«, und verschwand durch die Schwingtür.

Ein Hüsteln ließ Wüst herumfahren.

Eine mittelgroße Frau mit untersetzter Figur, deren kurz geschnittenes graues Haar wirkte, als sei es seit Wochen nicht gekämmt worden, kam auf ihn zu, und er starrte auf eine Warze, die ausgesprochen unvorteilhaft auf ihrem Kinn prangte.

Herrje, diese mittelgroße, mittelalte Frau trug zu allem Überfluss einen grauen Kittel. Mittelmaß total.

Wüst räusperte sich. »Guten Abend, ich möchte zu Doktor Sonntag.«

»Ich bin Veronika Sonntag.« Sie streckte ihm die Hand entgegen und übersah sein Zögern.

Veronika Sonntags Hand fühlte sich kühl und trocken an. Wüst war angenehm überrascht. Er versuchte, ihre Augen zu erkennen, die hinter einer Brille verschwanden.

»Was kann ich für Sie tun? Sie sind sicherlich nicht gekommen, um den morbiden Charme meines Mobiliars zu bewundern.« Sie wies auf die Edelstahltische. »Das sind Relikte des forensischen Labors, das hier vor etlichen Jahren in Betrieb war.« Sie lächelte ihn an. »Marcel sagte, Sie sind von der Polizei. Ich habe Sie hier noch nie gesehen, sind Sie neu?«

Wüst konnte genau sehen, wie sie ihn taxierte und für einen Neuling für zu alt befand. Bevor er antworten konnte, fuhr sie fort: »Wir gehen vielleicht besser in mein Büro, dort kann ich Ihnen wenigstens etwas zu trinken anbieten.«

Sie machte eine einladende Handbewegung und er folgte ihr in einen Raum, der außer einem Schreibtisch, einem Besucherstuhl und einer Kaffeemaschine nichts enthielt.

Die Kaffeemaschine war allerdings ein Extra-Klasse-Modell und zauberte Wüst den gewünschten Milchkaffee in exquisiter Qualität. Als passioniertem Kaffeetrinker war ihm keine Zeit zu spät, um sich seinem Lieblingsgetränk zu widmen, und er schloss beim ersten Schluck genüsslich die Augen.

»Ich bin von der Polizei Köln«, hub er an, um endlich die an ihn gerichteten Fragen zu beantworten.

»Sie kommen extra von Köln hierher? Was gibt es denn so Wichtiges?«

Sie nippte an ihrem Espresso.

Er lächelte ihr zu. »Es geht um Marlon Strotz.«

»Marlon Strotz?« Sie schien zu überlegen. »Das ist doch der Junge aus Kronichen, dessen Schädel weit weg von zu hause gefunden wurde, oder?«

Wüst nickte. »Hier hat man nur sein Fahrrad und seinen Ranzen an der Landstraße gefunden.«

Sie blickte Wüst aufmerksam an. »Und was ist nach all den Jahren plötzlich so wichtig, dass Sie persönlich herkommen?«

»In der Nähe von Köln wurde vor zwei Wochen ebenfalls der Schädel eines vermutlich gleichaltrigen Kindes gefunden.«

Doktor Sonntag sah ihn fragend an.

»Die beiden Schädel weisen eine Gemeinsamkeit auf.«

Er registrierte ein Aufblitzen in ihren Augen.

»Um die Identifikation zu erschweren beziehungsweise unmöglich zu machen, wurden beiden Kindern fachmännisch sämtliche Zähne gezogen. Bei Marlon hat man jedoch eine abgebrochene Zahnwurzel übersehen. Dieses Stückchen Wurzel enthielt genug DNA, um ihn zu identifizieren. Es stellt sich die Frage, ob das zweite Kind vielleicht auch aus dieser Gegend stammt.« Wüst stellte seine Tasse ab. Von dem vermissten Mädchen aus Konradsheim sagte er nichts.

»Finden Sie es nicht etwas weit hergeholt, zwischen diesen Schädeln diese Verbindung herzustellen?« Sie lächelte süffisant.

»Es ist eine Möglichkeit, die sich zu überprüfen lohnt.«

»Haben Sie sonst nichts in Köln zu tun?«

»Nein. Ich bin in dem Moment im Ruhestand, in dem Sie mir meine Fragen beantwortet haben.«

Veronika Sonntag atmete tief ein. »Sie wissen, dass das kriminaltechnische Labor vor ungefähr sieben Jahren in ein privates Institut umgewandelt wurde?«

»Nein.« Den Weg hierher hätte er sich sparen können. Wüst war enttäuscht.

»Nun schauen Sie nicht so bedröppelt.« Doktor Sonntag lachte leise auf. »Wir haben damals die Vereinbarung getroffen, dass wir die Akten der Forensik zehn Jahre aufbewahren, wenn sie nicht vorher elektronisch erfasst und bei der entsprechenden Behörde gespeichert werden.« Sie lächelte wieder. »Nun, Sie wissen besser als ich, wie langsam der Amtsschimmel reitet.« Sie stand auf. »Ich schaue nach der Akte.«

Sie blieb einige Zeit weg, während der sich Wüst dezent umsah. Der Schreibtisch war penibel aufgeräumt, es lag nichts herum, kein Fotorahmen lockerte den sterilen Eindruck auf oder gab ein persönliches Detail preis.

Sonntag kam zurück und legte eine Akte vor Wüst auf den Tisch. »Das Fahrrad und der Ranzen wurden hier im Labor auf Fingerabdrücke und DNA-Spuren untersucht. Es konnte nichts Auffälliges festgestellt werden.«

Wüst nahm den dünnen Hängeordner und blätterte ihn durch.

»Der Junge war auf dem Nachhauseweg von der Schule, als er spurlos verschwand.« Doktor Sonntag schien den Inhalt gut zu kennen.

»War noch ein anderes Kind bei ihm?« Wüst blickte hoch.

»Nein.« Doktor Sonntag schüttelte energisch den Kopf. »Marlon war das letzte Kind in Kronichen. Er fuhr die zehn Kilometer zur Schule allein.«

Sie lehnte an ihrem Schreibtisch und sah auf Wüst herunter. »Kronichen war damals schon ein sterbender Ort. Das hiesige Bleibergwerk war unrentabel und wurde geschlossen. Es gab schlagartig so gut wie keine Arbeitsplätze mehr.«

»Hier gab es ein Bergwerk?«

»Wir sitzen darauf, wenn man so will.« Doktor Sonntag wies zum Fußboden. »Dieses Gebäude war der Verwaltungssitz der Mine. Hier wurde Blei gefördert und in dem Gebäude nebenan aus dem Gestein gekocht. 1991 war Schluss und 1993 wurden die Stollen verschlossen und der Eingang versiegelt. 2000 eröffnete ein kleines Kriminallabor und 2005 bekam das Institut auch eine Rechtsmedizin. Der Euregio war es einiges Geld wert. Einige Jahre später stellte man plötzlich fest, dass es unrentabel arbeitete, und bot es zum Verkauf an. So bin ich schließlich hierhergekommen.«

Wüst fragte sich, was eine Frau wie Veronika Sonntag dazu bewegen mochte, in diese verdammte Einöde zu kommen, freiwillig in der Zeit zurückzureisen und hier zu versauern. Andererseits, wenn er sie so ansah – er hatte noch nie eine derart unattraktive Frau gesehen. Er glaubte, den Geruch von Blut und Knochen an ihr festzustellen.

»Ich bin hergekommen«, fuhr sie fort, als könnte sie seine Gedanken lesen, »weil meine Großmutter krank wurde und sich nicht mehr selbst versorgen konnte. Ich pflegte sie in ihrem Haus. Ich stehe auf dem Standpunkt, alte Bäume soll man nicht verpflanzen.«

»Und die Privatisierung hat sich gelohnt?«, fragte Wüst skeptisch.

»Hier mag es nicht so hektisch sein wie in der großen Stadt, aber lassen Sie es sich gesagt sein«, ihre Stimme nahm einen gönnerhaften Klang an, »wir haben genug zu tun.« Sie sah ihm kühl in die Augen. »Die Erfolgsformel lautet ›Spezialisierung‹, mein lieber Kommissar. Dieses Labor hat sich in den letzten Jahren einen hervorragenden

Ruf in Bezug auf Hormonbehandlung erworben. Ungewollte Schwangerschaften stellen für viele Paare ein nicht zu unterschätzendes Problem dar. Wir arbeiten für gynäkologische, aber auch für kleine endokrinologische Praxen, die aufgrund unserer Arbeit individuelle Hormonbehandlungen durchführen. Wir sind spezialisiert auf schnelle und genaue Ergebnisse.« Der Stolz in ihrer Stimme war nicht zu überhören. Sie sah Wüst abwartend an, lächelte selbstgefällig und die Warze an ihrem Kinn schien zu wachsen. »Das ist aber noch nicht alles: Da ich Pathologin bin, übernehme ich auch manchmal besondere Aufgaben wie den gerade von mir obduzierten Säugling aus dem zwanzig Kilometer entfernten Pachem. Ein Opfer häuslicher Gewalt, nebenbei bemerkt. Wir haben in vielen Bereichen einen sehr guten Ruf.«

»Das bezweifle ich in keinster Weise. Gab es damals noch andere, ungeklärte Fälle?«

»Im Sinne eines abgetrennten Schädels mit gezogenen Zähnen, meinen Sie?«

Er nickte.

»Nein. Vor und nach dem Verschwinden Marlons war und ist Kronichen ein ruhiger Ort gewesen und geblieben. Allerdings sind die Konsequenzen aus dem Verbrechen tragisch gewesen. Marlons Vater hat sich suizidiert. Es gab keinerlei Anzeichen von Fremdverschulden. Marlons Mutter ging, soweit ich weiß, nach Berlin. Sie hatten keine weiteren Kinder und auch keine Verwandtschaft hier. Mehr kann ich Ihnen nicht sagen.« Es sah aus, als wolle sie das Gespräch beenden.

»Finden Sie es nicht merkwürdig, dass zwei abgetrennte Kinderschädel mit denselben Merkmalen gefunden werden? Keine Zähne und kein Körper.« Wüst stand auf und wandte sich zur Tür. »Je länger ich darüber nachdenke, desto weniger glaube ich, dass das ein Zufall ist, Doktor Sonntag. Auch wenn der eine Schädel in Hessen und der andere in Nordrhein-Westfalen gefunden wurde.«

»Die Fundorte liegen sehr weit auseinander.« Sie klang abschätzig.

»Und ein Junge wurde nachweislich hier bei Ihnen entführt. Vielleicht ist das die entscheidende Gemeinsamkeit.«

Sie standen schon in der Eingangshalle, als Doktor Sonntag fragte, ob er, Wüst, Interesse an einer kleinen Laborführung habe. Arno Wüst sah die Institutsleiterin an und sie tat ihm leid. Vermutlich passierte hier nicht besonders viel, und sie ergriff jede sich bietende Gelegenheit zu Kontakten, wenn sich die Chance bot.

»Wenn es Ihnen keine großen Umstände macht«, nahm er das Angebot an.

Doktor Sonntag führte ihn in den großen Laborraum im Erdgeschoss, in dem immer noch zwei Angestellte arbeiteten.

»Wie viele Angestellte haben Sie?«, fragte er.

»Vier, mit mir arbeiten wir hier zu fünft.« Sie wies auf die beiden Frauen, die nun offensichtlich ihre Arbeit beendeten. »Marcel haben Sie ja schon kennengelernt, ein weiterer Angestellter befindet sich im Urlaub.«

»Wo finden Sie denn hier in der Einöde qualifizierte Mitarbeitende?«

»Wenn Sie bereit sind, gute Arbeit sehr gut zu bezahlen, ist das kein Problem. Meine Angestellten haben teilweise einen etwas längeren Anfahrtsweg.« Doktor Sonntag lächelte zufrieden und winkte den beiden Frauen zu.

»Und Ihr Labor ist also spezialisiert?«

»Ja, mit diesem Gerät hier zum Beispiel wird ein Antikörpernachweis erbracht.«

»Aha, etwas Blut auf einen Glasträger und Schwupps ist das Ergebnis da.« Wüst langweilte sich.

»Glasträger wurden schon lange durch Kunststoffplättchen ersetzt, mein lieber Kommissar.« Doktor Sonntag sah ihn aufmerksam an. »Mit diesen Pipetten lässt sich genauestens dosieren, sodass wir die Menge an benötigtem Blut für die HLA-Typisierung eingrenzen können.«

»HLA?« Wüst verstand kein Wort.

»Wir untersuchen hier in unserer molekularbiologischen Abteilung Blut für die allogene Stammzelltransplantation. Dabei ist es von außerordentlicher Wichtigkeit, dass die HLA-Merkmale von Empfänger und Spender übereinstimmen. Denn wenn dies nicht der Fall ist, kommt es zu Abstoßungsreaktionen, die nicht nur die übertragenen Zellen betreffen, sondern das gesamte Immunsystem des Empfängers.« Sie sah ihn abwartend an. »Humane Leukozyten-Antigene«, fügte sie schließlich erklärend hinzu. »Das sind Eiweißmoleküle auf fast allen menschlichen Zellen.«

»Das hört sich kompliziert an.« Wüst zog seinen Autoschlüssel aus der Jackentasche.

»Ja, langwierig und teuer.« Doktor Sonntag leitete ihn Richtung Ausgang. »Einen passenden Stammzellenspender zu finden, ist ausgesprochen kompliziert und langwierig. Normalerweise sucht man in der Familie des Patienten, allerdings liegen hier die Erfolgsaussichten bei fünfundzwanzig Prozent. Sehen Sie, die Variabilität der HLA-Typen ist ausgesprochen hoch und die Wahrscheinlichkeit, einen Spender zu finden, liegt bei 1:1000 bis 1: mehreren Millionen. Durch internationale Zusammenarbeit ist es gelungen, eine weltweite Datenbank aufzubauen, in der die Daten von circa dreißig Millionen Spender*innen registriert sind. Von daher besteht heute die Möglichkeit, für ungefähr achtzig Prozent der Patient*innen ein passendes Transplantat zu finden.«

Sie waren an der Eingangstür angekommen und Wüst trat ins Freie.

»Vielen Dank für Ihre Ausführungen, Frau Doktor, es war sehr interessant.« Er wandte sich um. »Erfüllt das Gebäude da drüben noch irgendeinen Zweck?« Er wies auf den Schornstein.

»Das ist auch ein Relikt des ehemaligen forensischen Labors. Dort haben Ihre Kollegen illegale Drogen oder Falschgeld verbrannt. Aber hauptsächlich ist es unser zweites Standbein. Ich betreibe dort ein Tierkrematorium.«

Wüst sah die Medizinerin erstaunt an. »Sie sind sehr umtriebig.«

»Ich hatte einen großen Hund, den ich nicht zu Tierfutter verarbeiten lassen wollte. Daraus ist dann das Krematorium für Haustiere geworden. Es gibt Menschen, die lassen ihren Wellensittich verbrennen und stellen sich die Urne in den Wohnzimmerschrank oder lassen die Asche zu einem Schmuckstück verarbeiten.«

»Danke für Ihre Zeit, Frau Doktor.« Wüst reichte Veronika Sonntag die Hand. »Viel Glück hier draußen.«

»Danke. Glück wünsche ich Ihnen auch.«

Leise schloss sich die schwere Eingangstür hinter ihm.

*

Frieda fühlte sich erschöpft, nachdem sie mehrfach vergeblich versucht hatte, Wüst auf seinem Handy zu erreichen. Sie beschloss, ebenso wie Max, der schon vor zwanzig Minuten gegangen war, für heute Feierabend zu machen.

Der Regen hatte nicht aufgehört und die Straße vor dem Präsidium glänzte im Licht der Straßenbeleuchtung. Frieda ging schnell zu ihrem Wagen. Einige Minuten saß sie unschlüssig hinter dem Steuer, bevor sie den Motor anließ und zur Erpeler Straße fuhr, in der Lars' Wohnung lag. Für nichts in der Welt wollte er die Genossenschaftswohnung in Sülz aufgeben, in der er seit seiner Kindheit lebte. Nach dem Tod der Eltern hatte er den Mietvertrag übernommen und es keinen Tag bereut.

Lars würde nicht zu Hause sein, da er heute gemeinsam mit seiner Laufgruppe für den Köln-Marathon trainierte und er mit Frieda erst für morgen verabredet war. Frieda hatte einen Schlüssel und wollte sich nur schnell das Buch holen, das sie letzte Woche bei ihm vergessen hatte und von dem sie meinte, sie müsste es unbedingt heute Abend zu Ende lesen.

Die Parkplatzsuche gestaltete sich wie gewohnt schwierig, aber letztlich landete Frieda wie so oft auf dem Gottesweg. Als sie schließlich den dunklen Hausflur erreichte, grollte es draußen leise und erste Blitze zuckten über den Himmel. Frieda schloss die Wohnungstür auf und betrat die stille Wohnung. Sie wusste, dass sie das Buch im Wohnzimmer liegengelassen hatte – und da war es auch, auf dem Tisch. Sie nahm es und wandte sich wieder zur Tür, als sie auf einmal Geräusche aus dem Schlafzimmer hörte. Frieda stutzte. War Lars doch zu Hause? Ging es

ihm vielleicht nicht gut? Sie öffnete vorsichtig die Schlaf-
zimmertür und erstarrte.

Lars hockte, splitterfasernackt, rittlings auf einem auf
dem Rücken liegenden Mann. Lars' erigierter Penis wippte
auf und ab, während er von dem anderen in den Hintern
gefickt wurde.

Der Aufschrei, der Frieda unkontrolliert entfuhr, ließ
den liegenden Mann den Kopf heben. Frieda blickte Max
in die Augen.

Frieda drehte sich auf dem Absatz um und stürmte aus
der Wohnung. Sie floh vor der sexuellen Erregung, die
die Luft im Schlafzimmer flirren ließ, floh vor Lars' wippenden Penis.

\*

Kurze Zeit später stand sie, immer noch benommen, vor
der verschlossenen Tür des Trans*Later und versuchte,
ihre Gedanken und Gefühle zu ordnen, ohne Erfolg.

»Hallo, Frieda. Du siehst aus, als bräuchtest du einen
starken Kaffee.« Frieda fuhr herum. Conny stand hinter
ihr, fasste sie unter und führte sie durch den Torbogen.
Er schloss eine Tür auf, stieg mit ihr eine Treppe hoch
und setzte sie auf einen Küchenstuhl, während er sich
der Kaffeemaschine zuwandte. Frieda hatte noch kein
Wort gesprochen und fühlte sich immer noch wie in
Trance.

»Möchtest du lieber auf dem Sofa sitzen?« Conny hielt
zwei große Tassen in der Hand und sah Frieda freundlich
fragend an.

Sie blickte sich um. Es war das erste Mal, dass sie

Connys Wohnung betreten hatte, und sie fühlte sich etwas unsicher.

»Ich glaube, wir setzen uns aufs Sofa, dort ist es netter.« Conny setzte sich in Bewegung und blieb dann wieder abwartend stehen. Frieda nahm nun ihre Umgebung bewusst wahr und folgte ihm. Sie durchschritt einen einzigen großen Raum, der Küche, Wohnzimmer und Schlafzimmer vereinte.

Nachdem sie einen Schluck Kaffee genommen hatte, schloss sie die Augen und legte den Kopf an die Sofalehne.

»Möchtest du erzählen?« Conny lehnte sich ebenfalls zurück.

»Lars lässt sich von Max ficken.« Sie öffnete die Augen, sah Conny aber nicht an. »Und es schien ihm sehr gut gefallen zu haben.« Frieda schüttelte den Kopf, um das Bild des wippenden Penis' zu vertreiben. »Wusstest du, dass er es mit Männern macht?« Frieda blickte Conny direkt an.

Statt eine Antwort zu geben, griff Conny nach seiner Tasse und nahm einen Schluck. Sein Gesichtsausdruck sprach Bände.

»Das überrascht dich nicht?« Frieda setzte sich aufrecht hin. »Seit wann weißt du es?«

»Seit Lars ins Trans*Later kommt. Er war einige Male hier, in den letzten Jahren ist es weniger geworden.«

»Er vögelt seit Jahren durch den Darkroom?« Frieda sah Conny entgeistert an.

»So, wie du es sagst, klingt es nicht sehr schön …«

Frieda unterbrach ihn: »Es ist auch nicht schön, glaub mir, es ist gar nicht schön.« Tränen liefen ihr über das Gesicht »Es ist total beschissen für mich.« Sie schluckte hörbar. »Er ist schon vor unserer Beziehung hier gewesen?«

Conny nickte.

»Und seitdem wir zusammen sind, auch?« Frieda sah Conny fassungslos an, der nicht widersprach. Stattdessen legte er den Arm um sie und Frieda schluchzte auf. Er zog sie sanft zu sich und hielt sie, ohne ein Wort zu sagen, bis sie sich wieder beruhigt hatte. Währenddessen durchweichten ihre Tränen seinen Pullover und ihre Wimperntusche hinterließ Spuren für die Ewigkeit, wie Conny befürchtete.

Frieda nahm in regelmäßigen Abständen Taschentücher von ihm entgegen, die er wer weiß woher holte, ohne sich auch nur einen Millimeter zu bewegen. Als das Schniefen weniger wurde, spürte sie seine Wärme umso deutlicher. Ihr Kopf lag an seiner Brust und sie hörte sein Herz ruhig klopfen. Mit seiner rechten Hand streichelte er hin und wieder beruhigend über ihr Haar und sie stellte überrascht fest, dass er ein Parfüm benutzte, das nach Erde und Kräutern roch.

»Warum hast du mir nichts gesagt?« Frieda schnäuzte sich kräftig.

»Woher soll ich wissen, welche Absprachen meine Gäste miteinander haben?«, sagte Conny ruhig. »Es ist nicht meine Aufgabe, an der Tür Einstellungen und Gebräuche abzufragen. Meine Gäste sollen herkommen, ohne dass sie bewertet werden. Im Moment ist die Lage um uns herum alles andere als rosig, überall zunehmende Gewalt, Krieg und Spaltung. Ich möchte, dass die Leute einfach mal abzappeln und Spaß haben. Hier soll jeder so sein, wie er sie, es oder was immer ist. Ich achte auf Jugendschutz und darauf, dass sich jede und jeder hier sicher fühlen kann. Eddy steht an manchen Abenden oder bei gewissen

Themenveranstaltungen vor der Tür und lässt nicht jeden rein. Bei Pöbeleien und anderen unschönen Kontakten greife ich konsequent durch. Aber ich frage Lars nicht, ob seine Freundin weiß, dass er hier auch allein verkehrt.«

»Allein verkehrt ist gut.« Frieda hatte sich gefangen und musste über Connys zweideutige Bemerkung lächeln.

»Es tut mir leid, Frieda, dass du es so erfahren musstest.«

»Hintergangen zu werden ist nie schön.« Sie seufzte.

»Du kannst gern hierbleiben. Wenn du magst, auch über Nacht. Ich muss jetzt runter und arbeiten.« Conny lächelte sie entschuldigend an und stand auf. »Vielleicht möchtest du auch nachkommen und etwas trinken. Ansonsten fühl dich bitte wie zu Hause.«

*

»Mein Gott, wo bist du, Frieda?« Lars' Stimme enthielt eine Mischung aus Sich-Sorgen-Machen und leichter Verärgerung. »Ich spreche jetzt seit Stunden nur mit deiner Mailbox, und du meldest dich nicht zurück. Ich war in deiner Wohnung, aber da bist du nicht. Ich möchte gern mit dir sprechen. Bitte melde dich!!«

Dieser und ähnlich klingende Anrufe von Lars waren x-fach auf ihrer Mailbox eingegangen. Von Max gab es auch eine Nachricht, die ein kurzes »Sorry, Frieda« enthielt.

Sie war wach geworden, als Conny eine Tasse frisch aufgebrühten Kaffee neben sie auf den kleinen Tisch gestellt hatte. Frieda hatte auf dem Sofa geschlafen und fühlte sich wie durch die Mangel gedreht. Sie meinte, jeden Knochen ihres Körpers einzeln zu spüren. »Wie spät ist es?«, fragte sie gähnend.

»Sechs Uhr.«

»Oh mein Gott«, entfuhr es ihr. »Seit wann bist du wieder hier?«

»Um fünf Uhr sind die Letzten weitergezogen, dann habe ich die Kasse gemacht und noch ein wenig aufgeräumt. Also, ich bin vor einer Viertelstunde hochgekommen.« Conny lächelte sie an. »Wie geht es dir heute Morgen?«

»Ehrlich gesagt, weiß ich das noch nicht.« Frieda hielt ihr Handy hoch. »Lars überschlägt sich mit Anrufen und ich muss heute arbeiten. Dieser neue Fall hat höchste Priorität, Wunsch von ganz oben.« Frieda sinnierte in ihre Kaffeetasse.

»Du kannst hier duschen, wenn du möchtest. Eine saubere Unterhose leihe ich dir gern.« Conny lächelte.

»Wenn Lars gerade in meiner Wohnung abhängt, wäre das gar nicht so schlecht. Hättest du vielleicht auch einen Pullover und Strümpfe für mich?«

»Klar, such dir raus, was du möchtest.« Conny hatte nicht damit gerechnet, dass Frieda sein Angebot annehmen würde. Er zeigte auf ein Regal neben seinem Bett.

»Sind das alle deine Klamotten?«, fragte Frieda konsterniert.

Conny grinste: »Du wirst schon was halbwegs Passendes finden.«

So kam es, dass Frieda eine Stunde später bekleidet mit Connys Lieblingspullover, Rentiersocken und einer Unterhose mit Weihnachtsmannaufdruck an ihrem Schreibtisch saß und Lars eine Nachricht schickte. »Solltest du noch in meiner Wohnung sein, lasse beim Hinausgehen bitte den Schlüssel zurück. Den Schlüssel zu deiner Wohnung habe ich dir in den Briefkasten geworfen. Da ich heute arbeite, schlage ich vor, dass wir uns morgen treffen, um miteinander zu reden.«

Lars Antwort erfolgte unmittelbar: »Okay, morgen 18 Uhr? Du bestimmst den Treffpunkt. Falls du dir vorstellen kannst, mit mir zu essen, vielleicht bei unserem Italiener?«

»Lass uns am Museum Ludwig treffen, wir können bei trockenem Wetter an den Rhein runtergehen«, textete Frieda zurück. Mit Lars gemeinsam zu essen, das überstieg gerade ihre Vorstellungskraft.

Gleichzeitig mit Lars' »Okay« trafen auch Betty ein und Max, der nur einen kurzen Morgengruß herausbrachte und ansonsten an Frieda vorbei sah. Rolf Stein und Peter Sommer waren vorher nacheinander angekommen. Nun waren sie komplett und Frieda eröffnete die Morgenbesprechung mit der Schilderung der Vorkommnisse des gestrigen Abends in Erftstadt.

»Da ist ja vielleicht was los«, meinte Rolf Stein. »Ein wahrer Sündenpfuhl.«

»Alles nur Zufall«, spielte Peter Sommer die Bemerkung herunter.

»Was haben eure Ermittlungen gestern ergeben?« Frieda sah Betty und die Kollegen an.

»Wir haben gestern entschieden, die vorläufigen Ergebnisse zusammenzufassen und nochmals nach unseren Parametern auszuwerten. Durch dieses Raster sind einige Vermisste deutlicher hervorgetreten und wir haben folgende Personen in den Fokus genommen …« Betty sah die Kollegen fragend an, und als alle nickten, stand sie auf, ging zur Tafel und klebte einige Fotos darauf. Dann fuhr sie fort: »1. Dr. Claus Friedrich, 45 Jahre, Chirurg aus

Hamburg; 2. Dr. Agnes Heisterkamp, Richterin am Oberlandesgericht Dortmund, 52 Jahre; 3. Kathrin Emmerich aus Siegen, 29 Jahre, Schauspielerin ohne festes Engagement, Synchronsprecherin; 4. Simone Lindner aus Münster, 36 Jahre, Autorin von Reiseführern für Veganer; 5. Benno Crauss aus Wismar, 60 Jahre, ehemaliger Profifußballer, jetzt erfolgloser Trainer ohne Verein; 6. Birte Kaiser aus Hannover, Ehefrau eines Managers, Alkoholikerin, aus dem Grund in Trennung von ihrem Mann lebend. Die Befragung der Kollegen in Hannover hat ergeben, dass er sich wegen der Sucht seiner Frau von ihr getrennt hat und es kaum noch Kontakte zwischen den beiden gibt; 7. Friederike Alsfeld aus Wiesbaden, 60 Jahre, Direktorin eines Gymnasiums im Vorruhestand; 8. Werner Weinbach aus Ulm, 51 Jahre, Lottomillionär; 9. Alexander Kolmar aus Leipzig, 57 Jahre, Finanzberater. Veith Giesen haben wir bereits gestern schon besprochen.«

»Wie lange sind diese Personen schon verschwunden?« Frieda sah sich die Fotos der Vermissten an.

»Zwischen drei Wochen und vier Jahren«, antwortete Betty.

»Gibt es Gemeinsamkeiten zwischen ihnen?« Frieda zeigte auf die Tafel.

»Alle sind entweder ledig oder getrennt, haben keine oder erwachsene Kinder und sind finanziell gut aufgestellt.« Betty sah die Kollegen an. »Oder habe ich etwas vergessen?«

»Wer ist erst seit drei Wochen vermisst?«

»Dr. Friedrich aus Hamburg.«

»Das ist die frischeste Spur, der wir nachgehen können. Ich schlage vor, dass du, Rolf, so schnell wie möglich nach

Hamburg fährst und die Ermittlungen wieder aufnimmst.«
Frieda wusste, dass Rolf Stein alleinstehend war und es für
ihn kein Problem darstellte, kurzfristig zu verreisen.

»Okay, dann suche ich mir einen Zug raus und mache
mich, wenn möglich, heute noch auf den Weg, damit ich
morgen sofort anfangen kann.«

»Ja, Rolf, das ist eine gute Idee. Viel Erfolg.« Frieda
nickte ihm zu und sah ihm nach, wie er das Büro verließ.

»Okay, Betty, welche Spur ist noch frisch?« Sie sah wieder zur Tafel.

»Die Richterin aus Dortmund wird auch seit ungefähr
drei Wochen vermisst«, war die schnelle Antwort.

»Würdest du es übernehmen, morgen nach Dortmund
zu fahren? Das ist ja nicht so weit weg, dass du heute schon
losmüsstest.«

»Mach ich, Frieda.«

»Ich habe einen alten Schulfreund in Hannover«, sagte
Peter Sommer, »den wollte ich sowieso bald besuchen.
Vielleicht kann ich es mit Nachfragen zu Birte Kaiser ver-
binden? Ich rufe meinen Freund an und kann eventuell
auch heute schon los.«

»Gut.« Frieda sammelte sich einen kleinen Moment.
»Max, du könntest dich auf die Spur von Simone Lindner
begeben, während ich die Kollegen in Wismar, Siegen,
Wiesbaden, Pforzheim und Ulm anrufe. Hat sich Wüst
schon gemeldet?« Sie sah fragend in die Runde und erhielt ein allgemeines »Nein« als Antwort. »Okay, ihr macht
euch auf den Weg und ich halte hier die Stellung und versuche, Kontakt zu Wüst zu bekommen.«

Als Frieda allein war, rückte sie ihren Stuhl vor die
Tafeln und sah sich die Fotos mit den dazugehörigen

Informationen aufmerksam an. Alles gut situierte Menschen, die keine finanziellen Sorgen hatten. Was war mit den Vermissten, die weniger Geld im Portemonnaie hatten? Mit den verschwundenen Kindern gab es keine Gemeinsamkeiten.

Frieda war völlig in Gedanken versunken, als Arno Wüst im Büro erschien.

»Moin, ganz allein?« Er ließ sich auf einen der Stühle fallen.

»Guten Morgen, Herr Wüst, die anderen sind alle auswärts beschäftigt. Und Sie? Haben Sie etwas herausgefunden?«

»Wie man es nimmt. Kronichen ist jedenfalls eine komische Gegend mit komischen Leuten.« Er sah sich um. »Heute nichts zu essen?«

»Vielleicht möchten Sie ja etwas holen.« Frieda lächelte ihn an.

Wüst murmelte etwas Unverständliches vor sich hin, bevor er sich nach vorn lehnte. »Also, Kronichen ist ein gottverlassenes Dorf mit einer Handvoll Einwohnern. Aber jetzt kommt es: Dort ist ein ehemaliges kriminaltechnisches Labor angesiedelt. Liegt schön versteckt im Wald, und, noch besser, mit einem angeschlossenen Tierkrematorium. Die hässliche Bratze von Leiterin wollte mir weismachen, was sie doch für wichtige Aufgaben übernehmen, dabei untersuchen sie vermutlich vor allem das Blut besoffener Autofahrer und werten PCR-Tests aus.«

»Haben Sie etwas zu Marlon erfahren?«

»Nichts. Der Vater hat sich umgebracht, die Mutter ist angeblich nach Berlin abgedüst. Mein Wissen habe ich von besagter Leiterin und dem Wirt im Dorf. Dort habe ich auch übernachtet, scheußliche Spelunke. Ich schreibe gleich meinen Bericht.«

»Wovon leben die Menschen dort, wenn es so gottverlassen ist, wie Sie sagen?«

»Das frage ich mich auch. Früher haben die Leute in dem Bleibergwerk gearbeitet. Seitdem dies geschlossen wurde, sind die Leute weggezogen und jetzt sind es vor allem nur noch Alte, die dort ihr Leben fristen. Bei dem Wirt wüsste ich auch gern, womit er seine Brötchen verdient.« Wüst massierte seinen Nacken. »Von seinen illusorischen Tourismusideen und den paar Bieren, die er an die alten Männer verkauft, kann er sich nicht die teuren Klamotten leisten, die er zur Schau trug. Und die Uhr an seinem Handgelenk war auch vom Feinsten.« Nach einem kurzen Augenblick fügte er hinzu: »Was mich im Moment aber irritiert, ist, dass ich in dem Labor jemanden gesehen habe, der mir nicht aus dem Kopf geht. Obwohl, gesehen habe ich von der Person nur wenig, nämlich nur das Profil. Als ich zur Leiterin geführt wurde, hörte ich, wie hinter mir eine Tür geöffnet wurde. Ich habe mich reflexartig umgedreht, aber die Person hatte sich schon wieder zurückgezogen und ich sah nur kurz das Profil.«

»Mann oder Frau?«

»Kann ich nicht genau sagen, aber ich glaube eher, eine Frau.«

»Und was geht Ihnen dabei so im Kopf herum?«

»Mein Gefühl sagt mir, dass ich diese Person schon mal irgendwo gesehen habe. Aber ich weiß zum Verrecken nicht, wo und wann.«

»Das kommt wieder«, tröstete ihn Frieda und setzte Wüst über die neuesten Entwicklungen in Kenntnis.

»Haben Sie Ihre These eigentlich weiterentwickelt?«, fragte sie anschließend.

»Die gezielte Entnahme von Organen?« Wüst sah sie interessiert an. Als Frieda nickte, fuhr er fort. »Die Kollegen schienen wenig begeistert von der Idee zu sein, dass nicht nur in fernen Ländern Menschen zum Zwecke des Geldmachens ausgeweidet werden.«

»Nun, wir beide können diese Idee doch mal weiterspinnen.« Sie sah ihn einen Moment abwartend an. »Ich kann mir nicht vorstellen, dass man einfach jemanden von der Straße pflückt, ins nächste Krankenhaus läuft und ein Herz anbietet, das dann freudestrahlend entgegengenommen wird, um es sofort jemandem einzupflanzen. Der Überbringer erhält einen größeren Geldbetrag und verschwindet diskret durch die Hintertür.«

»Nee, so natürlich nicht«, stimmte Wüst ihr zu. »Es müsste zunächst eine Nachfrage formuliert werden, so wie es im seriösen Transplantationsgeschäft auch geregelt ist. Dann wird gefragt, welcher Organspender gerade gestorben ist und die Möglichkeit geprüft, ob Spender und Empfänger kompatibel sind oder ob das Material nicht zusammenpasst. Das wird über Euro-Transplant organisiert. Ich dachte eher an Menschen, die das nötige Kleingeld haben, sich ein Organ für sich oder geliebte Angehörige auf dem freien Markt zu kaufen.«

Frieda sah ihn fragend an. »Freier Markt?«

»Über das Darknet zum Beispiel oder vielleicht über einen Dealer wie bei Drogen.«

Frieda zweifelte. »Aber es müssen doch vorher medizinische Fakten erhoben werden, schließlich müssen neues Organ und Körper zusammenpassen, wie Sie selbst sagten.« Sie überlegte. »Und die Daten dürfen nicht alt sein«, fügte sie hinzu.

»Ja, und wie kommen Organhändler an diese Daten?« Arno Wüst begeisterte sich immer mehr für seine Idee.

»Spätestens am Mittwoch sind alle Kollegen wieder zurück und wir können diese Gedanken gemeinsam weiterentwickeln.«

»Am Mittwoch erst?« Arno Wüst gefiel diese Vorstellung offenbar nicht. »Ich möchte so schnell wie möglich weg, das wissen Sie doch, Frieda. Wir beide können doch schon mal ohne die getreuen Kolleg*innen an unserer Idee weiterarbeiten.« Er setzte sein gewinnendstes Lächeln auf.

»Sie können ja richtig charmant sein, wenn Sie wollen. Schade, dass Sie uns das nicht öfter gezeigt haben.« Frieda spürte ein leichtes Bedauern bei dem Gedanken an seinen Ruhestand. »Wir hätten ein sehr gutes Team werden können, Ihre Art, an die Dinge heranzugehen, gefällt mir.« Sie lächelte zurück.

»Was macht eigentlich Barbie?«, erkundigte Wüst sich.

Frieda sah ihn verständnislos an und ihre zart aufkeimende Sympathie für den Kollegen verpuffte genauso schnell, wie sie gekommen war.

»Rudloff, meine ich natürlich. Hat sie schon etwas Konstruktives beitragen können?« Wüst sah aus, als würde er genau dies anzweifeln.

»Ich habe ihr vorhin eine Mail geschrieben, dass wir erst am Mittwoch wieder komplett sind und sie dann mehr Ermittlungsdaten hat, die sie interpretieren kann. Morgen braucht sie nicht zu kommen.« Frieda stand auf und schob ihren Stuhl an den Tisch zurück.

»Interpretieren, ha.« Wüst grinste und stand ebenfalls

auf. »Sie finden mich unten in meinem Büro.« Er hob die Hand und verschwand.

Frieda grübelte, ob sie wegen der medizinischen Fragen Lars anrufen sollte. Er erschien ihr naheliegend, allerdings stellte sie sich in der momentanen Situation den fachlichen Kontakt schwierig vor. Außerdem wusste sie nicht, ob auch er heute arbeiten würde. Sie entschied sich, das Schicksal entscheiden zu lassen, und rief im Institut an. Wenn er da war, sollte es so sein. Wenn nicht, sollte es auch so sein.

Lars Schneider war dienstlich nicht zu erreichen und Frieda legte erleichtert auf.

Allein blieb sie allerdings nicht, denn wenig später erschien Thomas Neuenschildt bei ihr.

»Hallo, Frieda!« Der Kommissariatsleiter setzte sich ihr gegenüber an einen der Tische. »Ich habe gerade einen Anruf von Kriminalrat Grewen erhalten. Er wiederum wurde von Frau Rudloff angerufen, die sich bei ihm darüber beklagt hat, dass sie nicht mehr in eure Ermittlungen einbezogen wird.«

»Unter dem Polizeipräsidenten macht sie es wohl nicht«, reagierte Frieda ärgerlich.

»Gibt es einen Grund dafür, dass du, ganz entgegen deiner bisherigen Gewohnheit, sehr distanziert bist und das Angebot des Profilings nicht annimmst?« Thomas Neuenschildt konnte die Irritation Friedas nachvollziehen, hielt sich aber mit einer diesbezüglichen Meinungsäußerung zurück. »Ich habe dich bisher als sehr kooperative Kollegin kennen- und schätzen gelernt.«

»Frau Rudloff hat bislang kein konstruktives Engagement gezeigt, von daher habe ich entschieden, dass wir sie hinzuziehen, sobald wir mehr Material haben, das sie auswerten kann. Im Moment sind bis auf Herrn Wüst und mich alle im Außeneinsatz, übermorgen treffen wir uns erst wieder im gesamten Team. Das habe ich Frau Rudloff mitgeteilt, das ist alles.« Frieda versuchte, gelassen zu erscheinen, während sie sich darüber ärgerte, dass die Profilerin nicht mit ihr gesprochen, sondern sich sofort an ganz oben gewandt hatte.

»Ja, das kann ich nachvollziehen«, Neuenschildt verstand sie nur zu gut. »Aber wie dem auch sei, Grewen hat Frau Rudloff die Berechtigung erteilt, auf den Bereich des zentralen Rechners zuzugreifen, der die Dateien dieses Teams beinhaltet. So kann sie auch von Düsseldorf aus jederzeit auf dem Laufenden sein.« Neuenschildt stand auf. »Und der Kriminalrat will, dass Frau Rudloff ab sofort intensiver in die Arbeit hier eingebunden wird. Sie wird ab Mittwoch hier in Köln stationiert. Ich lasse einen weiteren Schreibtisch aufbauen.« An der Tür wandte er sich noch mal um. »Wenn es zu Problemen kommt, wende dich bitte an mich. Ich weiß, dass es manchmal besserwisserisch rüberkommen kann, wenn gerade sehr junge Kollegen ihre Kenntnisse zum Besten geben. Frau Rudloff scheint sich nicht schnell Freunde zu machen.« Er lächelte Frieda zu und ging.

»Diese blöde Kuh«, entfuhr es Frieda, als sich die Tür hinter ihrem Chef geschlossen hatte. Ja, und Thomas hatte recht, sie erkannte sich im Kontakt mit der Rudloff selbst nicht wieder. Vom ersten Moment an hatte sie eine große Aversion gegenüber dieser Frau empfunden, obwohl die ihr gar nichts getan hatte. Frieda konnte sich die starke Abneigung nicht erklären und seufzte. Nach kurzem Nachdenken wandte sie sich wieder ihrem PC zu, auf dem ihr gerade angezeigt wurde, dass Arno Wüst sein Protokoll der gemeinsamen Datei hinzugefügt hatte. Sie öffnete es und las es aufmerksam durch.

*

Den Montag verbrachte Frieda größtenteils allein im Büro, manchmal tauchte Wüst für kurze oder auch längere Zeit auf. Sie hatte in der Gerichtsmedizin angerufen und darum gebeten, dass Dr. Schneider um 13 Uhr kommen möge, und hatte auch Wüst aufgefordert, dabei zu sein.

Pünktlich zur vereinbarten Zeit erschien Lars im Büro, der sowohl Frieda als auch Arno Wüst mit der gleichen Freundlichkeit begrüßte.

»Was kann ich für euch tun?«, fragte er, nachdem er sich bequem hingesetzt hatte. »Gibt es noch Fragen zu dem Schädel?«

»Nein, wir gehen im Moment der Frage nach, ob es in Deutschland illegalen Organhandel gibt.«

»Wie kommt ihr denn darauf?« Lars zog die Augenbrauen hoch.

»Ist nur so eine Idee von uns«, Arno Wüst blickte ihn ernst an. »Also, was meinen Sie?«

Lars überlegte eine Weile. »Im Grunde genommen ist das hier bei uns genauso gut oder schlecht denkbar wie zum Beispiel in den ärmsten Ländern der Erde, wo es häufiger vorkommt, dass jemand eines von seinen Zwillingsorganen – Nieren oder Lunge – verkauft. Es kommt auch bei uns vor, dass jemand seiner Frau oder einem Familienangehörigen eine Niere spendet. Unser Bundespräsident hat das zum Beispiel gemacht. Aber das ist nicht illegal.« Er sah von Wüst zu Frieda.

»Wir denken auch nicht an legale Organspenden, sondern an die Möglichkeit, dass Menschen gezielt ausgesucht werden, um ihnen ihre Organe zu entnehmen, Dr. Schneider.« Arno Wüst blickte Lars unverwandt an.

»Das wäre aber ein ganz schön großer Aufwand für das Komplettpaket.« Lars überlegte. »Wenn schon, dann würde ich alles entnehmen, was die Medizin und die Forschung brauchen. Von der Linse und der Hornhaut im Auge bis zum Darm gibt es reichliche Verwendungsmöglichkeiten. Übrig bleibt dann nicht mehr viel. Als Nächstes taucht natürlich die Frage auf, wohin mit dem Rest?«

»Du meinst, nicht nur Herz, Lunge, Niere, Leber, Bauchspeicheldrüse werden entnommen?« Frieda zog die Brauen hoch.

»Genau, Frieda. Blut, Zellgewebe, es gibt eine Menge zu spenden. Die Wissenschaft ist unersättlich und braucht viel Material. Vielleicht gibt es auch Forschende, die bereit sind, auf illegales Material zurückzugreifen, wenn sie nur die Ersten sein können, die zum Beispiel ein neues, hochwirksames Krebsmedikament auf den Markt bringen, mit dem sie viel Geld verdienen können.«

»Dr. Frankenstein?« Arno Wüst musste grinsen.

»Wie auch immer sie heißen mögen. Schwarze Schafe gibt es überall, und die Kontrollmechanismen für die Herkunft von menschlichem Material sind nicht gleich streng oder lassen sich unterlaufen.« Lars Schneider blickte von Frieda zu Wüst. »Aber, wie ich eingangs schon sagte, der Aufwand wäre sehr groß und bedürfte einer ausgeklügelten Organisation. Allein das Zeitfenster von der Organentnahme bis zur Transplantation beträgt unter Umständen nur wenige Stunden, bis das Spendermaterial verdirbt.« Er sah aus dem Fenster und dachte nach. »Nehmen wir mal das Mädchen aus Erftstadt, das da verschwunden ist. Wenn sie so ein Opfer wäre, mal ganz hypothetisch, hätte sie lebend unauffällig irgendwo hingebracht werden müssen, wo gegebenenfalls der Empfänger bereits wartete. Oder aber das leicht verderbliche Material hätte direkt nach der Entnahme einem Kurier übergeben werden müssen, der es unverzüglich an den Bestimmungsort gebracht hätte.«

»Also ein Auto oder Motorrad als schnelles Transportmittel?«, fragte Frieda.

»Oder mit einem Hubschrauber oder, noch unauffälliger, mit einem Kleinflugzeug.« Lars nickte. »Und das restliche Material hätte präpariert und für einen späteren Transport, wohin auch immer, aufbereitet werden können. Ja«, Lars nickte Wüst zu, »und für all das braucht es einen Operationssaal und mehrere Ärzte. Wo bitte, sollte das vorhanden sein?«

»Keine Ahnung.« Frieda wollte sich nicht entmutigen lassen. »Vielleicht in einem leerstehenden Haus oder wer weiß wo.«

»Klar, bei einem leerstehenden Haus fällt auch ein unerwarteter Strom- und Wasserverbrauch gar nicht auf.« Lars schüttelte seinen Kopf. »Nein, es müsste schon eine Location sein, bei der dieser Verbrauch nicht auffällt.«

»Ein Schlachthof«, warf Wüst ein.

»Das wäre zwar sehr makaber, aber ein Schlachthof wäre durchaus möglich. Der hat entsprechende Belüftungssysteme beziehungsweise fällt dort der Geruch von Blut nicht auf. Aber ihr merkt schon, dass der Personalaufwand recht hoch ist und ein Risiko in sich birgt. Je mehr Leute beteiligt sind, desto größer das Risiko, dass sich einer verplappert oder einen Fehler macht.«

»Und wie bekäme man die Leute dazu, mitzumachen?« Frieda kamen Zweifel.

»Für Geld machen manche Menschen alles.« Arno Wüst sah Frieda an. »Oder durch Erpressung.«

»Na, da habt ihr ja auf jeden Fall eine steile These aufgebaut.« Lars Schneider grinste. »Ich bin gespannt, wie schnell sie verreckt oder zu welchen weiteren Schritten sie führt.«

»Ja, da sind wir schon zu zweit.« Frieda lächelte zurück.

»Ich finde diesen Ermittlungsstrang sehr gut«, warf Arno Wüst ein.

»Dann viel Glück.« Lars stand auf. »Bleibt es bei unserer Verabredung?« Er sah Frieda unsicher an.

»Klar, bis später.« Frieda blickte hoch konzentriert auf ihren Bildschirm.

Nachdem Lars den Raum verlassen hatte, beugte sich Arno Wüst zu Frieda und fragte neugierig: »Hatten Sie nicht mal was mit der Transe Fricke?«

Frieda sah ihn konsterniert an und wusste für einen kleinen Augenblick nicht, was sie sagen sollte. Dann schoss sie jedoch los: »Herr Fricke ist transident, aber keine Transe, Herr Wüst. Aus welchem Jahrhundert stammen Sie?«

»Ich kann mich noch daran erinnern, als Herr Max noch Frau Lara hieß.« Er machte eine kleine Pause. »Und jetzt hat er sich einen Gummidödel umgeschnallt und macht auf dicke Hose?« Er grinste unverschämt und Frieda musste sich wieder einen Moment sammeln.

»Herr Wüst.« Sie räusperte sich. »Zur körperlichen Ausstattung von Max Fricke fragen Sie ihn bitte selbst, ansonsten ist das kein Gesprächsthema zwischen Ihnen und mir. Und wenn Sie Max weiter misgendern, werde ich eine Meldung wegen Mobbings machen.« Sie funkelte ihn ärgerlich an.

»Ganz schön empfindlich heute.« Mit dieser Bemerkung verschwand Wüst munter pfeifend wieder in seinem Kellerbüro.

*

Als Frieda am Museum Ludwig eintraf, wartete Lars bereits und trat unruhig von einem Fuß auf den anderen. Sie fragte sich, ob dies der Aufregung oder der Kälte geschuldet war.

Als Lars sie entdeckte, stürzte er auf sie zu. »Ich will dich nicht verlieren, Frieda. Bitte, können wir in Ruhe sprechen?«

»Lass uns zum Rhein runtergehen, hier zieht es wie Hechtsuppe.« Frieda zog den Schal fester um ihren Hals.

»Wir können uns doch auch ins Museumscafé setzen.« Lars' Hoffnung auf ein warmes Plätzchen löste sich sofort auf, denn Frieda ging über den Heinrich-Böll-Platz zur Hohenzollernbrücke und er folgte ihr leise knurrend.

Als sie den Rhein erreichten, blickten sie am »Platz der Verliebten« auf Tausende von Schlössern, die am Geländer der Brücke hingen, wo sie von verliebten Touristen als Symbol ihrer immerwährenden Liebe angebracht worden waren.

»Was willst du mir denn damit sagen?« Lars wies auf die Schlösser, die auch am Geländer des Rheinufers hingen.

»Zufall, Lars. War nur der direkte Weg hier runter. Lass uns ein paar Schritte Richtung Rheingarten gehen.«

Nachdem sie einen Moment schweigend nebeneinander hergegangen waren, fragte Frieda: »Und? Was möchtest du mir sagen?«

»Ach, Frieda, ich wollte von Anfang an ehrlich zu dir sein, aber ich habe immer den richtigen Zeitpunkt verpasst.«

»Gibt es einen richtigen Zeitpunkt, um der Partnerin zu sagen, dass sie nicht die einzige Liebe im Leben ihres Freundes ist?« Frieda blieb stehen und sah Lars direkt an.

»Liebe, Liebe, es ist nicht immer alles gleich Liebe, Frieda. Manchmal ist es einfach nur Lust, Bock auf Sex.«

»Bock auf Sex mit Männern?«

»Ja, Frieda, ich wollte dir schon lange sagen, dass ich bisexuell und manchmal einfach nur geil auf einen Typen bin.«

»So einfach ist das? Ich bin geil, also lass ich mich von Max ficken?« Frieda sah ihn groß an. »Bist du auch geil auf mich?«

»Aber das weißt du doch!« Lars sah sie erstaunt an. »Natürlich will ich mit dir schlafen, ich liebe dich doch!«

Sprachlos starrte Frieda ihn an. »Und«, sie stockte, »wie stellst du dir unsere Zukunft vor? Gibt es überhaupt eine gemeinsame Zukunft?« Ihre Augen füllten sich mit Tränen und sie sah schnell zur Seite.

»Für mich schon, aber wie ist es mit dir?« Lars griff nach ihrer Hand. »Ich weiß, dass es dich sehr verletzt hat …«

Frieda unterbrach ihn: »Ja, und Max war ja wohl nicht der einzige geile Moment in deinem Leben! Wann wolltest du mir denn von den anderen erzählen?«

»Oh, Conny hat geplaudert.« Lars runzelte ärgerlich die Augenbrauen.

»Nein, das war gar nicht nötig. Conny plaudert nicht, und das weißt du auch ganz genau!« Frieda sah Lars wütend an. »Ich habe einfach eins und eins zusammengezählt und ihn damit konfrontiert. Er hatte wenigstens so viel Respekt, mich nicht anzulügen. Und überhaupt, was ist jetzt mit Max? Ich muss schließlich mit ihm zusammenarbeiten und weiß im Moment ehrlich nicht, wie das gehen soll, wenn ich mir vorstelle, wie ihr zusammen geil seid. Ich habe, seitdem ich euch gesehen habe, Porno im Kopf, Lars, das ist nicht so toll!«

»Hast du schon mit Max gesprochen?« Lars sah sie fragend an.

»Nein, ich habe ihn auf einen Außeneinsatz geschickt, damit ich ihn nicht sehen muss. Außerdem wollte ich zuerst mit dir reden, du bist schließlich mein Lebenspartner.« Sie seufzte. »Zumindest habe ich das bis vorgestern gedacht.« Wieder traten Tränen in ihre Augen, aber auch bei Lars glitzerte es verdächtig.

»Bitte, es tut mir so leid, Frieda.« Er griff auch nach ihrer Hand und sie standen sich gegenüber. »Für mich bist du immer noch die Frau, mit der ich zusammenleben möchte. Für mich hat sich überhaupt nichts geändert. Und Max, das ist einfach so passiert.«

»Einfach so und ausgesprochen schnell.« Frieda entzog Lars ihre Hände. »An dem einen Tag siehst du ihn nach Jahren wieder und am nächsten liegt er schon in deinem Bett.«

Lars machte ein bedröppeltes Gesicht, enthielt sich aber einer Antwort.

»Wenn ich dich richtig verstanden habe, dann hast du zwar eine Affäre mit Max, aber in unserer Beziehung ist alles so wie immer.« Frieda wartete gespannt auf seine Antwort.

»Kurz und knapp: ja. Und Affäre ist ein großes Wort für eine Nummer, das gibt dem ganzen etwas viel an Bedeutung.«

»Warst du wenigstens mit Gummi geil, bzw. dein Partner, oder bestand in den letzten Jahren das Risiko, dass du mir ein Andenken verpasst hast?« Frieda mochte sich das gar nicht vorstellen und schauderte.

»Safer Sex, immer.« Lars wollte wieder nach Friedas Hand greifen. Doch sie entzog sie ihm sofort.

»Nein, Lars, so einfach ist das nicht für mich. Ich brauche Zeit zum Nachdenken. Bis vorgestern hätte ich mit Inbrunst und voller Überzeugung gesagt, dass ich dich liebe. Jetzt bin ich mir nicht mehr sicher.« Sie drehte sich traurig weg und blickte über den Rhein, auf dem ein Ausflugsdampfer gerade langsam vom Ufer ablegte und in voller Beleuchtung die Flussmitte ansteuerte. Von Bord erscholl wenig später Partymusik und Frieda erkannte fröhliche Menschen an Deck, die offensichtlich bereit waren, sofort die Stimmung zu steigern und ausgelassen zu tanzen.

Lars trat neben sie und lehnte sich mit dem Rücken an das Geländer.

»Ich brauche Zeit, Lars, mein Lebensplan ist gerade kräftig durchgeschüttelt worden und ich weiß noch nicht, was ich davon wieder zusammensetzen kann.« Sie wandte sich zum Gehen.

»Aber wir müssen unseren Kontakt doch nicht ganz abbrechen, du kannst doch auch nachdenken und zum

Beispiel mit mir essen gehen.« Er blickte sie hoffnungsvoll an und Frieda konnte ein kleines Lächeln nicht verhindern. »Nächstes Wochenende vielleicht?«

»Ich melde mich bei dir, Lars. Ich habe im Moment viel
Arbeit, wie du weißt.«

»Essen müssen auch arbeitende Menschen.« Lars war
nicht bereit, sich geschlagen zu geben.

»Vielleicht am Sonntag. Wie gesagt, ich melde mich.«
Frieda drehte sich endgültig um und ging den Weg zurück.

»Bis Sonntag«, rief Lars ihr hoffnungsvoll hinterher.

*

Am Dienstag wurde das neu erworbene Datenmaterial
von den nach und nach zurückkehrenden Kolleg*innen
zusammengetragen. Am Morgen versammelte sich das
Team pünktlich um 9 Uhr und wartete gespannt auf den
Bericht von Rolf Stein, der gestern Abend aus Hamburg
zurückgekommen war und nun mit einem Stift bewaffnet
an der Tafel stand, um die neuesten Informationen zu
übertragen.

»Der vermisste Dr. Friedrich ist leitender Chefarzt der
Chirurgie am Klinikum Elbchaussee in Hamburg und
behandelt dort vor allem Privatpatienten. Er ist 1966 geboren, ledig, besitzt in Hamburg eine Eigentumswohnung
an der Alster, ebenso ein Haus in Frankreich. Laut seiner
Sekretärin ist er angeblich dorthin gefahren, als er verschwand. In der Provence kümmert sich ein älteres Ehe-
paar um das Haus und den Garten, wenn Friedrich nicht
da ist. Sie haben angegeben, dass er sich zwar angekündigt
hätte, aber nicht gekommen wäre und sich auch nicht

mehr gemeldet hätte.« Rolf Stein nahm einen Schluck Kaffee und fuhr fort: »Ich habe mit seiner Sekretärin gesprochen, die sich große Sorgen um ihren Chef machte und von daher entsprechend gesprächig war. Ich fragte sie nach den letzten Patienten, die Dr. Friedrich behandelt habe. Darunter war ein Mädchen, das aufgrund eines Unfalls lebensbedrohlich verletzt war und eine Spenderleber benötigte. Das Mädchen stand auf der Liste von Eurotransplant, die aber wenig Hoffnung auf ein passendes Spenderorgan in so kurzer Zeit machten. Der Vater führte an einem Abend ein aufgeregtes Gespräch mit Dr. Friedrich. Frau Brauner, die Sekretärin, beschrieb, dass sie die Stimme des Vaters durch die gepolsterte Tür hindurch gehört hätte, und meinte, dass die Stimmung hitzig gewesen wäre. Als sie am anderen Morgen zum Dienst gekommen ist, war das Kind in eine Privatklinik verlegt worden, mit der Dr. Friedrich immer wieder mal zusammengearbeitet habe. Frau Brauner glaubt, dass er dort auch operiert habe, wusste dies aber nicht genau. Sie hat mir den Namen und die Adresse der Klinik gegeben.«

»Wusste sie etwas über das Privatleben ihres Chefs?« Frieda rutschte auf die Kante ihres Stuhls.

»Wenig. Von einer festen Beziehung konnte sie zum Beispiel nichts berichten. Ebenso schloss sie Kinder aus. Dr. Friedrich sei sehr diskret gewesen, wenn er bei repräsentativen Auftritten für das Krankenhaus oder bei gesellschaftlichen Anlässen in der Stadt unterwegs war. Er habe unterschiedliche Damen an seiner Seite gehabt oder sei ohne Begleitung erschienen. Die Sekretärin sagte, dass es sehr elegante, nur unwesentlich jüngere Frauen gewesen wären.«

»Escort-Service«, warf Max trocken ein.

Rolf Stein lächelte. »Daran habe ich auch gedacht.«

»Warst du auch in der Wohnung von Dr. Friedrich?« Max wirkte ungeduldig.

»Der Reihe nach, Kollege.« Rolf Stein nahm wieder seine Unterlagen zur Hand. »Ich bin nach dem Gespräch mit der Sekretärin zur Privatklinik gefahren, in der die Begrüßung recht frostig ausfiel. Die machen ein Riesenbrimborium um ihre Patienten, von wegen Privatsphäre und Schweigepflicht. Was ich erfahren habe, ist, dass dort auch sehr reiche Mitglieder von Familien aus den Emiraten oder aus Russland behandelt werden, die eben auf größtmögliche Diskretion Wert legen. Der Leiter der Klinik wollte mir keine Kontaktdaten geben und auch nicht bestätigen, dass besagtes Kind bei ihnen behandelt worden wäre. Also, dort war man wenig kooperativ.«

»Brauchen wir einen Beschluss der Staatsanwaltschaft?«

»Gemach, Kollege, ich bin noch nicht fertig.« Rolf Stein stellte seine Kaffeetasse ab und lächelte. »Von Frau Brauner, der Sekretärin von Dr. Friedrich, habe ich die Adresse der Familie des leberkranken Mädchens bekommen. Die Familie wohnt in Norderstedt und natürlich habe ich sie besucht. Aber zuerst habe ich mit der Haushälterin von Dr. Friedrich gesprochen. Frau Möllenkamp bewohnt ein kleines Apartment neben der Wohnung von Dr. Friedrich. Beide Wohneinheiten gehören ihrem Chef. Frau Möllenkamp ist bereitwillig mit mir in die Wohnung von Dr. Friedrich gegangen und ich konnte mich in ihrem Beisein ein wenig umsehen. Eine sehr noble Hütte, soweit ich das beurteilen kann. Die wenigen Gemälde an den Wänden wirken ausgesucht und teuer, einige Skulpturen stehen auch noch rum. Die Wohnung verfügt über ein Wohnzimmer, Küche, Schlafzimmer, ein Gästezimmer, zwei Bäder und ein Arbeitszimmer. Dort gibt es auch einen Safe, in den sich vielleicht ein Blick lohnen würde. Dafür brauchen wir auf jeden Fall einen Beschluss.«

»Was berichtete denn die Haushälterin über ihren Arbeitgeber?« Frieda war neugierig.

»Er sei ein ruhiger Vertreter gewesen, keine ausschweifenden Partys, überhaupt wenig Gäste, darunter einige Frauen, kaum Männer. Beste Freunde scheint er nicht gehabt zu haben.«

»Wie können wir uns diesen Mann vorstellen? Ich habe so gar kein Bild von ihm.« Frieda runzelte die Augenbrauen.

»Hatte er überhaupt keine Hobbys oder Laster? Wie sah es mit Alkohol aus?« Peter Sommer zeigte sich ebenfalls erstaunt.

»Frau Möllenkamp berichtete, dass Friedrich manchmal am Samstagabend ausging und erst in den frühen Morgenstunden zurückkehrte. Wo er war, konnte sie nicht sagen. Er ging regelmäßig joggen und ins Theater. Von übermäßigem Alkoholkonsum konnte sie nicht berichten.«

»Ist ihr irgendetwas vor dem Verschwinden von Dr. Friedrich aufgefallen?« Betty Fuchs meldete sich zu Wort.

»Er sei aufgeregt gewesen, regelrecht aufgekratzt. Er habe glänzende Augen gehabt und habe immer wieder aufgelacht.«

»Hat sie mitbekommen, ob und mit wem er telefoniert hat?«

»Frau Möllenkamp sagte, dass er einen Brief bekommen

habe. Das war relativ selten, von daher ist es ihr aufgefallen. Seine Post bestand in der Regel aus Schreiben von Versicherungen, Banken, Versorgungsbetrieben etc. Er bekam kaum private Post. Sie gibt zu, dass sie neugierig war und auf den Absender schauen wollte, es stand jedoch keiner drauf. Am nächsten Morgen hat sie den Mülleimer neben seinem Schreibtisch geleert und dort einen in kleine Schnipsel zerrissenen Brief entdeckt.«

»Konnte sie noch etwas entziffern?« Frieda schmunzelte.

»Sie hat sich ein wenig geziert, bevor sie zugab, dass sie ein wenig genauer in den Papierkorb geschaut habe und wenn es dazu beitragen könnte, ihren Arbeitgeber zu finden, war sie schließlich bereit, dass sie das Wort ›Frankfurt‹, ›Park‹ und ›Hafen‹ entziffern konnte bzw. sich zusammengereimt hat.«

»Frankfurt, Parkplatz oder Parkhaus und Flughafen?« Max machte sich eifrig Notizen. »Ich gehe dem nach und bitte die Kolleg*innen in Frankfurt um Amtshilfe, damit wir die Überwachungsbänder vom Flughafen zur Verfügung gestellt bekommen.«

»Frau Möllenkamp sagte noch, dass er nur wenige Bekleidungsstücke mitgenommen habe. Was sie aber nicht besonders verwundert hat, da sie glaubte, dass er nach Frankreich führe und dort selbstverständlich über eine vollständige Garderobe verfügt.«

»Was hat er eingepackt?« Frieda sah ihren Kollegen abwartend an.

»Zwei Jeans, zwei Oberhemden, einen Pullover, Unterwäsche und seinen Kulturbeutel.«

»Das ist nicht gerade viel.« Frieda kratzte sich

nachdenklich am Ohr. »Das hört sich nach einem eher legeren Ausflug in privater oder intimer Atmosphäre an.«

»Interessant ist noch, dass Frau Möllenkamp über die Jahre in regelmäßigen Abständen immer wieder mal Telefonate mit einer Frau Schröder mitbekam. Sie habe zufällig beim Saubermachen die Telefonnummer auf dem Display gesehen. Dankenswerterweise hat sie die aufgeschrieben und mir gegeben. Und jetzt kommt's ...« Stein machte eine Pause und sah die Anwesenden der Reihe nach an. »Ich habe die Nummer angerufen und es meldete sich ein Begleitservice.« Beifall heischend blickte er in die Runde.

»Sag ich es doch«, murmelte Max zufrieden.

»Auf meinem Weg nach Norderstedt zu den Eltern des Kindes habe ich der Agentur einen Besuch abgestattet und mit besagter Frau Schröder gesprochen.«

»Jetzt geht es los.« Erwartungsvoll sah Max hoch.

»Wieder am Anfang das übliche Blabla, geschützte Kundendaten, Schweigepflicht und das übliche Gelaber. Als ich von einem möglichen Tötungsdelikt sprach, wurde sie jedoch etwas freundlicher und sagte, dass er immer dieselben zwei Damen gebucht habe, wenn es um gesellschaftliche Anlässe ging. Die Damen haben ihn zu Empfängen, Theater- und Opernbesuchen, Vernissagen und manchmal zu Besuchen in Restaurants begleitet. Das Ganze immer, ohne anschließend bei ihm im Bett zu landen.«

»Echt? Hatte der Bursche kein Sexualleben?« Max zweifelte.

»Hat er vielleicht anders ausgelebt«, meinte Frieda.

»Die Leiterin der Agentur sagte mir, dass sie von einer Kollegin erfahren habe, dass Dr. Friedrich Kunde in einem besonderen Studio war.« Alle sahen Rolf Stein gespannt an. »Er besuchte regelmäßig eine sehr exklusive Domina.«

»Hast du sie etwa auch noch aufgesucht?«

»Nein, dafür war die Zeit zu kurz. Ich habe unsere Kollegen in Hamburg gebeten, sie zu vernehmen. Wir müssten heute oder morgen von ihnen hören.«

»Gut, Rolf. Aber die Eltern des Mädchens hast du noch getroffen?« Frieda nahm den Faden wieder auf.

»Ja, am späten Nachmittag war ich in Norderstedt, nachdem ich mich angemeldet hatte. Die gesamte Familie war anwesend. Vater, Mutter, Tochter. Erfahren habe ich, dass es überraschend eine Spenderleber gegeben habe, die dem Kind in der Privatklinik transplantiert worden sei. Praktisch auf den letzten Drücker sei es zu der erfolgreich verlaufenen Operation gekommen.«

»Hatte Eurotransplant doch eine Leber auftreiben können?« Frieda machte sich eine Notiz. »Ich werde dort nachfragen.«

»Der Vater wusste angeblich nicht, woher das Organ kam. Er habe lediglich in der Klinik angerufen, um zu fragen, ob sie seiner Tochter helfen könnten und eine positive Antwort erhalten.«

»Wie viel hat er bezahlt?« Frieda blickte ihren Kollegen aufmerksam an.

»Er wollte zuerst nicht raus damit, gab dann aber an, 100.000 € bezahlt zu haben.«

»Die Kollegen in Hamburg sollen die Klinik genauer unter die Lupe nehmen.« Frieda holte tief Luft. »Ich glaube, dass wir endlich eine brauchbare Spur haben.

»Organhandel?« Max stand auf. »Sollten Sie doch recht behalten?« Er sah zu Wüst hinüber.

»Könnte sein.« Frieda rieb sich über die Stirn. »Ein Mädchen verschwindet und zeitgleich erhält ein Kind in Hamburg eine Leber. Wir müssen prüfen, ob die Voraussetzungen für eine Transplantation gegeben waren, ob das Organ des Mädchens in Erftstadt zu dem Kind in Hamburg passt.«

»Wie kommen Sie denn auf die absurde Idee des Organhandels?« Erstmals mischte sich Vivien Rudloff ein.

»Absurde Idee, Mädchen?« Arno Wüst sah auf seine Fingernägel, die er mit einem Zahnstocher säuberte.

»Ich bin nicht Ihr Mädchen und ich verbiete mir diesen Ton.« Vivien Rudloffs Augen versprühten Gift und Galle.

»Für so absurd halten wir die Idee nicht, Frau Rudloff.« Frieda ignorierte den verbalen Zwischenfall. »Es ist zumindest eine Idee, der wir nachgehen wollen. Vielleicht entpuppt sie sich als haltlos, vielleicht führt sie uns aber auf eine Spur, der es nachzugehen lohnt. Die vorher ermittelnden Kollegen haben keine belastbaren Spuren finden können, vielleicht reihen wir uns ein, vielleicht nicht. Haben Sie eine bessere Idee?«

»Ich möchte noch die anderen Ergebnisse hören, die von den Kollegen und der Kollegin gewonnen wurde. Bis heute Morgen habe ich dazu nichts im Computer gefunden.« Der Vorwurf in Rudloffs Stimme war deutlich zu hören, und Arno Wüst zog die Augenbrauen hoch. Doch bevor er Luft holen konnte, um in eine neue Verbalattacke auszubrechen, sagte Frieda schnell: »Dann wollen wir doch keine Zeit verlieren und zügig die anderen hören.«

Betty stand sofort auf. »Ja, gern, dann mache ich weiter. Ich habe die Befragungen zur Richterin Agnes Heisterkamp in Dortmund durchgeführt. Zuerst habe ich mich an ihren Mann gewandt, einen Anwalt mit eigener Kanzlei, der sehr kooperativ war. Herr Heisterkamp beschrieb seine Frau als gesellschaftlich sehr engagiert, so ist sie zum Beispiel Vorsitzende des Golfklubs, singt im Kirchenchor, ist aber auch sozial engagiert in verschiedenen Projekten in der Stadt. Sie haben zwei erwachsene Kinder, eine Tochter und einen Sohn, und feierten im letzten Jahr ihre Silberhochzeit. Da ich ihn zu Hause angetroffen habe, führte er mich ein wenig im Haus herum und zeigte mir auch das Arbeitszimmer seiner Frau. Beim Rundgang sah ich, dass sie getrennte Schlafzimmer haben.« Betty machte eine Pause. »Als ich Herrn Heisterkamp darauf ansprach, gab er unumwunden zu, dass sie kein gemeinsames Sexualleben mehr führten, denn er komme mit den Vorlieben seiner Frau nicht klar.« Alle sahen Betty gespannt an. »Nun«, sie blickte auf ihre Unterlagen, »wörtlich sagte er: ›Meine Frau ist eine sehr moralische und eigentlich sehr konservative Frau, aber womit ich nicht klarkomme, ist, dass sie sich an Gewalt im Zusammenhang mit Sexualität regelrecht aufgeilt. Sie bat mich um Dinge, die ich nicht tun konnte und wollte, weil sie mich abstießen. Sie geht seit ungefähr vier Jahren regelmäßig auf BDSM-Partys. Nachdem ich sie einmal begleitet habe, habe ich mich strikt geweigert, noch einmal mitzugehen. Ich hoffe sehr, dass meine Frau in diesem Zusammenhang keinen Schaden genommen hat.‹« Betty sah ihre Kollegen an. »Als er davon sprach, sah ich ihm sein körperliches Unbehagen regelrecht an.«

»Gibt es die Adresse von einem Klub oder vielleicht auch von mehreren, wo wir bei Bedarf noch mal nachfragen können?«

»Ja, hier.« Betty notierte zwei Adressen auf der Tafel.

»Dort war sie regelmäßig. Ich habe bei einem der Klubs persönlich jemanden erreicht.« Betty lachte leise auf. »Die Managerin war anwesend und nach einiger Zeit auch bereit, mir Infos zu Frau Heisterkamp zu geben. Sie hat großen Wert darauf gelegt, dass ich keine Namen von anderen Klubmitgliedern erfahre.«

»Okay, und was hat sie zu deren Vorlieben gesagt?« Arno Wüst schien ungeduldig zu werden.

»Frau Heisterkamp habe großen Gefallen daran gefunden, einer ganz bestimmten Dame bei ihrer Arbeit zu assistieren.«

»Wobei genau?« Vivien Rudloff beugte sich interessiert vor.

»Besagte Frau hat ihrem Sklaven, also wechselnden Sklaven, zum Beispiel die Vorhaut am Penis mit Nadel und Faden ohne Betäubung zugenäht und dann zugesehen, wie sich seine sexuelle Erregung Bahn brach. Frau Heisterkamp sei dabei so erregt geworden, dass sie sich beim Zusehen mit einem Dildo befriedigte, der individuell steuerbare Stromstöße abgab. Den trug sie immer in einem Etui mit sich.«

»Jedem das Seine.« Rolf Stein stand auf und holte sich einen Kaffee.

»Hast du auch mit den Kindern gesprochen?«

»Der Sohn studiert in den USA, die Tochter hat den Kontakt zu ihren Eltern abgebrochen. Der Vater wusste nicht, wo sie sich aktuell aufhält.«

»Ist das Töchterchen der heißen Muschi der Mutter auf die Spur gekommen?« Arno Wüst sah Vivien Rudloff herausfordernd an.

»Was haben die Kolleg*innen im Gericht gesagt?« Frieda sah Betty auffordernd an.

»Die sagten wenig, aber unisono, dass Frau Heisterkamp eine integre, strenge Richterin gewesen sei, die sich sehr an den religiösen Werten ihrer Kirche orientiert hätte.«

»Amen.« Arno Wüst sah zu Frieda. »Pause wäre jetzt nicht schlecht, Chefin.«

»Ja, lasst uns in einer halben Stunde weitermachen.« Auch Frieda stand der Sinn nach frischer Luft. »Beginnst du dann, Peter?«

Peter Sommer nickte und biss herzhaft in ein Mettbrötchen.

*

Während im Team eine entspannte Frühstücksatmosphäre eintrat, fuhr ein Kleintransporter auf den nur wenig besuchten Rastplatz Karthaus an der A43 bei Dülmen und parkte dicht neben einem Ambulanzwagen. Der Fahrer des Kleintransporters stieg aus und half seinem Beifahrer heraus. Man konnte den Eindruck gewinnen, dass der Beifahrer zu viel getrunken hatte, denn er taumelte, von dem Fahrer gestützt, die wenigen Schritte zum Ambulanzwagen. Dessen hintere Tür stand offen, und kurz darauf war der Beifahrer schon eingestiegen, und der Ambulanzwagen fuhr sofort davon, während der Fahrer des Kleintransporters in aller Ruhe eine Zigarette rauchte. Dann verließ auch er den Rastplatz, aber nur, um die Autobahnabfahrt zu nehmen und auf einen einsamen Feldweg einzubiegen. Dort zog er die Folien mit der Aufschrift »Teppichreinigung Kleinsorge« von seinem Fahrzeug ab und wechselte die Kennzeichen. All dies geschah in kürzester Zeit. Als ein Trecker an ihm vorbeifuhr, stand der Fahrer pinkelnd neben seinem Wagen.

\*

Frieda hatte gerade den Kaffeeautomaten erreicht, als sie von Max angesprochen wurde.

»Können wir mal reden, Frieda?«

»Sicher nicht jetzt und hier. Wir können uns heute Nachmittag in die Kantine setzen.« Mit diesen Worten drehte sich Frieda weg, marschierte zurück ins Büro und gab den Kolleg\*innen zügig das Zeichen zum Weitermachen.

Peter Sommer setzte das Zusammentragen neuer Details fort. »Also, ich war in Hannover im Fall Birte Kaiser. Ich habe zuerst bei ihrem Ehemann nachgefragt, der mir aber nicht viel sagen wollte oder tatsächlich nicht konnte. Von ihm habe ich nur so viel erfahren, dass er sich von seiner Frau wegen zu großen Alkoholkonsums getrennt und das gemeinsame Haus verlassen habe. Seine Frau sei bei gesellschaftlichen Anlässen immer häufiger eine peinliche Erscheinung gewesen, und er, als erfolgreicher Industriemanager, könne es sich nicht leisten, mit einer wandelnden Schnapsflasche in der Öffentlichkeit zu erscheinen. Er hat also seine Sachen gepackt und lebt seit einem Jahr in einer Wohnung in Hannovers bester Gegend. Er gab an, nicht zu wissen, womit sich seine Frau beschäftigt habe oder aktuell beschäftigt. Zu ihren Interessen oder Hobbys konnte er mir auch nichts sagen. Er machte insgesamt einen recht desinteressierten Eindruck. Ich glaube, dass es ihm egal ist, ob seine Frau wieder auftaucht oder für immer wegbleibt.«

»Das hört sich nach einem Kotzbrocken an.« Betty hatte ihr Urteil schnell gefällt.

»Nun, besonders sympathisch wirkte er auf mich auch nicht, aber ich habe ja eh Schwierigkeiten mit Vertretern der oberen Leitungsebene.« Peter Sommer lächelte vage. »Ich bin dann also raus zu dem Haus der Kaisers, in dem eine Haushälterin für Ordnung sorgt. Diese Frau Christen war gesprächiger und ließ mich bereitwillig herein. Sie beschrieb Frau Kaiser als sehr einsame und traurige Frau, die sich entschlossen hatte, eine Entziehungskur zu machen. Die Haushälterin meint, dass Frau Kaiser darunter leiden würde, dass die Ehe kinderlos geblieben ist und sie sich nur auf die Rolle der Ehefrau beschränkt habe. Ihr Mann habe verlangt, dass sie nach der Heirat ihr Studium aufgab, und sie habe sich gefügt.«

»Woher weiß die Haushälterin das?« Max runzelte die Stirn.

»Sie hat bereits bei Herrn Kaiser gearbeitet, als dieser seine Frau kennenlernte, und so einiges mitbekommen.«

»Gab es Besonderheiten in der Zeit, bevor Frau Kaiser verschwand?« Vivien Rudloff gab wieder ein Lebenszeichen von sich.

»Eigentlich nicht, Frau Kaiser führte wohl im letzten halben Jahr ein sehr zurückgezogenes Leben und gab sich dem Trinken hin. Frau Christen meinte aber, dass sie vier Wochen vor ihrem Verschwinden jemanden kennengelernt hatte, und diese Begegnung muss neue Energien in ihr freigesetzt haben, denn sie hatte sich ja, wie bereits gesagt, vorgenommen, zu entgiften.«

»Weiß die Haushälterin mehr über diese Person?« Wieder war es Vivien Rudloff, die die Frage stellte.

»Interessanterweise sei die Person immer dann gekommen, wenn Frau Christen frei hatte. Sie konnte mir
also weder sagen, ob es sich um einen Mann oder eine
Frau handelte, noch wie sie aussah. Frau Kaiser sei in dem
Punkt sehr verschwiegen gewesen, etwas, das Frau Christen so nicht von ihr kannte.«

»Das ist wirklich interessant.« Frieda dachte einen Moment nach. »Bitte doch die Kollegen in Hannover, dass
sie die Nachbarschaft konkret nach diesem Besucher oder
der Besucherin fragen. Vielleicht hat jemand etwas beobachtet. Gibt es sonst noch etwas?«

»Nein, ich habe euch alles Wesentliche, was ich erfahren
habe, mitgeteilt.« Peter Sommer setzte sich wieder an seinen Schreibtisch.

»Okay, dann bitte du, Max.«

»Jep, ich war im schönen Münster und habe versucht,
etwas über Simone Lindner, 36 Jahre alt und in Trouville
in der Normandie geboren, herauszufinden. Sie kam der
Liebe wegen nach Münster und lebt seit zwölf Jahren
dort. Die Ehe ist inzwischen geschieden, die ehemaligen
Eheleute sind aber Freunde geblieben. Frau Lindner ist
beruflich viel auf Reisen, denn sie verfasst Reiseführer für
Veganer. Von daher ist ihre Abwesenheit anfangs nicht
aufgefallen, weil alle Freunde dachten, sie sei irgendwo
in Europa für einen neuen Reiseführer auf Tour. Als sie
aber nach fünf Tagen immer noch nicht auf Anrufe und
Mails ihres Ex-Ehemannes reagierte, hat er sie als vermisst gemeldet, nachdem er sich vergewissert hatte, dass
sie tatsächlich nicht zu Hause war. Da er einen Schlüssel für den Notfall zu ihrer Wohnung besitzt, ist er also
von Ochtrup, wo er wohnt, nach Münster gefahren, um

nachzusehen. Als er gesehen hat, dass ihre Reisetasche, mit der sie immer unterwegs war, unberührt auf dem Kleiderschrank im Schlafzimmer lag, ist er schnurstracks zur Polizei gegangen. Die Polizei hat nach dem Wagen und dem Handy gefahndet. Der Wagen ist bis heute nicht aufgetaucht, und das Handy war zuletzt auf der Raststätte Münsterland an der A1 eingeloggt. Dort verliert sich die Spur. In der Raststätte ist sie niemandem aufgefallen, der Wagen steht auch nicht auf dem Parkplatz. Zack, als hätte sie sich in Luft aufgelöst.«

»Gibt es weitere Informationen aus dem Familien- und Freundeskreis?«

»Die Familie lebt in Frankreich, dort ist sie auch nicht aufgetaucht. Der Ex-Ehemann berichtete von einem stabilen gemeinsamen Freundeskreis. Simone habe keine gefährlichen Hobbys oder Bekanntschaften gepflegt, ihr Interesse galt dem Reisen und Kochen.«

»Also eine völlig unauffällige Person.« Frieda seufzte.

»Sieht im Moment so aus. Ich habe noch Namen und Telefonnummern von Freundinnen, dort können wir noch nachhaken. Vielleicht weiß ihre beste Freundin etwas von einer dunklen Seite, die sie dem Ex verschwiegen hat.« Max grinste. »Und dann habe ich heute Neuigkeiten aus Frankfurt erfahren. Im Zusammenhang mit Dr. Friedrich und Frau Heisterkamp. Ich habe die Überwachungsbänder sowohl von den Parkhäusern als auch von dem Bahnsteig, auf dem der Zug aus Dortmund angekommen ist. In das Band vom Bahnsteig habe ich schon hineingesehen. Frau Heisterkamp steigt allein aus, bleibt eine Weile auf dem Bahnsteig stehen, bis sich die meisten Reisenden verteilt haben, dann nimmt sie einen Anruf entgegen, wendet sich zur Rolltreppe und geht zum Parkhaus. Dort steigt sie in ein wartendes Fahrzeug, das augenblicklich das Parkhaus verlässt und auf die Autobahn nach Mainz auffährt. Ich lasse gerade das Kennzeichen durch den Computer laufen.«

»Sehr gut, Max.« Frieda freute sich über die Ermittlungsfortschritte. »Vielleicht finden wir Dr. Friedrich auch auf den Bändern. Das wird aber einige Zeit in Anspruch nehmen.« Max ging zurück an seinen Platz.

»Ich schlage vor, dass wir jetzt Mittagspause machen, und uns um 14 Uhr wieder hier treffen«, sagte Frieda und stand auf.

Die Kolleg*innen murmelten wieder ihre Zustimmung und alle zogen ihrer Wege.

*

»Was möchtest du mit mir besprechen?« Frieda hatte einen Tisch ausgesucht, der sich in einer Ecke der wenig frequentierten Kantine befand, weit weg von möglicherweise auftauchenden Zuhörern.

»Ich wollte dir erklären, was zwischen Lars und mir war.« Max schaute betreten in die Gegend.

»Warum hast du mit ihm geschlafen?« Frieda konnte nicht umhin, Max diese Frage zu stellen.

»Dieser überhebliche Lackaffe hatte immer etwas an mir auszusetzen, du erinnerst dich? *Mein Seziersaal ist kein Rummelplatz*«, äffte Max Lars nach. »Und dann sitze ich da im Trans*Later am Tresen und Mr. Supermann kommt rein und verschluckt sich fast, als er mich entdeckt. In seinen Augen flackerte etwas auf, was seiner Stimme widersprach.« Max sah an Frieda vorbei und nahm einen Schluck Kaffee. »Weißt du, in dem Moment war mir klar, dass ich ihn ficken würde. Das hatte überhaupt nichts mit dir zu tun, Frieda. Es tut mir leid, ich habe nicht nachgedacht.«

»Du meinst, Du wolltest es ihm mal so richtig zeigen, Du wolltest Dich rächen?« Frieda starrte Max ungläubig an.

»Du bringst die Sachen immer so schön auf den Punkt.« Max lächelte schief. »Ja, ich wollte mich für all seine blöden Sprüche, seine Überheblichkeit und Anmaßungen rächen.«

»Na, dann kannst Du hinter diesem Unternehmen einen fetten Haken machen.«

»Nicht so ganz.«

»Wieso nicht?« Frieda spürte eine neue Unruhe in sich aufsteigen.

»Lars zeigte plötzlich eine andere Seite, war aufmerksam und zugewandt.

Ich habe mich in den Scheißkerl verliebt«, erklärte Max mit Grabesstimme und Frieda starrte ihn fassungslos an.

»Wie soll das bitte gehen? Ihr hattet einmal Sex und, große Überraschung, du verliebst dich in ihn. Wie stellst du dir unsere Zusammenarbeit vor?«

»Keine Ahnung, darüber habe ich mir, ehrlich gesagt, noch keine Gedanken gemacht. Und wir haben mehrmals miteinander geschlafen.

»Na toll, Max, Hauptsache ficken, alles andere ist egal.« Nach einer Pause fügte Frieda hinzu: »Was es für mich zu klären gibt, betrifft Lars und mich. Nicht dich und mich.« Sie blickte Max kühl an. »Wir sind Arbeitskollegen für den Augenblick. Möglicherweise ziehst du weiter, wenn unser Team hier wieder aufgelöst wird, und wendest dich neuen Aufgaben zu. Aber wer weiß? Was Lars betrifft, musst du mit dir selbst klarkommen. Das ist nicht mein Bier.« Frieda stand auf. »Von meiner Seite ist alles gesagt. Sollte ich etwas von dir wissen wollen, werde ich auf dich zukommen.« Sie zögerte. »Bis du wieder hier aufgetaucht bist, dachte ich, dass ich mein restliches Leben mit Lars verbringen würde.« Frieda sah Max fest in die Augen. »Und eigentlich möchte ich das immer noch.«

Genau in diesem Moment betrat Lars die Kantine und Frieda machte sich schleunigst aus dem Staub, denn sie sah, wie er sich umblickte und auf sie und Max zukam. Beim Hinausgehen nahm sie aus den Augenwinkeln wahr, dass Lars sich zu Max an den Tisch setzte und ihr nachblickte.

*

»Es gibt Neuigkeiten aus Frankfurt«, rief Max, als die Kolleg*innen nach der Mittagspause wieder im Büro erschienen. »Doktor Friedrich ist tatsächlich bei der Einfahrt in ein Parkhaus am Flughafen aufgenommen worden. Verschiedene Kameras zeigen, wie er langsam, aber scheinbar zielgerichtet einen bestimmten Sektor anfährt, der im Schatten liegt. Man sieht, wie er kurz stoppt die Innenbeleuchtung im Wagen kurz an- und wieder ausschaltet. Es sieht so aus, als wäre eine unbekannte Person zugestiegen. Doktor Friedrich fährt dann zur nächstgelegenen Ausfahrt und verlässt das Parkhaus, ohne noch einmal anzuhalten. Bei der Ausfahrt ist zu sehen, wie er mit einem Responder die Schranke öffnet.«

»Könnte der Parkausweis eines Mitarbeiters gewesen sein«, sinnierte Betty.

»Ich frage nach, ob ein Mitarbeiter seinen Ausweis als gestohlen gemeldet hat.« Max griff zum Telefon.

Frieda zog ihre Unterlagen zu sich heran. »Ich habe die Kolleginnen und Kollegen in Wismar, Wiesbaden, Ulm und Pforzheim angerufen und genauer nach den Vermissten gefragt«, sagte sie. »Benno Claus, ehemaliger Profifußballer, der es bis in die erste Liga geschafft hat und nach seiner verletzungsbedingt kurzen aktiven Zeit als erfolgloser Trainer durch die 2. Liga tingelte und zuletzt ehrenamtlich eine Bambini-Mannschaft betreut hat, verschwand in Wismar zwei Wochen nach einer Blinddarmoperation. Seine Frau hat ihn vor längerer Zeit verlassen und lebt am Bodensee. Über Benno Claus gibt es keine Akteneinträge, er gilt als ein unbescholtenes und unbeschriebenes Blatt. Ebenso übrigens wie Friederike Alsfeld aus Wiesbaden, pensionierte Schulleiterin eines Gymnasiums, ebenfalls alleinstehend. Ihr Verschwinden ist aufgefallen, weil ihr Hund in der Wohnung bellte und heulte und so darauf aufmerksam machte, dass er über einen längeren Zeitraum allein war.« Frieda runzelte die Stirn, bevor sie fortfuhr. »Frau Alsfeld hatte wenig Kontakt zu den Nachbarn und war viel auf Reisen. Die Kollegen fanden in der Wohnung das Adressbuch und haben eine beste Freundin ausfindig gemacht, die Frau Alsfeld immer auf ihren Fahrten begleitete. Von ihr erfuhren sie, dass die Vermisste keine Reise plante und nichts aus der Wohnung fehlte. Es sah so aus, als sei Frau Alsfeld nur schnell zum Brötchenholen gegangen.« Frieda sah von ihren Aufzeichnungen auf.

»Gab es ungewöhnliche Kontobewegungen?« Arno Wüst wirkte nachdenklich.

»Nein, anders bei Werner Weinbach aus Ulm und Alexander Kolmar aus Pforzheim. Beide haben etwa eine Woche vor ihrem Verschwinden höhere Geldbeträge bar abgehoben, beide insgesamt je 10.000 €.«

»Das kommt mir doch bekannt vor.« Peter Sommer blickte auf. »Das ist doch derselbe Betrag, den auch Dr. Friedrich abgehoben hat.«

»Es ist nicht bekannt, wofür beide Männer das Geld abgehoben haben. Beide sind übrigens an einem Freitag verschwunden. Weinbach hatte seiner nicht mit ihm zusammenwohnenden Lebensgefährtin erzählt, dass er seine Mutter in Bonn besuchen wollte, und Kolmar hatte laut seiner Freundin vor, eine Wanderung durch die Lüneburger Heide zu machen. Diese Freundin berichtete von Unstimmigkeiten in der Beziehung und dass sie vorhabe, sich von ihm zu trennen. Die Vermisstenmeldungen in diesen beiden Fällen ging erst eine Woche beziehungsweise drei Wochen nach dem Verschwinden ein. Kolmar wurde offensichtlich von seiner Freundin nicht sehr vermisst.« Frieda sah in die Runde.

»Hat die Frau die Unstimmigkeiten in der Beziehung näher benannt?« Betty sah Frieda fragend an.

»Sie gab als Grund für eine Entfremdung unterschiedliche sexuelle Bedürfnisse an. Herr Kolmar praktizierte gern Fesselspiele, die bei seiner Freundin nicht so beliebt waren, weil sie zunehmend Angst vor ihrem Freund bekommen habe.«

»Ist etwas über den Gesundheitszustand der Vermissten bekannt?« Arno Wüst saß neben Vivien Rudloff, die es vermied, ihn anzusehen. Wüst ließ seinen Blick schweifen und stutzte einen kleinen Moment, als er bei ihr für einen winzigen Augenblick hängen blieb. Frieda war die Einzige, die dies bemerkte.

»Außer der Blinddarmoperation ist bislang nicht von medizinischen Vorkommnissen die Rede gewesen.« Max beantwortet seine Frage. »Warum?«

»Ach, mir ist da eine Idee gekommen.« Wüst lehnte sich zurück.

»Möchten Sie uns nicht an dieser Idee teilhaben lassen, Herr Wüst?« Vivien Rudloff sah ihn kurz an.

»Noch nicht, ich möchte erst etwas mehr Fleisch an den Knochen bringen, bevor ich ihn Ihnen zum Fraß vorwerfe.« Arno Wüst blickte an ihr vorbei und Frieda ahnte, in welche Richtung seine Gedanken liefen. Mit dem Blick auf die Uhr sagte sie: »Okay, nachdem wir unsere Protokolle eingespeist haben, machen wir für heute Feierabend und werden morgen intensiv unsere weitere Vorgehensweise besprechen. Morgen werde ich Kriminalrat Grewen einen ersten Zwischenbericht vorlegen, er hat bereits gestern danach gefragt.«

Wüst verschwand und Frieda beendete die Sitzung. Dann folgte sie Wüst in den Keller.

»Was denken Sie?«

»Ich bin mir nicht sicher.« Arno Wüst sinnierte vor sich hin. »Mir gehen zwei Sachen durch den Kopf.«

»Sie schienen wegen Frau Rudloff irritiert zu sein, zumindest sah es für einen kleinen Augenblick so aus.« Frieda versuchte, ihm eine Brücke zu bauen.

»Ja, Sie haben recht.« Wüst nickte. »Aber ich weiß noch nicht, warum. Allein, dass ich sie nicht leiden kann, bedeutet ja nicht, dass sie nichts draufhat.« Er lächelte wenig wertschätzend. »Und das andere ist Folgendes: Was wäre, wenn das Verbindende zwischen unseren Vermissten zum einen das viele Geld ist, das sie kurz vorher abgehoben haben – und zum anderen, wenn sie vorher alle im Krankenhaus oder zu einer hausärztlichen Untersuchung gewesen wären?«

Frieda sah ihn verständnislos an. Wüst lächelte schief.

»Was wäre, wenn die Organmafia, nennen wir sie mal so, Zugriff auf fragile Gesundheitsdaten hätte?«

»Sie meinen …« Frieda grübelte.

»… dass die Mafia Krankenhäuser, Blutspenderdateien, Knochenmarkspenderdateien oder die Computer von Haus- und Fachärzten hackt, um diese Daten mit den Nachfragen abzugleichen und sich dann entsprechendes Menschenmaterial zu besorgen.«

Frieda starrte Wüst an. »Aber das würde bedeuten …«, ihr fehlten die Worte.

»Ja, genau – dass wir es mit einem sehr gut vernetzten, technisch hoch entwickelten kriminellen System zu tun haben.« Wüst atmete aus. »Ich weiß nicht, ob wir mit unserer technischen Ausrüstung so aufgestellt sind, dass wir dagegenhalten können.«

»Ich werde mit Esther aus der IT-Abteilung sprechen.« Frieda drehte sich zur Tür.

»Nicht zu viel von unseren Überlegungen mitteilen, ich möchte erst noch etwas überprüfen.« Arno Wüst blickte Frieda ernst an.

»Wie lange brauchen Sie für diese Überprüfung?« Frieda fragte nicht, was er genau meinte, sondern verließ sich darauf, dass er es ihr mitteilen würde, wenn es spruchreif wäre. Dass ihn etwas irritiert hatte, war vorhin für sie deutlich zu sehen gewesen.

»Morgen, Frau Leippold, morgen bin ich schlauer.«

*

Als Frieda wieder nach oben kam, war nur noch Max im Büro und sah sie fragend an.

»Nebenermittlungen?«, fragte er kritisch.

»Nein, Wüst scheint eine interessante Theorie zu haben, die er uns morgen mitteilen wird.«

»Es scheint so, als würde sich Herr Wüst in etwas versteigen«, sagte eine Stimme von der Tür her.

Frieda fuhr herum und sah Vivien Rudloff im Türrahmen stehen.

»Ich habe Ihren Wortwechsel gehört, es scheint so, als würde Herr Wüst eine Spaltung des Teams vorantreiben.«

»Tatsächlich? Den Eindruck habe ich ganz und gar nicht.«

Frieda verschränkte die Arme vor der Brust. »Wenn Sie zugehört haben, wissen Sie ja, dass uns Herr Wüst morgen informieren wird. Er ist ganz sicher ein Einzelkämpfer, aber niemand mit Spaltungstendenzen.« Frieda warf Max, der Vivien Rudloff interessiert musterte, einen kurzen Blick zu, dann nahm sie ihren Mantel vom Haken. »Ich wünsche einen schönen Feierabend«, sagte sie im Hinausgehen.

Vor dem Präsidium blieb sie einen Moment an der frischen Luft stehen und ordnete ihre Gedanken, bevor sie ins Auto stieg. Im Rückspiegel beobachtete sie, wie Max mit Vivien Rudloff gemeinsam aus dem Eingang kam und lachend zu ihr in den Wagen stieg.

*

Arno Wüst traktierte im Keller seinen Computer, während es immer später wurde und im Präsidium immer stiller. Um 21 Uhr rief er in Harvard an und erreichte dort zu nachmittäglicher Stunde Ortszeit das Universitätsbüro. Er kramte sein bestes Englisch heraus, um die Bestätigung dafür zu erhalten, was er bereits herausgefunden hatte. Nach Beendigung des Telefonats saß er nachdenklich vor seinem Computer und überlegte, wie er mit diesen Informationen umgehen sollte. Er entschied sich dafür, alles auf einen Stick zu speichern und ihn in seinem Schreibtisch einzuschließen. Den Schlüssel zur Schublade verstaute er an einem, wie er fand, sicheren Ort in seinem Kellerbüro. Er war allerdings mit dieser Lösung nicht wirklich zufrieden.

Es war bereits 23.30 Uhr, als er endlich das Präsidium verließ. Die Nacht war windig und regnerisch und Wüst bemühte sich, möglichst schnell nach Hause zu kommen. So wie ihm erging es wohl vielen Kölnern, denn auf den Straßen war nicht viel los. Als er ins Parkhaus fuhr, fiel ihm zum ersten Mal auf, wie dunkel und unübersichtlich es darin war. Seine Nachbarin parkte ihren Wagen aus diesem Grund nie hier unten, obwohl es Kameras gab, die fast jeden Winkel erfassten. Na ja, er würde nur noch wenige Male hier herunterfahren, dann wäre all das Geschichte.

Arno Wüst verließ seinen Wagen und ging zur Stahltür, hinter der sich der Zugang zu den Fahrstühlen befand. Er drückte den Rufknopf, denn wie meist befand sich der Fahrstuhl in einer der höheren Etagen. Die Tür zum Parkhaus öffnete sich hinter ihm und Wüst drehte sich um. Dann wurde es schwarz.

*

Frieda saß an ihrem Küchentisch und bekam keine Ordnung in ihre Gedanken. Alles ging kreuz und quer, von den ermordeten Kindern zu Lars, von Arno Wüst zu den vermissten Friedrich und Heisterkamp, von Max zu ihrem Zwischenbericht, den sie morgen dem Kriminalrat vorlegen wollte. Sie dachte über die gewagte These von Arno Wüst zu organisiertem Organhandel in Deutschland nach, wie viel Utopie und wie viel Wahrheit darin steckte.

Sie kam nicht zur Ruhe und entschloss sich, ins Trans*Later zu fahren, in der Hoffnung, bei einem Kölsch und vielleicht einem guten Gespräch mit Conny zu entspannen.

Im Trans*Later war es ebenso ruhig wie draußen, einzelne Gäste hockten an der Theke oder in einer der Nischen. Conny hatte Frieda bereits beim Reinkommen zugenickt und sie angelächelt. Jetzt stellte er ihr unaufgefordert ein Kölsch hin.

»Der beste Platz ist doch immer an der Theke!« Plötzlich stand Lars neben ihr. »Kann ich mich zu dir setzen?«

Frieda blickte sich um: »Bist du allein oder taucht Max auch gleich auf?«

»Ich bin allein«, erwiderte Lars und setzte sich neben sie auf einen Hocker.

»Ja, nimm ruhig Platz.« Frieda sah ihn grummelnd an. So richtig wohl fühlte sie sich nicht, obgleich sie spürte, dass sie sich freute, Lars, der mit hängenden Schultern in sein Glas starrte, hier zu treffen. Sie stellte fest, dass Conny sie beide nicht aus den Augen ließ.

»Ich vermiss dich so.« Lars sah sie mit Hundeaugen an.

»Jetzt schon?« Frieda lachte auf. »Lass den Dackelblick stecken, Lars, oder heb ihn dir für andere auf. Mich bringt er nur zum Lachen.« Nach einer Weile fügte sie hinzu: »Was ist denn mit deinem Lover, ihr könnt doch jetzt viel Zeit in Ruhe miteinander verbringen? Da bleibt doch wenig Gelegenheit zum Vermissen.«

Lars sah sie mit einem undefinierbaren Blick von der Seite an. »Es tut mir leid, Frieda, ich kann nicht rückgängig machen, was passiert ist. Können wir nicht noch mal neu anfangen, wie man so sagt?«

»Was sollte denn neu sein? Ich kenn dich doch schon.« Sie sah ihn offen an. »Oder wäre es neu, wenn deine Bisexualität in unsere Beziehung integriert würde? Vielleicht habe ich ja auch das Bedürfnis, sexuelle Erfahrungen mit einer anderen Person zu machen?«

»Echt? Du würdest gern mit jemand anderem schlafen?« Lars riss erstaunt die Augen auf.

Conny hatte sich zur Zapfanlage gewandt und Frieda konnte nicht erkennen, ob er den letzten Satz gehört hatte. Sie nahm wahr, dass Lars sie anstarrte und offensichtlich auf eine Antwort wartete.

»Na ja, vielleicht habe ich bisher zu eng gedacht. Treue und so, mich nur auf einen zu beschränken ist womöglich gar nicht der Weisheit letzter Schluss. Ich sollte experimentierfreudiger werden.« Frieda fragte sich selbst, ob sie jetzt den Verstand verloren hatte. Aber die Worte schossen einfach so aus ihr heraus.

»Willst du mich auf den Arm nehmen?« Lars glaubte ihr nicht.

»Nein, der Gedanke, mir auch das eine oder andere Sahneschnittchen zu gönnen, statt nur Streuselkuchen zu essen, der gefällt mir.«

»Du vergleichst mich mit Streuselkuchen?« Lars sah Frieda entsetzt an.

»Zugegebenermaßen ein sehr leckerer Streuselkuchen, Lars.« Sie lächelte ihn an.

»Immerhin, da bin ich ja beruhigt. Möchtest du noch etwas trinken?« Lars gab Conny ein Zeichen.

»Ja, aber diesmal etwas Warmes, mir ist kalt.« Frieda rieb sich die Oberarme.

»Ich bin ein 1a Heizofen.« Lars blickte erwartungsvoll.

»Nee, lass mal, es gibt noch andere Möglichkeiten, mich aufzuwärmen.« Sie lächelte Conny an, der sich zu ihnen gesellt hatte, um eine neue Bestellung aufzunehmen. »Für mich bitte etwas Heißes mit Schuss, Conny.«

»Gerne Frieda, meine Spezialität.« Connys Augen blitzten und Frieda spürte, dass sie rot wurde. Was war nur heute mit ihr los? Sie sah schnell zur Seite.

Nun war es an Lars, von der einen zum anderen zu blicken.

»Und wenn es zu viel des Heißen wird, Frieda, du weißt ja, wo mein Bett steht.« Conny hob eine Augenbraue und blickte nach oben.

Lars verstand gar nichts mehr. »Hast du neulich etwa bei ihm gepennt?«, flüsterte er, als Conny sich wieder anderen Gästen zuwandte. »Als ich dich nirgends finden konnte?«

»Und wenn? Was geht es dich an?« Frieda nippte an ihrem heißen Kakao, der einen ordentlichen Schuss Orangenlikör enthielt.

»Was hat er dir da überhaupt gebraut? Nicht, dass da noch irgendwelche Tropfen drin sind.« Besorgt schnupperte Lars an ihrem Becher.

»Mach dich nicht lächerlich, so was hat Conny doch gar nicht nötig. Er muss sicherlich niemanden in sein Bett zwingen!«

»Du weißt es ja offensichtlich.« Beleidigt stand Lars auf und zog sich mit seinem Glas in eine der Nischen zurück.

»Willst du ihm vollständig den Rest für heute geben?« Conny beugte sich verschwörerisch über die Theke zu Frieda.

»Wäre eine Überlegung wert.« Frieda leerte ihren Becher.

»Dann mache ich dir jetzt noch einen schönen Kakao und gebe ihn dir zusammen mit den Schlüsseln für meine Wohnung.« Conny grinste.

»Und das ganz sicherlich mit den ehrenvollsten Absichten.« Frieda spürte ein leichtes Kribbeln.

»Ich habe von deinem Wunsch gehört, neue Erfahrungen machen zu wollen.« Er sah ihr direkt in die Augen. »Heute Nacht könnte ein Anfang sein.«

Frieda starrte ihn verdutzt an und bekam sofort kalte Füße. »Ich fahre jetzt lieber nach Hause. Es ist keine so gute Idee, eine neue Erfahrung machen zu wollen, um Lars damit eins auszuwischen. Das wäre zu schade und entspräche uns beiden nicht.«

Conny nickte lächelnd und sah zu Lars hinüber. »Es

wäre wahrscheinlich für uns alle Drei mit einem schalen Beigeschmack verbunden.«

*

Um 00.30 Uhr gingen im Präsidium die Lichter aus. Ein totaler Stromausfall legte alles lahm. Die Beamten, die gerade den Nachtdienst versahen, ließen ihre Feuerzeuge aufblitzen und stellten Kerzen auf, um dann festzustellen, dass nur ihr Gebäude betroffen war. Um sie herum glänzte Köln im Licht der nächtlichen Beleuchtung.

Im Präsidium brach hektische Betriebsamkeit aus, nachdem klar war, dass tatsächlich nichts mehr funktionierte und auch das Notstromsystem zusammengebrochen war.

Als Frieda am Morgen zur Arbeit erschien, saß Esther Hoven aus der IT-Abteilung an einem der Computer und ließ ihre Finger mit enormer Geschwindigkeit über die Tastatur fliegen. Unter den bereits anwesenden Kolleg*innen herrschte Katerstimmung.

»Alles weg!«, seufzte Betty. »Heute Nacht gab es einen Blackout, von dem nur das Präsidium in Köln betroffen war«, erklärte sie Frieda.

Peter Sommer, Vivien Rudloff und Max sahen der IT-Spezialistin gebannt über die Schulter. Esther schien von all dem völlig unbeeindruckt zu sein.

»Nur das Präsidium? Wie geht das denn?« Frieda schüttelte ungläubig den Kopf. »Ich denke, wir haben ein Notstromsystem, um genau so etwas zu vermeiden.«

»Dachten wir auch.« Esther hob den Blick. »Es sieht so aus, als hätte es einen gezielten Angriff auf unsere interne

Datenbank gegeben. Eine nicht unerhebliche Menge von eben jenen Daten ist verschwunden.«

»Gelöscht?«, fragte Max hinter ihr.

»Alles, was nach 20 Uhr, nach unserem letzten täglichen Sicherheits-Back-up abgespeichert wurde, ist vielleicht unwiederbringlich dahin, denn es scheinen einige Dateien gezielt zerstört worden zu sein.« Esther sah wieder hoch und lächelte. »Wir sind aber auch nicht so dumm, wie wir aussehen. Mal sehen, wie wir dem Hacker die Suppe versalzen können.«

»Gibt es Möglichkeiten zur Wiederherstellung verlorener, gelöschter oder zerstörter Dateien?«, fragte Vivien Rudloff interessiert.

»Ich sagte ja, wir sind nicht so dumm, wie wir aussehen.« Esther sah sie an. »Ich werde Ihnen wohl kaum meine Tricks verraten.« Ein breites Grinsen begleitete ihre Worte.

»Bedeutet das, dass wir nicht weiterarbeiten können?« Frieda bekam einen sorgenvollen Blick. »Ich wollte meine Unterlagen für den Kriminalrat heute Morgen ausdrucken.«

»Wenn ich mit diesem Computer fertig bin, setze ich mich an deinen, Frieda. Mach dir keinen Kopf.« Esther konzentrierte sich wieder auf ihre Arbeit.

»Wo sind Wüst und Rolf? Sind sie noch nicht da?« Frieda sah sich um.

»Rolf telefoniert von einem anderen Raum aus mit irgendwelchen Zeugen. Ihm war es hier zu unruhig.« Betty rieb sich die Augen. »Und Wüst habe ich noch nicht gesehen, vielleicht ist er unten in seinem Kabuff.«

»Er wird schon auftauchen.« Peter reichte Frieda einen Kaffee.

»Weiß man, warum gerade das Kölner Präsidium zum Ziel eines Hacker-Angriffs wurde?« Frieda setzte sich und sah in die Runde.

»So weit bekannt ist, wurde bislang kein Bekennerschreiben oder Ähnliches registriert. Es herrscht allgemeine Ratlosigkeit. Das Landeskriminalamt, aber auch das Bundeskriminalamt ist an der Sache dran. Aber, wie gesagt, es sind noch keine Infos durchgesickert.« Peter Sommer zeigte sich ebenfalls ratlos.

»Unsere Daten werden doch irgendwo sicher abgelegt, Esther?!« Frieda ließ nicht locker.

»Klar, doppelt- und dreifach. Das Problem hier ist, dass, so wie es sich herauskristallisiert, eure Sonderkommission besonders betroffen ist. Es sieht so aus, als wären in den letzten Tagen regelmäßige Zugriffe von außerhalb unrechtmäßig auf eure Rechner erfolgt.«

Alle starrten sie sprachlos an.

»Du meinst, es geht um unsere Ermittlungen?« Frieda fand ihre Worte schnell wieder.

»Ja, so wie ich es beurteilen kann, wurde eure zentrale gemeinsame Datei mehrfach gehackt.«

»Woher wollen Sie das wissen?« Vivien Rudloff empörte sich. »Das sind wahrscheinlich nur meine Zugriffe, die ich von meinem Düsseldorfer Schreibtisch aus getätigt habe.« Sie lächelte überheblich, was bei Frieda ein ungutes Gefühl weckte.

»Ihre Zugriffe habe ich bereits zugeordnet, Ihr Computer in Düsseldorf war leicht zu identifizieren.« Esther würdigte Vivien Rudloff keines Blickes. »Da gibt es noch mindesten zwei weitere Interessierte.«

»Und die haben dann das gesamte Präsidium lahmgelegt?«, fragte Vivien Rudloff spöttisch.

»Ja, da hat jemand mit großem Besteck Nebelkerzen geworfen. Mit welcher gefährlichen Sache beschäftigt ihr euch?«, fragte Esther neugierig.

»Das frage ich mich auch gerade.« Frieda stand auf. »Ich schau mal, wo ich noch einen freien Schreibtisch finde. Was meinst du, wie lange du noch brauchst, Esther?«

»Das kann ich nicht sagen.« Bedauernd zuckte Esther mit den Schultern.

»Okay, dann treffen wir uns in einer Stunde im kleinen Besprechungsraum nebenan. Ich werde zu Neuenschildt gehen und mich mit ihm kurzschließen.« Frieda lächelte in die Runde und machte sich auf den Weg zu ihrem Kommissariatsleiter.

»Schöner Mist!«, wurde sie in seinem Büro von ihm empfangen. Auch an seinem Computer saß ein Kollege aus der IT-Abteilung und arbeitete hoch konzentriert. »Lass uns in die Kantine gehen, dann kann Herr Lorenz in Ruhe arbeiten.« Thomas Neuenschildt verließ mit Frieda den Raum.

»Was habt ihr herausgefunden?« Kurze Zeit später saß er vor seinem Kaffee und sah Frieda an. »Das scheint ja mächtig explosives Material zu sein.«

»Wir haben ganz normal ermittelt. Ich habe überhaupt nicht den Eindruck, dass wir brisantes Material haben. Es wirkt alles so unspektakulär, Thomas.« Frieda zuckte mit den Achseln.

»Für etwas Unspektakuläres würde man doch nicht eure Computer hacken!«

»Ich habe gleich einen Termin mit dem Kriminalrat. Ich denke, dass du auch mit dabei sein wirst.«

Neuenschildt nickte und Frieda fuhr fort: »Ich werde

vielleicht alles oder einiges aus dem Gedächtnis referieren müssen, aber du wirst merken, dass wir wenig greifbare Spuren gefunden haben.«

»Das reicht offensichtlich aus, um jemanden nervös zu machen.« Thomas Neuenschildt sah nachdenklich aus dem Fenster. »Ihr werdet jemandem gefährlich und ich möchte, dass sich das Team darauf einstellt und Vorsichtsmaßnahmen trifft. Zum Beispiel werdet ihr nicht mehr ohne eure Dienstwaffen nach draußen gehen, egal, wohin. Wenn ihr zu einer Zeugenbefragung wollt, bildet ihr Zweierteams. Niemand von euch fährt allein los!«

»Okay, ich werde mit den anderen alles besprechen.« Frieda sah sich schon in einer schusssicheren Weste durch die Südstadt schlendern.

»Seid ihr heute Morgen komplett, oder fehlt noch jemand?«

»Wüst sitzt wahrscheinlich im Keller, alle anderen sind da.«

»Gut, wann ist der Termin bei Grewen?« Neuenschildt sah auf seine Armbanduhr.

»In fünfzehn Minuten.« Frieda stand hastig auf. »Ich schau mal, ob Esther meinen PC wieder flottgekriegt hat und ich die Zusammenfassung für den Kriminalrat ausdrucken kann.«

\*

Esther saß zwar an Friedas Computer, hatte aber die Datei, die Frieda jetzt brauchte, noch nicht wiederherstellen können. Von daher machte sich Frieda ohne Unterlagen, aber mit Handyfotos der Stellwände, auf denen ihre Notizen standen, auf den Weg zu Kriminalrat Grewen. Auf allen Etagen herrschte große Aufregung und auch im Vorzimmer des Kriminalrates hektische Betriebsamkeit.

»Da sind Sie ja, Frau Leippold, schön dass Sie mich trotz der widrigen Umstände auf Stand bringen wollen und hoffentlich können.« Der Kriminalrat sah Frieda besorgt an. Seine Sorge galt weniger dem eventuellen Unvermögen Friedas als vielmehr den verlorenen und zerstörten Dateien.

»Ich gebe mein Bestes, Herr Kriminalrat.« Frieda lächelte. »Wenn der Drucker im Vorzimmer funktioniert, könnte ich die Fotos unserer Stellwände ausdrucken, dann haben Sie einen Eindruck von dem, womit wir uns beschäftigen.«

Der Kriminalrat nickte und machte eine Handbewegung zu seinem Vorzimmer hin und wenig später hatten Grewen, Neuenschildt und Frieda die Fotos in der Hand.

Frieda ergänzte mit Fakten aus ihrem Gedächtnis und berichtete auch von der Arbeitshypothese »Organhandel«.

»Da haben wir doch das brisante Material.« Neuenschildt schaute den Kriminalrat an. »Offensichtlich ist an der Hypothese etwas dran, anders kann ich mir den Angriff auf unser Netzwerk nicht erklären. Aber«, Grewen lehnte sich in seinem Sessel zurück, »wie soll das denn alles organisiert sein und wie erfolgt die gesamte Logistik? Ist es nicht vielleicht doch etwas weit hergeholt?«

»Das werden wir versuchen herauszufinden.« Frieda war sich absolut sicher, dass das Team auf der richtigen Spur war.

»Dann müssen wir aber mehr Kolleg*innen und Abteilungen einbinden.« Grewen beugte sich wieder vor.

»Die IT-Abteilung ist unbedingt mit ins Boot zu holen, um mögliche Aktivitäten im Darknet zu erfassen.«

Frieda und Neuenschildt nickten zustimmend.

»Ich frage mich, woher die gegnerische Seite, wenn ich sie mal so nennen darf, die Information hat, dass wir an dem Thema dran sind?« Frieda blickte die beiden Männer an. »Wer weiß alles von unseren Ermittlungen?«

»Das Landeskriminalamt hat uns den Auftrag gegeben und uns Frau Rudloff zugeteilt. Was sagt die übrigens zu dieser Hypothese?« Grewen sah Frieda interessiert an.

»Sie hält nicht viel davon, so ist mein Eindruck. Sie glaubt, dass es eine fixe Idee von Herrn Wüst sei.«

»Der gute Wüst ist bislang nicht der Typ für krude Einfälle gewesen.« Der Kriminalrat schwieg nachdenklich. »Ich habe ihn in all den Jahren als gewissenhaften Polizisten kennengelernt, der immer sauber gearbeitet hat.«

»Herr Wüst ist gestern Abend noch Fragen nachgegangen, die er sich gestellt hat. Er wollte uns heute über seine Ergebnisse informieren.« Frieda machte eine kurze Pause. »Wir haben gestern Abend allein in seinem Büro gesprochen und er war von irgendetwas irritiert. Er wollte aber erst darüber sprechen, wenn er sich sicher war, was genau ihm aufgefallen ist.«

»Aha, dann hoffen wir mal, dass er bald auftaucht.« Grewen stand auf und beendete damit ihre Zusammenkunft.

Da der Fahrstuhl nicht funktionierte, verabschiedete sich Frieda im Treppenhaus von Neuenschildt und stieg in den Keller hinunter. Das Büro von Wüst war leer und es sah auch nicht so aus, als wäre er heute schon da gewesen. Der Schreibtisch war abgeschlossen und es lag keine Akte herum. Alles war penibel aufgeräumt. Dann wird er wohl oben bei den anderen sein, dachte sich Frieda und löschte das Licht.

Im Teamzimmer angekommen, musste sie allerdings feststellen, dass Wüst auch dort nicht aufgetaucht war. Die Kolleg*innen hatten sich im kleinen Besprechungsraum eingefunden und Frieda setzte sie als Erstes von den Vorgaben zu ihrer persönlichen Sicherheit in Kenntnis.

»Ist das nicht etwas übertrieben?« Vivien Rudloff sah an sich herunter und Max feixte: »Stellst du dir gerade die Sicherheitsweste an deinem zarten Körper vor?«, was von ihr mit einem Lächeln beantwortet wurde.

»Ob übertrieben oder nicht, es ist Anordnung von Neuenschildt und wir haben uns daran zu halten.« Frieda war genervt. Sie stellte eine Vertraulichkeit zwischen Max und Vivien Rudloff fest, die gestern noch nicht   war. Offensichtlich waren sie sich nach Feierabend nähergekommen, argwöhnte Frieda und stellte fest, dass ihr diese Idee gar nicht gefiel.

Eine Stunde später kam die Nachricht, dass Europol eingeschaltet worden war und am anderen Tag um 8 Uhr ein Kollege aus Brüssel zum Team dazustoßen würde.

»Okay, jetzt nimmt es aber schon enorme Formen an.« Max zupfte an seinem Ohrläppchen.

»Wir machen erst mal ganz normal mit unserer Arbeit weiter.« Frieda sah zu den Schreibtischen. »Esther ist weg, das bedeutet, dass wir wieder einsatzfähig sind.«

»Ich werde heute nach Düsseldorf zurückfahren, um mich mit meinen Vorgesetzten zu einer möglichen Zusammenarbeit meinerseits mit Europol zu beraten.« Vivien Rudloff stand auf. »Ich gehe davon aus, dass ich morgen früh wieder hier sein werde.« Sie winkte in die Runde und verließ den Raum.

»Das war aber ein schneller Abgang.« Betty blickte erstaunt hinter ihr her.

»Ich habe jetzt x-mal versucht, Wüst auf seinem Handy und auf seiner privaten Festnetznummer zu erreichen. Überall nur entweder Mailbox oder Anrufbeantworter.« Frieda griff nach ihrer Jacke. Sie sah, dass Max es ihr gleichtat, und wandte sich an Betty: »Kommst du bitte mit? Wir fahren zu seiner Wohnung, vielleicht ist er krank.«

Max ließ sich wieder auf seinen Stuhl fallen und schaute betont desinteressiert hinter den beiden Frauen hinterher, die eilig den Raum verließen.

Frieda, die immer noch mit der Kölner Straßenführung auf Kriegsfuß stand, fordert Betty auf, sich ans Steuer zu setzen. Da der Verkehr in Richtung Deutzer Brücke nur äußerst zäh dahinfloss, entschied sich Betty für die Fahrt über die B 55 zur Severinsbrücke.

»Ich liebe den Blick aufs Schokoladenmuseum.« Betty zeigte nach rechts.

»Der Rheinauhafen wirkt aber auch besonders, findest du nicht?« Frieda schaute nach links rüber, während Betty schon zügig auf den Barbarossaplatz zusteuerte und galant einen Fahrbahnwechsel auf die Luxemburger Straße vornahm. Als das Justizzentrum vor ihnen auftauchte, sagte Frieda: »Du nimmst den erstbesten Platz, auf dem wir stehen können. Und wenn es direkt vor der Tür des Uni-Centers ist! Ich setze das Blaulicht aufs Dach, dann wird man uns schon nicht abschleppen.« Sie ließ bereits das Seitenfenster herunter und so fuhren sie mit eingeschaltetem Blaulicht vor.

Schließlich standen sie vor Wüsts Wohnungstür, die aber nicht geöffnet wurde.

»Verflixt!« Frieda sah sich um. »Wir müssen den Hausservice anrufen, hoffentlich erreichen wir jemanden.« Während sie noch im Hausflur nach einem entsprechenden Hinweis suchte, kam eine ältere Frau um die Ecke.

»Kann ich Ihnen helfen? Suchen Sie jemanden?« Sie blickte die beiden Beamtinnen aufmerksam an.

Betty zückte ihren Ausweis: »Kriminalpolizei Köln. Mein Name ist Fuchs, das ist meine Kollegin Leippold. Wer sind Sie?«

»Dagmar Bruns, ich wohne hier.«

»Wir suchen Herrn Arno Wüst.«

»Arno?« Die Frau bekam sorgenvollen Gesichtsausdruck. »Ist etwas mit ihm?«

»Wir hoffen nicht, aber unser Kollege meldet sich seit gestern Abend nicht, und wir brauchen ihn im Präsidium.« Frieda versuchte ein beruhigendes Lächeln.

»Wir waren gestern Abend verabredet, aber er ist nicht gekommen. Ich dachte, dass er länger arbeiten muss und vergessen hat, mir eine Nachricht zu schicken.«

»Haben Sie die Nummer des Hausservices? Wir würden gern in die Wohnung, um nachzusehen, ob es vielleicht einen medizinischen Notfall gibt.« Frieda hielt immer noch ihr Handy in der Hand.

»Ich habe einen Wohnungsschlüssel für den Notfall. Ich weiß zwar nicht, ob es Arno recht wäre, wenn ich Sie so einfach in seine Wohnung lasse, aber unter den Umständen nehme ich einen möglichen Streit mit ihm in Kauf.« Dagmar Bruns wandte sich um. »Ich hole nur den

Schlüssel, den trage ich natürlich nicht immer mit mir herum.«

Einige Minuten später war sie wieder da und öffnete die Wohnungstür. Frieda trat als Erste ein und wusste sofort, dass Wüst nicht da war. Alle Zimmertüren standen auf, es gab kaum noch Mobiliar, keine Gardinen oder Sonstiges an den Fenstern.

»Das ist aber mal spartanisch eingerichtet.« Betty sah sich um.

»Arno braucht ja nicht viel, bis er auszieht. Nur ein Bett, Tisch und Stuhl. Er ist nicht besonders anspruchsvoll.« Dagmar Bruns lächelte.

In der Wohnung deutete nichts darauf hin, dass Arno Wüst gestern Abend noch hier gewesen wäre. In der Küche stand das Geschirr vom Frühstück in der Spüle, es gab jedoch keinerlei Anzeichen für eine spätere Mahlzeit.

»Wir sollten nachsehen, ob sein Wagen in der Tiefgarage steht. Dafür müsste ich aber erst mal die Kennzeichen-Abfrage machen.« Frieda zückte wieder ihr Handy.

»Das brauchen Sie nicht. Ich kann mit Ihnen gehen und Ihnen den Wagen zeigen. Ich weiß, wo sein Stellplatz ist.« Dagmar Bruns sah sie zaghaft an.

»Gern, danke für Ihre Hilfsbereitschaft.« Frieda lächelte zurück.

Im Keller sah Frieda als Erstes die Überwachungskamera im Vorraum des Fahrstuhls, von dem eine weitere Tür in die Garage führte.

»Wissen Sie, ich mag diese Tiefgarage überhaupt nicht und gehe nur in Begleitung hier runter. Mich gruselt es hier zu sehr.« Dagmar Bruns schauderte und öffnete die nächste Tür. »Da hinten.« Sie zeigte auf einen Wagen, der ein Stück entfernt stand. »Das ist Arnos Auto.«

»Wir danken Ihnen, Frau Bruns.« Betty reagierte sofort. »Ich bring Sie wieder nach oben, Sie haben uns sehr geholfen.«

»Ja, wenn Sie meinen.«

Betty nahm die überraschte Frau am Arm und führte sie zum Fahrstuhl, während sich Frieda, die sich dabei vorsichtig umsah, dem Wagen näherte. Der stand ganz friedlich auf seinem Platz, abgeschlossen, ohne Anzeichen einer Gewaltanwendung.

Frieda sah sich um und entdeckte auch hier in den Ecken angebrachte Kameras. »Dann wollen wir mal hoffen, dass die auch funktionieren und nicht nur Attrappe sind«, murmelte sie halblaut.

Als Betty zurückkam, hatte Frieda bereits die Kolleg*innen der Spurensicherung angerufen und zum Uni-Center gebeten.

»Meinst du, er wurde entführt?« Betty sah sich um.

»Die Kollegen kommen gleich und werden nach eventuellen Spuren suchen. Lass uns schon mal den Hausservice anrufen, sie sollen uns die Kameraaufzeichnungen von gestern schicken.«

Frieda machte noch einige Fotos mit dem Handy und dann fuhren sie direkt zurück ins Präsidium und berichteten vom Verschwinden Wüsts.

Inzwischen waren neue Informationen bei den Kollegen eingegangen. So gab es die Nachricht aus Hamburg, dass sich zwei Ärzte aus der Privatklinik offenbar abgesetzt hatten, nachdem sie ihre Konten aufgelöst und die Gelder transferiert hatten.

»Wohin?«, fragte Max wie aus der Pistole geschossen.

»Auf eine Bank auf den Cayman Islands.«

»Ist klar, damit sind sie für uns unerreichbar.«

»Die Kollegen haben außerdem mit der Domina gesprochen, zu der Friedrich regelmäßigen Kontakt pflegte.« Peter Sommer räusperte sich. »Sie gibt an, dass er für seinen Spaß viel Geld locker gemacht habe. Sein besonderes Interesse lag übrigens darin, bei Folterungen zuzusehen, die mit dem Tod des Opfers endeten.«

Die Kolleg*innen sahen ihn fassungslos an.

»Wo bitte werden in Deutschland Menschen zu Tode gefoltert?« Betty war entsetzt. »So ein perverses Schwein!«

»Die Dame gab an, davon gehört zu haben, dass dies in einem sehr exklusiven Zirkel möglich sein soll. Die Teilnehmer oder Mitglieder dieses Zirkels müssen dafür angeblich viel Geld auf den Tisch legen. Sie sprach von einer fünfstelligen Summe.« Peter Sommer wies auf die Bilder von Friedrich, Weinbach und Kolmar auf der Tafel. »Diese Herren haben kurz vor ihrem Verschwinden alle einen höheren Geldbetrag von ihren Konten abgehoben.

»Konnte die Domina Namen und Orte nennen?« Frieda sah Peter Sommer erwartungsvoll an.

»Sie habe auf einem exklusiven Event eine Frau kennengelernt, die sich »Die Gräfin« nannte. Von ihr ginge das Gerücht, dass sie ganz besondere Partys veranstalten würde. Ihr habe sie Dr. Friedrich vorgestellt, der ebenfalls auf diesem Event war. Mehr weiß sie angeblich nicht.« Peter Sommer machte eine kurze Pause, dann fuhr er fort. »Die Hamburger Kollegen waren daraufhin zu einer Hausdurchsuchung in der Wohnung von Dr. Friedrich und haben auch den Safe geöffnet. Dort haben sie mehrere Datenträger mit sogenannten »Splatter-Videos« gefunden.«

»Was war der Inhalt?« Frieda ahnte schon die Antwort.

»Inhalte sind Vergewaltigungen von Frauen mit Todesfolge. Und zwar keine gestellten Aufnahmen, sondern reale Verbrechen.« Peter Sommer schluckte. »Die Kollegen versuchen, die beteiligten Personen zu identifizieren. Das kann lange dauern und sie wissen nicht, ob diese Arbeit überhaupt von Erfolg gekrönt sein wird.«

»Ich beneide sie nicht um ihren Job.« Rolf Stein sah vor sich auf die Tischplatte.

»Wie sich herausgestellt hat, waren alle vermissten Personen, mit denen wir uns beschäftigt haben, vor ihrem Verschwinden entweder kurz vorher im Krankenhaus oder zu intensiven hausärztlichen Untersuchungen, oder sie waren in der Knochenmarkspenderdatei oder ins Organspende-Register aufgenommen, und zumindest zwei von ihnen sind nach Frankfurt gefahren. Das, zusammen mit den Kontobewegungen, sind einige Gemeinsamkeiten.«

Die Tür flog auf und Dr. Schneider stürmte herein. »Wenn der Prophet nicht zum Berg kommt, kommt der Berg eben zum Propheten.« Er knallte eine Mappe auf einen der Tische. »Der Obduktionsbefund vom Brandopfer aus Erftstadt. Warum reagiert eigentlich keiner hier auf meine Nachricht, dass ich einen von Ihnen in der Gerichtsmedizin erwarte?« Er sah vorwurfsvoll von einem zur anderen.

»Weil wir hier vielleicht mit anderen Dingen beschäftigt sind?!«, blaffte Max zurück.

»Wir haben mit dem Stromausfall zu kämpfen, Lars.« Frieda griff nach der Mappe.

»Ich habe davon gehört. Nun ja, wie dem auch sei, hier meine kurze Zusammenfassung: männliches Opfer zwischen zwanzig und dreißig Jahren, mitteleuropäischer Herkunft; die Identität kann möglicherweise durch einen Abdruck des nur noch teilweise vorhandenen Gebisses herausgefunden werden. An den Zähnen waren aber keine Schäden zu erkennen, die auf das Eingreifen eines Zahnarztes hindeuten; Fingerabdrücke waren nicht vorhanden, da Haut vollständig verbrannt, teilweise bis auf den Knochen. An einem Wirbel am Hals konnte ich eine auffällige Einkerbung im Knochen feststellen, die eindeutig auf einen Angriff mit einem Messer oder ähnlichen Gegenstand hindeuten. Es ist davon auszugehen, dass der Mann getötet und dann im Wagen verbrannt wurde.« Er sah sich um. »Wie ich gehört habe, konnte der Wagen anhand der Fahrgestellnummer identifiziert werden, war allerdings geklaut.«

»Ja, das Fahrzeug wurde in Meppen als gestohlen gemeldet.« Betty nickte.

»Wieso zwei Gewaltverbrechen in Erftstadt in so kurzer Zeit?« Rolf Stein sah seine Kolleg*innen an.

»Vielleicht ist der Täter in der Nähe, wohnt dort oder ist in der Gegend zu Besuch?« Max überlegte laut.

»Gibt es einen Hinweis auf einen Zusammenhang mit unserer Theorie?« Peter Sommer zauderte.

»Das Mädchen wurde entführt und möglicherweise sind ihre Organe zum Beispiel nach Hamburg gebracht worden. Denn dort erhält am selben Tag ein anderes Kind eine Leber. Wir müssen herausfinden, ob das Organ mit dem Kind aus Hamburg kompatibel war, wenn nicht, können wir die Spur gleich verwerfen.« Frieda überlegte

weiter, während Betty schon zum Telefon griff. »Wenn
es so wäre, müsste in Erftstadt oder in einem begrenzten
Umkreis die Möglichkeit sein, die Organentnahme möglichst schnell durchzuführen, damit es keinen Verlust
gibt.«

»Das Krankenhaus in Erftstadt-Frauenthal ist während
der Flut abgesoffen, das kommt als Operationsstätte nicht
infrage.« Max machte sich an seinem Computer zu schaffen. »Aber es gibt eine private Klinik für plastische Chirurgie in Erftstadt: Burg Konradsheim – »Au Bien-être«. Oh,
*le docteur* liebt das Französische«, näselte er mit Akzent
und zeigte triumphierend auf den Bildschirm. »Noch eine
Privatklinik, wir hatten doch schon eine in Hamburg.«

»Bisschen viele Zufälle für meinen Geschmack«, murmelte Rolf Stein.

»Wie würde denn der Transport von Konradsheim er-
folgen?« Frieda sah zu Max.

»Nach Hamburg?« Max' Finger flogen über die Tastatur. »Mit dem Auto wäre man im günstigsten Fall fünf
bis sechs Stunden unterwegs, mit dem Motorrad vielleicht
eine Stunde schneller. In Bonn-Hangelar ist ein kleiner
Flughafen für ein- und zweimotorige Maschinen und
Hubschrauber. Mit einem zweimotorigen Flugzeug ist
man immerhin auch noch drei Stunden unterwegs, mit
dem Helikopter nur maximal zwei Stunden.«

»Wie lange braucht man denn von Erftstadt nach Bonn-
Hangelar?«, fragte Rolf Stein.

»Ungefähr 45 Minuten. In Aachen-Merzbrücken wäre
eine Alternative, die von der Fahrzeit ähnlich weit von
Erftstadt entfernt ist wie Bonn, der Flugplatz Dahlemer-
Binz in der Eifel ist über die Autobahn A1 übrigens

genauso schnell zu erreichen.« Max hatte die Ergebnisse blitzschnell zusammengetragen.

»Wenn ich Geld für ein teures Organ habe, kann ich mir vermutlich auch einen Hubschrauberflug leisten. Also, die schnellste Möglichkeit, die Leber des Mädchens von Erftstadt nach Hamburg zu transportieren, wäre der Heli mit einer Gesamtzeit von etwas unter drei Stunden.« Frieda lehnte sich zurück.

»Das Organ hätte theoretisch gepasst«, schoss Betty heraus, die mit Dr. Schneider an einem PC saß und Daten abgeglichen hatte.

»Wir sollten der Schönheitsklinik einen Besuch abstatten.« Frieda hatte den Satz kaum beendet, als Max schon aufstand und rief: »Ich komme mit.«

»Wissen wir, wem die Klinik gehört, beziehungsweise, wer sie betreibt?« Frieda griff nach ihrer Pistole, die sie im Schreibtisch liegen hatte, und schob sie ins Holster.

»Die Klinik ist im Besitz eines Doktor Leopold Bachem-Mauser, seines Zeichens auch der leitende Chefarzt. Es sind keine weiteren Gesellschafter eingetragen«, antwortete Peter Sommer.

»Gut, dann wollen wir mal sehen, wen wir dort antreffen. Könntet ihr vielleicht auch noch herausfinden, ob eine dieser beiden Personen ein Fluggerät in Bonn-Hangelar stationiert hat?« Frieda sah sich nach Max um, der schon wartend in der Tür stand.

*

»Herzlich willkommen, Herr Wüst, schön, dass wir uns so schnell wiedersehen.«

Arno Wüst versuchte, die Augen zu öffnen, aber sein Schädel brummte so stark, dass er es sofort wieder sein ließ. Dann probierte er, sich zu bewegen, aber auch das gelang ihm nicht. Er brauchte eine Weile, um zu registrieren, dass er auf einer Liege festgeschnallt war.

»Ja, wir mussten Sie leider fixieren«, hörte er wieder die Stimme, die ihm bekannt vorkam. »Sie sind ein unruhiger Geist.« Ein leises Lachen folgte. »Vielleicht möchten Sie sich noch einen Moment ausruhen, ich kann später noch mal wiederkommen.«

Arno Wüst versuchte, etwas zu sagen, aber seine Zunge schien am Gaumen festgeklebt zu sein.

»Wegen mir müssen Sie sich nicht so anstrengen«, schmeichelte die Stimme wieder.

Er drehte den Kopf und zwang sich, die Augen zu öffnen, was ihm auch endlich gelang. Verschwommen sah er die Gestalt einer Frau, die auf einem Stuhl neben ihm saß. Es dauerte einen Moment, bis er seinen Blick scharf stellen konnte. Er hatte die Frau schon mal gesehen, aber an ihren Namen konnte er sich nicht erinnern. Ihm brannte die Kehle und sein Kopf dröhnte.

»Es wird Ihnen gleich jemand etwas zu trinken bringen und Sie von Ihren Fesseln befreien. Jedenfalls von denen, die Sie am Bett fixieren.« Wieder erfolgte dieses leise Lachen. »Wir treffen uns dann später. Es wird aber nicht zu lange dauern, ich muss nur noch einige kleine Vorbereitungen treffen.« Wieder dieses Lachen, das ihm allmählich unheimlich wurde.

Die Frau stand auf und schloss leise die Tür hinter sich.

Arno Wüst versuchte, sich zu erinnern, und langsam drang die Erinnerung in sein Bewusstsein. Er war entführt worden! Diese Erkenntnis traf ihn wie ein Schlag. Sie hatten ihn gepflückt wie einen reifen Apfel, wie ein blutiger Anfänger hatte er sich verhalten und sich für unverwundbar gehalten. Ihm würde schon nichts passieren, ihm doch nicht! Was für ein Idiot er doch gewesen war.

Die Tür öffnete sich wieder und ein Mann in einem durchgehenden Latex-Anzug kam herein. Neben einem Becher mit Wasser in der Hand hielt er auch ein Stück Stoff über dem Arm. Nachdem er Wüst von den Fesseln befreit und dieser getrunken hatte, forderte er ihn auf, sich auszuziehen.

Wüst starrte ihn ungläubig an.

»Ausziehen!«, wiederholte der Mann und reichte ihm den Stoff, den Wüst als Kimono erkannte.

Wüst blickte sich um.

»Fliehen ist unmöglich«, presste der Mann zwischen den Zähnen hervor. »Sie kommen hier niemals raus, also sparen Sie sich Ihre Energien. Also machen Sie schon, ausziehen!«

Das klang, als würde er keinen Spaß verstehen, und Arno Wüst entschied sich, der Aufforderung Folge zu leisten.

Als er sich auszog, stellte er fest, dass man seine Taschen komplett geleert hatte, und auch das Pistolenholster war nicht mehr an seinem Platz.

»Komplett ausziehen«, herrschte der Latex-Mann ihn an, und Wüst entledigte sich auch seiner Unterhose.

»Die anderen warten nicht gern, zumal wir heute eine ganz besondere Überraschung erleben werden.« Der Latex-Mann packte Arno Wüst mit eisernem Griff am Arm und zog ihn mit sich.

*

Frieda saß schweigend neben Max, der den Wagen über die Autobahn nach Erftstadt jagte, und schaute aus dem Seitenfenster. Sie waren nun schon einige Zeit unterwegs und hatten noch kein Wort miteinander gesprochen.

»Hat Lars mit dir über seine Zukunftsvorstellungen gesprochen?« Max' Stimme klang angestrengt.

Frieda zuckte leicht zusammen. »Nein. Ich weiß nichts von konkreten Vorstellungen.« Sie sah eisern zum Fenster hinaus.

»Ich dachte nur, dass du ihn vielleicht gesehen und mit ihm gesprochen hast.«

»Du wirst ihn doch sicher gefragt haben. Vermutlich siehst du ihn häufiger als ich.« Frieda sah stur geradeaus.

»Ich habe den Eindruck, dass er mir aus dem Weg geht.« Max sah kurz zu Frieda.

»Wir müssen wohl alle drei einen neuen Platz in unserer gemeinsamen Beziehung finden. Mir würde es helfen, wenn wir beide uns auf den dienstlichen Teil davon beschränken könnten.« Frieda lächelte schief. »Ich schätze dich als Kollegen sehr und ich vertraue dir im Job blind. Daran hat sich nichts geändert.« Nach einer kurzen Pause fügte sie hinzu: »Ich kann mir nicht vorstellen, dass sich das auch auf den privaten Bereich übertragen lässt.« Sie sah zu Max hinüber.

»Das ist eine klare Ansage.« Max seufzte. »Ich hatte gehofft, dass wir eine andere Lösung finden.«

»Man-Sharing?« Frieda lachte hart auf. »Nicht mit mir, Max.«

Max antwortete nicht, und sie verfielen wieder in Schweigen.

Es war bereits dunkel, als Frieda und Max die Burg

Konradsheim erreichten. Das Gebäude selbst funkelte dezent wie ein teures Juwel im Glanz indirekter Beleuchtung. Max parkte den Wagen in einem großen Hof und sie mussten noch durch ein Tor gehen, um dann über eine Brücke an das eigentliche Tor zu kommen. Frieda drückte auf einen Knopf, den sie für die Klingel hielt, und beide lauschten in die Stille. Ein Licht über dem Tor ging an und Frieda sah eine kleine Kamera auf sie gerichtet. In einem Lautsprecher, den sie bisher nicht wahrgenommen hatte, knarzte es und eine freundliche Stimme begrüßte sie: »Guten Abend, was können wir für Sie tun? Haben Sie einen Termin?«

Frieda und Max hielten ihre Ausweise in Richtung Kamera und Frieda stellte sich vor: »Kriminalpolizei Köln, wir möchten Doktor Bachem-Mauser sprechen.«

»Augenblick bitte«, knarzte es wieder, und das Tor sprang leise auf.

Sie traten durch einen Torbogen in einen kleinen Innenhof und schauten sich um. Die Tür, die in den kleineren der zwei Türme führte, öffnete sich und eine Frau in Schwesternuniform trat heraus. »Ist etwas passiert?«

»Wir möchten gern zu Doktor Bachem-Mauser«, wiederholte Frieda ihr Anliegen.

»Kommen Sie bitte herein«, die Frau trat zur Seite, »der Doktor ist zwar bereits in seinen Privaträumen, aber ich werde ihn sofort rufen.«

»Wohnt er weit weg?« Max malte sich aus, wie lange sie wohl warten müssten.

»Nein, nein, das Privathaus von Doktor Bachem-Mauser liegt unten am Parkplatz.«

Sie traten in eine Halle, in der neben einigen Ritterrüstungen auch sehr ansprechende Sessel standen.

»Nehmen Sie doch bitte Platz.« Die Schwester wies auf die Sitzgelegenheiten. »Möchten Sie vielleicht etwas trinken, während Sie warten?«

»Danke, nein, wir brauchen nichts.« Frieda wehrte freundlich ab.

Die Frau nickte und verschwand.

»Nobel, nobel.« Max sah sich ungeniert um. »Guck dir die Kronleuchter an.« Er wies an die Decke. Ein riesiger Lüster gab mit seinem kristallenen Licht der Halle das entsprechende Ambiente. »Wenn ich mal nicht mehr weiß, wo ich mit meinem Geld hinsoll, hänge ich mir so ein Teil ins Wohnzimmer.«

»Und damit wäre das Zimmer dann voll und kein Platz mehr für dich.« Frieda lachte und Max stimmte ein.

»Guten Abend, Schwester Cordula sagte mir, dass die Polizei mich sprechen möchte.« Auf leisen Sohlen war ein Mittfünfziger lautlos eingetreten, und die beiden Kriminalbeamten zuckten zusammen. »Oh, bitte entschuldigen Sie, ich wollte Sie nicht erschrecken.«

»Leippold«, Frieda zeigte ihren Ausweis, »und dies ist mein Kollege Fricke. Wir untersuchen das Verschwinden eines Mädchens hier aus Konradsheim und den Fund eines Schädels auf einem Rübenacker in der Nähe.«

Der Arzt sah sie verständnislos an. »Und da kommen Sie zu mir?«

»Wir befragen alle hier im Ort als mögliche Zeugen. Sie leiten diese private Klinik?« Frieda lächelte unverbindlich.

»Ja, wir sind seit zehn Jahren in dieser wunderschönen Burg und erfreuen uns eines sehr guten Rufes.« Der Stolz in Doktor Bachem-Mausers Stimme war nicht zu überhören.

»Das glaube ich sofort.« Frieda behielt eisern ihr Lächelgesicht. »Welche Art von Operationen führen Sie hier durch?«

Der Arzt sah sie erstaunt an, antwortete aber ohne Zögern: »Wir behandeln Patientinnen, aber auch Patienten, bei Fragen von Körperkorrekturen.«

»Körperkorrekturen?« Max hakte ein.

»Ja, zum Beispiel arbeiten wir im Bereich der plastischen Chirurgie. Nach Unfällen jeglicher Art versuchen wir das ursprüngliche Gesicht wieder herzustellen, wir korrigieren aber auch Nasen und Ohren, wenn der Besitzer selbiger unglücklich mit seinem beziehungsweise ihrem Aussehen ist.«

»Also Schönheitsoperationen.« Max räusperte sich.

»Ich bin plastischer Chirurg, Herr Fricke. ›Schönheitsoperation‹ greift wohl etwas zu kurz. Meinen Kollegen und mir liegt das seelische Wohlbefinden unserer Klientel sehr am Herzen. Wir sind hier so aufgestellt, dass wir neben dieser bezaubernden Burg auch Serviceleistungen neben den operativen Eingriffen anbieten können, die den Heilungsprozess positiv beeinflussen.« Doktor Bachem-Mauser lächelte selbstgefällig. »Wir bieten denen, die hier ein oder zwei Nächten nach dem erfolgten Eingriff bleiben möchten eine Rundumversorgung auf dem Zimmer an. Wir haben hier keinerlei Gemeinschaftsräume, alles, was unsere Gäste brauchen, finden sie in ihren Suiten, von denen wir fünf anbieten.«

»Für eine vermutlich gut betuchte Klientel.«

Der Arzt sah Max an. »Es gibt Menschen, die einen gewissen Anspruch an ihr Leben haben und sich die Umsetzung ihrer Wünsche leisten können.«

»Führen Sie auch Notfalloperationen durch?« Frieda lächelte nicht mehr.

»Ich verstehe nicht, was Ihre Fragen mit Ihren Ermittlungen zu dem bedauernswerten Kind zu tun haben.« Doktor Bachem-Mauser wandte sich zum Ausgang.

»Wenn eine so gut ausgestattete Klinik wie die Ihre«, Frieda gab ihrer Stimme einen schmeichelnden Anflug, »sozusagen vor der Tür ist, gibt es vielleicht auch die eine oder andere Anfrage nach einer Blinddarmoperation, zum Beispiel.«

»Theoretisch können wir hier jede Operation durchführen, wir sind medizintechnisch hervorragend aufgestellt.« Bachem-Mauser strich sich über seinen Schnurrbart. »Aber nein, solche Anfragen beantworten wir negativ. Wir sind nicht mit einer Unfallchirurgie oder Notfallaufnahme zu verwechseln.« Er wies zur Tür. »Wenn Sie keine weiteren Fragen haben …«

»Vielen Dank, Herr Doktor, dass Sie sich die Zeit genommen haben.« Frieda lächelte wieder und strebte der Tür zu.

Schwester Cordula tauchte plötzlich auf und begleitete sie vor das äußere Tor. Dann schloss es sich hinter ihnen.

»Da will wohl jemand sichergehen, dass wir auch tatsächlich wieder verschwinden.« Max sah sich zur Burg um, die still in der Dunkelheit lag. Hinter einigen Fenster brannte Licht, das nur schwach durch dichte Vorhänge nach außen drang.

»Wir sollten noch einen kleinen Spaziergang machen. Lass uns den Wagen drüben am Golfplatz parken, dann schauen wir uns noch etwas um.«

Als sie den großen Hof verließen, sah Frieda eine Tür

oberhalb des Wassergrabens, die in das Burggewölbe zu führen schien. Ihr Handy vibrierte und sie sah, dass Betty eine Nachricht geschickt hatte. »Da sieh einmal einer an!« Frieda las laut vor: »Doktor Bachem-Mauser besitzt eine Piper PA-24 Comanche, die am Flughafen Bonn-Hangelar stationiert ist. Sowohl der Doktor als auch ein Assistent namens Moritz Kall, der im Besitz einer Flugerlaubnis ist, nutzen die Maschine regelmäßig. Die Maschine wurde an dem Tag, als Ann-Christin verschwand, von Kall nach Hamburg geflogen. Gruß, Betty.«

»Hat sie noch mehr Informationen über den Doktor?«, fragte Max.

»Bislang offenbar nicht.« Frieda steckte das Handy wieder ein.

Der Parkplatz des Golfklubs war voll belegt und sie hatten Mühe, einen Platz zu finden. Zumindest standen sie so weit von der Burg weg, dass man sie auf keinen Fall sehen konnte.

Betty schickte eine weitere Nachricht. »Doktor Bachem-Mauser verspielt regelmäßig horrende Summen in der Spielbank in Bad Neuenahr. Wenn er verloren hat, taucht er für eine Weile nicht mehr auf, bis er wieder mit gefüllter Geldbörse erscheint und alles von vorn beginnt. Der Manager sagt, dass die Gewinne, die er ab und an einfährt, die Verluste nicht zu einem Bruchteil aufwiegen.«

»Das ist ein Zocker.« Max sah sich um. »Lass uns mal da an der Driving Range vorbeigehen.«

»Der was?«

»Das ist eine Anlage, auf der die Golfer ihren Abschlag trainieren können. Komm, da führt ein Weg entlang, der uns sehr nah an die Burg heranführt.« Max zog Frieda am Arm.

»Sieh dir das an, dieser Weg verbindet offensichtlich den Teil des Golfplatzes, der auf der anderen Seite dieses Baches liegt und eine Zufahrt zur Burg, die dort an dem Tor endet.«

»Lieferanten bitte klingeln«, las Frieda vor. »Kannst du sehen, wo der Weg hinführt?«

Max spähte durch die Eisenstäbe. »Im Dunkeln ist nicht so viel zu erkennen. Es sieht aus, als stünde dort so was wie eine große Garage.«

»Wenn es dunkel wird, ist hier alles blickgeschützt.« Frieda sah sich um. »Golfer sind bei diesen Lichtverhältnissen hier draußen nicht mehr unterwegs. Wohin führt der Weg also? Lass uns nachsehen.«

Einige Minuten später standen sie auf der Landstraße, von der dieser schmale asphaltierte Weg abzweigte, der als Privatweg gekennzeichnet war. Die Durchfahrt war verboten beziehungsweise nur Lieferfahrzeugen gestattet.

»Ideal.« Frieda sah zur Burg rüber, die keine dreihundert Meter entfernt ihre Türme trutzig in den nachtschwarzen Himmel reckte.

\*

Der Latex-Mann führte Arno Wüst mit eisernem Griff aus dem fensterlosen Zimmer hinaus auf einen unbeheizten Gang. Wüst stellte erstaunt fest, dass er sich in einer Art Stollen befand, dessen Wände und Boden aus Lehm bestanden und der von Holzbalken gestützt war. In großen Abständen brannten nur wenige Lampen, die ein spärliches Licht abgaben. Wüst hatte den Eindruck, als führe der Gang kilometerlang geradeaus. Wo war er hier nur gelandet? Sein Hirn arbeitete auf Hochtouren.

»Verdammt kalt hier.« Seine Zunge gehorchte ihm wieder. Der Latex-Mann grunzte nur und schob ihn in eine schmale Abzweigung, an deren Ende sich eine Holztür befand. Dort blieben sie stehen und der Latex-Mann klopfte an. Nach wenigen Augenblicken wurde die Tür geöffnet und Wüst in einen Raum geschoben, der genauso spärlich beleuchtet war wie der Gang, dafür aber angenehm warm.

»Herzlich willkommen zu unserer Party Ihnen zu Ehren.« Da war wieder die Stimme, die er bereits gehört hatte.

Er drehte sich um und sah an der linken Wand ein Podest, auf dem ein großer roter Sessel stand. Dort thronte eine Frau, deren Gesicht im Dunkel lag, deren Stiefel aber durch extrem spitze Absätze beeindruckten. Wüst erkannte lange gelockte dunkle Haare, die der Frau weich über die Schultern fielen. Sie trug eine schwarze Corsage und hielt eine kurze Reitpeitsche in der Hand.

Verdammt, die Stimme der Frau kam ihm wirklich bekannt vor! Arno Wüst trat näher heran, um ihr Gesicht erkennen zu können. Er kam allerdings nicht weit, denn der Latex-Mann riss ihn zurück, während die Frau lachte. »Erklär ihm die Spielregeln!«, befahl sie.

»Du machst hier nur das, was dir die Gräfin befiehlt oder erlaubt«, zischte der Latex-Mann hervor.

»Einen Teufel werde ich!« Arno Wüst wollte ihm seinen Arm entreißen und kugelte sich dabei fast das Schultergelenk aus.

»Keine Chance, Herr Wüst, verschwenden Sie keinen Gedanken daran.« Die Frau lachte wieder leise. »Ich erwarte noch andere Gäste, die schon einige Tage meine Gastfreundschaft genießen und sich für heute eine

Motto-Party gewünscht haben. Mein Diener wird Sie in einen Raum führen, in dem Sie sich ein passendes Outfit aussuchen und überstreifen können. Wir treffen uns alle im großen Salon.«

Sie machte mit der Peitsche ein Zeichen und Arno wurde wieder mit eisernem Griff davon geführt. Er fand sich in einem Raum wieder, der mit Latex- und Lederfetischen vollgestopft war. Allerdings drehten sich alle Fetische um Tiere. So sah er Hunde-, Katzen- und Pferdemasken, Geschirre, Trensen und Leinen in allen erdenklichen Formen und Größen.

»Ich soll mir so eine depperte Maske übers Gesicht ziehen?« Wüst sah den Latex-Mann spöttisch an.

»Entweder freiwillig oder ich suche etwas aus«, war die gezischte Antwort.

»Wozu?«

»Damit die Gräfin ihren Spaß hat.« Der Latex-Mann drückte ihn auf einen Stuhl, riss ihm den Kimono herunter, legte ihm ein Geschirr um den Oberkörper und zog ihm eine lederne Hundemaske über den Kopf. Das Geschirr zog er so eng, dass es Arno Wüst die Brustwarzen einklemmte und sich in die Rippen bohrte. Sein Penis hatte sich vor Schreck zusammengezogen und insgesamt gab Arno Wüst eine kümmerliche Figur ab. So wurde er von dem Latex-Mann an die Leine gelegt und in den Salon geführt. Auch hier gab es ein Podest mit einem thronartigen Sessel, und während der Raum in helles Licht getaucht war, schimmerte der Samt des Sessels in indirekter Beleuchtung. Bevor Wüst sich weitere Gedanken über die Gräfin machen konnte, wurden weitere »Tiere« hereingeführt. Insgesamt erschienen vier »Hunde« und zwei

»Katzen«, die auf allen vieren in den Salon kamen. Ein »Pferd« mit einem langen Schweif, der an einem Ledergurt befestigt war, betrat den Salon. Arno Wüst sah auf den monströsen Penis, der um die Knie schaukelte und der ebenfalls an dem Ledergurt befestigt war. Das »Pferd« hatte zudem weibliche Brüste, die in eine Art Bustier gepresst waren. Die Brustwarzen ragten steif daraus hervor.

»So, meine Lieben!« Die Gräfin ergriff das Wort, und alle schauten sie gebannt an. »Ihr habt nun zwei Stunden Zeit, um miteinander zu spielen. Ich werde euch eine Weile zusehen und dann meine Wahl für heute treffen.«

Sie gab wieder ein Zeichen mit ihrer Peitsche und der Latex-Mann löste seine Leine, drückte Arno Wüst auf den Boden, sodass er auch auf allen vieren am Boden kauerte, und stellte sich dann hinter die Gräfin in den Schatten.

Sofort stürzten sich zwei der »Hunde« auf ihn und rieben ihre Lederschnauzen an seinem Hintern und seinem Penis. Er sah, wie eine der »Katzen« in ein Katzenklo urinierte, und spürte einen Druck gegen seinen Anus. Wüst schnellte herum und verhinderte so, dass einer der »Hunde« seinen harten Penis in seinen Hintern schieben konnte.

Plötzlich war der Latex-Mann neben ihm und verscheuchte die aufdringlichen »Tiere«. Er leinte Wüst wieder an und führte ihn vor den Thron der Gräfin.

»Das ist vielleicht nicht so ganz nach Ihrem Geschmack?« Wieder lachte die Frau leise. »Ich habe etwas Exklusiveres für Sie.«

Die Gräfin stand auf. Das Licht fiel auf ihr Gesicht, und endlich erkannte Arno Wüst sie. Natürlich, wie konnte er nur so dumm gewesen sein!

Vivien Rudloff sah ihn triumphierend an. »Mach Männchen vor dem Mädchen!« Als Wüst nicht reagierte, schlug sie ihm mit der Peitsche auf den Schritt und er stöhnte vor Schmerz auf. »Ich möchte mich nicht wiederholen. Also … los!« Ihre Augen glitzerten gefährlich.

»Leck mich am Arsch, Barbie«, presste Wüst hervor, während er die Hände schützend über seinen Penis legte.

*

Max hatte den Wagen am Präsidium geparkt und Frieda eilte zu ihrem Fahrrad.

»Gute Nacht, Frieda«, rief Max ihr nach.

»Bis morgen,« gab Frieda zurück, ohne sich umzudrehen.

Im gerichtsmedizinischen Institut sah Frieda im Vorbeifahren noch Licht und entschied sich spontan, anzuhalten und zu sehen, ob Lars noch arbeitete.

Er saß tatsächlich an einem Seziertisch und hatte den Kopf auf die Hände gestützt. Frieda sah, dass es sich um einen sehr kleinen Körper handeln musste, der dort abgedeckt lag. Sie trat hinter Lars und legte die Hände auf seine Schultern. »Du arbeitest noch?«, fragte sie leise.

Die Berührung und ihre Stimme ließen Lars erschauern und er hob den Kopf. »Schön, dass du da bist, Frieda.« Er lehnte den Kopf zurück und sie fuhr ihm leicht durch die Haare.

»Heute ist wieder so ein Tag, an dem ich mich frage, warum ich mich nicht für eine andere Fachrichtung entschieden habe.« Lars seufzte.

»Urologie zum Beispiel?« Frieda versuchte, Lars' gedrückte Stimmung aufzuheitern.

»Ja, genau!« Er lächelte schief. »Aber ich musste mich ja für die Pathologie entscheiden.«

»Wer ist das auf dem Tisch?« Frieda wollte es eigentlich nicht wissen, da sie ahnte, was kommen würde.

»Ein Junge, fünf Monate alt, vom Lebensgefährten der Mutter so fest geschüttelt, dass sein kleines Genick brach. Er hat ihn danach ins Bettchen gelegt, als wenn nichts gewesen wäre und sich zur Frau ins Bett begeben. Die Mutter hat am Morgen das tote Kind gefunden. Und der Genickbruch war nicht die einzige Verletzung, die dieser kleine Mensch ertragen musste. Es gibt ältere Blutergüsse, die darauf schließen lassen, dass er in seinem kurzen Leben viel Schmerzen erfahren hat.«

Lars stand schwerfällig auf und sah Frieda an. »Ich sage es gern noch mal: Schön, dass du da bist.«

Er legte die Arme um sie und Frieda flüsterte an seinem Ohr: »Ich liebe dich.« Lars umfasste sie fester und atmete tief ein.

»Willst du nicht nach Hause?« Frieda löste sich aus seiner Umarmung.

»Später, ich will erst den Bericht schreiben, damit die Kollegen morgen damit arbeiten können.«

»Okay.« Frieda lächelte ihn an. »Dann sehen wir uns morgen Abend.« Sie umarmte ihn noch einmal zum Abschied und verließ das Institut.

\*

Nach einer unruhigen Nacht und stundenlangem Herumwälzen entschied sich Frieda um 5 Uhr, aufzustehen und ins Präsidium zu fahren. Als sie um 6 Uhr dort ankam, war sie nicht die Erste, denn Max saß bereits an seinem Schreibtisch.

»Moin, konntest du auch nicht schlafen?« Er stellte ihr eine Tasse Kaffee hin.

»Ich mache mir Sorgen um Wüst, hat die KTU schon einen Bericht geschickt?«

»Ja«, Max zeigte auf ihren PC, »hab ich schon rübergeschickt. Allerdings für uns sehr ernüchternde Ergebnisse. Keine Spuren eines Kampfes, die Überwachungskameras sind für wenige Minuten kurzgeschaltet worden und haben nichts aufgezeichnet, was für uns relevant wäre. Von Wüst gibt es keine Spur.«

»Verdammt.« Frieda stand auf. »Der Kollege aus Brüssel kommt um 8 Uhr, ich gehe noch mal runter in Wüsts Büro, vielleicht habe ich etwas übersehen.«

»Soll ich mitkommen? Vier Augen sehen mehr als zwei.« Max war auf dem Sprung.

»Das ist eine gute Idee.« Frieda war bereit, nach jedem Strohhalm zu greifen. »Wir sind dann spätestens um 7.30 Uhr wieder hier oben, um uns auf die Besprechung vorzubereiten.«

Auf dem Weg in den Keller fragte Max: »Weißt du eigentlich, womit Wüst sich zuletzt beschäftigt hat?«

»Nein, aber ich erinnere mich gut an unsere letzte gemeinsame Sitzung mit ihm. Er saß neben der Rudloff, die sich fast unentwegt von ihm abwandte. Als sie auf ihre Unterlagen sah, bekam Wüst plötzlich einen sehr nachdenklichen Gesichtsausdruck. Darauf habe ich ihn auch angesprochen, er wich aber aus und meinte, er müsste erst noch etwas überprüfen.«

Frieda öffnete die Tür zu dem Kellerbüro, muffige Luft schlug ihnen entgegen.

»Puh, lass die Tür bloß offen stehen, hier drin ersticken wir sonst. Wie kann man hier arbeiten?« Max rümpfte die Nase. »Hier gibt es überhaupt kein Fenster.«

Frieda setzte sich auf den Schreibtischstuhl und ließ den Blick wieder über den Tisch wandern. Sie griff zur Schreibtischschublade, die nach wie vor verschlossen war.

»Haben wir einen Schlüssel für die Schublade?« Max stand neben ihr und ließ seinen Blick ebenfalls schweifen.

»Nein, Wüst ist samt Schlüssel verschwunden.« Frieda sah runter und rüttelte an der Schublade. »Guck mal, Max, das sieht doch so aus, als hätte jemand versucht, die Schublade gewaltsam zu öffnen.«

»Ja, und zwar erfolgreich.« Max war auf die Knie gegangen und schob eine Plastikkarte zwischen Schloss und Schublade. »Siehst du, ganz einfach, es ist gar nicht mehr richtig abgeschlossen, sondern nur noch eingeschnappt.«

»Damit machst du dir deine Kreditkarte kaputt.«

Max lachte. »Das ist eine Plastikkarte, die ich mir extra zugelegt habe, um mit solchen Einlagen Eindruck zu schinden.« Er hielt in der einen Hand die Karte in die Höhe und mit der anderen zog er die Schublade auf.

»Wenn hier jemand gewühlt hat, dann sehr vorsichtig.« Frieda nahm einige Blätter heraus. »Das ist doch alles keinen Einbruch wert.«

»Vielleicht wurde ja nicht gefunden, wonach gesucht wurde«, sagte Max hoffnungsvoll. »Würdest du, wenn du Arno Wüst wärest, brisante Informationen in dieser altertümlichen Schublade aufbewahren? Wahrscheinlich ist jede Haushaltshilfe in der Lage, die hier zu öffnen.«

Frieda hatte den gesamten Inhalt auf den Schreibtisch gelegt: Stifte, ein Locher, Büroklammern, Klarsichthüllen, unbeschriebene Blätter. »Wir müssen Esther fragen, ob auf seinem Rechner Dateien gelöscht wurden oder dem Blackout zum Opfer gefallen sind.« Sie sah sich um. »Aber eigentlich kann ich mir nicht vorstellen, dass er keine Kopie angefertigt hat.«

»Du meinst, er hat hier irgendwo etwas versteckt?« Max drehte sich um die eigene Achse. »Besonders viele Möglichkeiten dazu gibt es hier aber nicht, Frieda. Und vor allen Dingen: Wie groß ist das, was er eventuell versteckt hat?« Er ging zum Gitter am Lüftungsschacht. »Da hatte jemand dieselbe Idee wie wir. Sieh dir das an, die Schrauben wurden vor nicht allzu langer Zeit herausgedreht.« Er zeigte auf den Boden, auf dem weiße Farbkrümel lagen. »Ich glaube, wir kommen zu spät.«

Frieda griff gedankenverloren zu einer Schneekugel mit dem Kölner Dom auf Wüsts Schreibtisch und drehte sie in der Hand, während Max seine Vermutung überprüfte und bestätigt fand.

»So viel Sentimentalität hätte ich Wüst gar nicht zugetraut.« Er lachte, als er die Schneekugel entdeckte. »Und auch nicht so einen schlechten Geschmack. Das sieht ja scheußlich aus.«

Frieda drehte die Kugel kopfüber. »Stimmt, das Ding passt nicht zu ihm.« Nachdenklich bewegte sie sie in verschiedene Richtungen. »Made in China, wo auch sonst.« Sie versuchte, den Boden zu lösen, doch der war fest verklebt.

»Zeig mal!« Max hielt die Hand auf, doch Frieda verfehlte sie. Es gab einen Knall und die Schneekugel zersprang auf dem Boden in tausend Teile.

»Scheiße«, fluchte Max und bückte sich.

»Was ist das da?« Frieda zeigte auf etwas, das wie ein dickes Plektrum aussah und an einem der Bodenteile der Schneekugel festgeklebt war.

»Der alte Fuchs!« Respekt war aus Max' Stimme zu hören. »Das ist ein USB-Stick. Mach mal den PC an, wir schauen uns an, was er darauf gespeichert hat.«

»Nein, warte.« Nun war es Frieda, die die Hand ausstreckte. »Ich gehe damit zu Esther. Sie soll ihn erst prüfen. Wir holen uns womöglich sonst was auf den Rechner, wenn es gar nicht der Stick von Wüst ist, sondern uns jemand verarschen will.«

»Ja, das wird wohl schlauer sein.« Max legte den kleinen Stick vorsichtig in Friedas Hand. »Ich gehe schon mal zu uns hoch.« Er sah auf seine Armbanduhr. »Ich bin echt gespannt.«

Esther kam schwer atmend aus dem Treppenhaus, als Frieda an ihre Tür klopfte. »Wieso brauchen die so lange, um den Fahrstuhl wieder in Bewegung zu bringen«, empörte sie sich, »verstehst du das?«

Frieda schüttelte den Kopf. »Kannst du bitte prüfen, was das hier für ein Stick ist? Wegen Viren und so.«

»Wo hast du denn das Baby her?« Esther schien begeistert zu sein.

»Wir vermuten, dass er Arno Wüst gehört und er ihn in einer Schneekugel versteckt hat. Es kann aber auch sein, dass er entführt wurde und dass die Täter dieses possierliche Ding extra für uns platziert haben.«

»Entführt? Unseren Arno? Ah, fast so wie bei James Bond.« Esther lachte. »Na gut, mal sehen, ob unser Präsidium mit Spionagematerial aufgepimpt wurde.«

»Wirst du für die Prüfung lange brauchen? Wir haben

in zwanzig Minuten eine Besprechung mit einem Kollegen von Europol.«

»Kann ich dir nicht versprechen, Frieda. Ich schau ihn mir auf jeden Fall jetzt sofort an und gebe dir schnellstens Bescheid.«

»Danke, Esther, du hast was bei mir gut.«

»Ein Stück selbst gemachte Buttercreme-Torte wäre angemessen«, rief Esther Frieda hinterher, die das Zimmer bereits verlassen hatte.

*

Pünktlich erschien Thomas Neuenfeldt mit dem Kollegen aus Brüssel, den er als Felix Althaus vorstellte. Er sah sich suchend um.

»Frau Rudloff ist noch nicht da?« Er sah Frieda vorwurfsvoll an, sodass sie sich bemüßigt fühlte zu sagen, dass Frau Rudloff von dem Termin wüsste und Frieda sich auch nicht erklären konnte, wo sie blieb.

»Ich ruf sie mal an, vielleicht steckt sie im Stau.« Max hatte sein Handy schon in der Hand.

»Herzlich willkommen im Team, Herr Althaus.« Frieda streckte die Hand aus und der Mann von Europol griff herzlich zu.

»Ich freue mich, Sie unterstützen zu dürfen, und hoffe, dass ich Ihnen eine Hilfe sein kann.« Felix Althaus lächelte offen in die Runde. »Ich hätte Ihnen gern frische belgische Waffeln mitgebracht, aber da ich gestern Abend schon angereist bin, wären sie heute nicht mehr ganz so lecker gewesen und von daher habe ich mich für Croissants vom hiesigen Bäcker entschieden.« Er legte eine große Tüte mit duftendem Inhalt auf einen der Tische und erntete begeistertes Gemurmel.

Nachdem er mit Kaffee versorgt worden war, wandte sich Frieda an Max. »Gibt es etwas Neues von Frau Rudloff?«

»Sie geht nicht an ihr Handy, und ein Kollege aus Düsseldorf sagte mir gerade, dass sie seit letztem Donnerstag nicht mehr in ihrem Büro gewesen sei.«

»Ist sie etwa auch verschwunden?« Thomas Neuenschildt sah besorgt in die Runde. »Ich informiere den Kriminalrat.« Er stand auf, nahm sich ein Croissant und verschwand.

»So, einige Worte zu mir, damit Sie wissen, was Sie von mir erwarten können. Ich gehöre zu der Abteilung, der vor einiger Zeit ein effizienter Schlag gegen die Organisierte Kriminalität in Europa gelungen ist. In der Presse wurde es auch als ›Entschlüsselung des Mafia-Codes‹ bezeichnet. Uns ist es damals gelungen, die verschlüsselte Kommunikation im Krypto-Nachrichtendienst ›Encro-Chat‹ zu entschlüsseln und die Krypto-Mobiltelefone zu knacken. Dieser Nachrichtendienst wurde fast ausschließlich für kriminelle Zwecke genutzt.«

»Krypto-Handys? Wie müssen wir uns die vorstellen?« Betty sah verwundert drein.

»Diese Handys sehen aus wie ganz normale andere auch, nur wird bei ihnen die Kommunikation durch Verschlüsselung geschützt. Diese gesicherten Geräte beschränken sich in aller Regel nur auf den verschlüsselten Nachrichten- und auch Bilderaustausch, von daher spielen sie nicht nur für den Drogenhandel, sondern zum

Beispiel auch im Rahmen der Verbreitung von Kinderpornografie eine wichtige Rolle.«

»Kann ich damit mit jedem x-beliebigen Handy korrespondieren?«, fragte Rolf Stein.

»Nein, die Kommunikation funktioniert allein zwischen identisch ausgerüsteten Geräten, man braucht dieselbe Verschlüsselungssoftware«, antwortet Felix Althaus. »Der Datenaustausch in dem damals aufgedeckten Fall, der sich über Frankreich, die Niederlande und Großbritannien erstreckte, erfolgte über geheime Server im erweiterten Ausland. Aber auch das organisierte Verbrechen in Deutschland nutzt codierte Handys, wenn es um illegale Geschäfte geht. IT-Forensiker des Bundeskriminalamtes haben einen großen Teil codierter Chatgespräche lesbar gemacht und damit einen Drogenring auffliegen lassen.« Der Mann von Europol griff nach einem Croissant. »Wie ich im Moment die Sachlage hier einschätze, müssen wir mit dem Schlimmsten rechnen.« Er blickte ernst. »Sie haben mit Ihren Ermittlungen möglicherweise in ein Wespennest gestochen und große Unruhe ausgelöst. Wir müssen die momentane Lage sehr ernst nehmen.«

»Okay, dann sollten wir keine Zeit verlieren.« Frieda nickte den Kolleg*innen zu. »Wir hoffen, dass Frau Rudloff gleich gesund und munter hier auftaucht und über die Deutsche Bahn schimpft. Sie kennt ja unsere bisherigen Ermittlungsergebnisse, von daher können wir schon damit anfangen, Sie«, Frieda lächelte Felix Althaus an, »darüber zu informieren, was wir bislang ermittelt und welche neue Arbeitshypothese wir entwickelt haben. Vielleicht direkt zu Beginn: Von unserem Kollegen Arno

Wüst fehlt immer noch jede Spur, allerdings haben Max und ich heute Morgen in Wüsts Büro einen versteckten USB-Stick gefunden. Der ist zurzeit in der IT-Abteilung und wird auf Viren und dergleichen überprüft, da wir nicht wissen, ob dies tatsächlich ein Stick von Herrn Wüst ist oder ob er extra für uns platziert wurde, um weiteren Schaden nach dem Stromausfall anzurichten.«

Die Tür zum Besprechungsraum wurde mit Schwung aufgerissen und Esther stürmte herein. »Hier ist der Stick von Herrn Wüst, ihr könnt ihn problemlos öffnen. Es ist tatsächlich sein eigener Stick und wurde nicht manipuliert.« Sie gab Frieda den Stick, den diese sofort in das digitale Whiteboard steckte und öffnete. Alle konnten lesen, was Arno Wüst dort festgehalten hatte: »Hallo Team, meine Nase hat mich nicht getäuscht. Wir haben vermutlich einen Maulwurf in unserem Kreis und daher speichere ich diese Daten nicht nur in unserer gemeinsamen Datei, sondern auch auf einem USB-Stick, den ich verstecken werde. Ich hoffe, dass Ihr ihn rechtzeitig findet. Kurz: Vivien Rudloff ist nicht echt. Ich habe Erkundigungen eingezogen und herausgefunden, dass es zwar eine Vivien Rudloff mit den entsprechenden Abschlusszeugnissen gibt, aber die ist erheblich älter als unsere angebliche Profilerin aus Düsseldorf. Harvard hat mir ein Foto des Abschlussjahrgangs geschickt, und dort ist eindeutig nicht unsere Vivien Rudloff abgebildet, sondern eine baumlange Basketballspielerin gleichen Namens. Ich glaube, dass es die Rudloff war, die ich in dem ominösen Labor in Kronichen gesehen habe. Demnach gäbe es eine Verbindung dorthin, der wir nachgehen müssen. Ich gehe davon aus, dass diese ganze Scharade, die ich hier veranstalte, überflüssig ist, aber sicher ist sicher. Wahrscheinlich bekommt ihr diesen Stick nie zu Gesicht, sondern mich am Montagmorgen.«

»Da hat sich der Kollege leider geirrt«, meinte Frieda betroffen.

»Wenn Frau Rudloff tatsächlich ein Maulwurf war, dann hat sie seine Dateien natürlich kontrolliert und von seinem Rechner beziehungsweise aus der gemeinsamen Datei gelöscht. Sie wusste allerdings dann auch von der Sicherungskopie und muss danach gesucht haben.« Felix Althaus sah alle an.

»Wir haben Spuren von der Suche gefunden. Wir schicken am besten die KTU in den Keller. Ich habe zwar keine große Hoffnung auf Erfolg, aber sie können es ja versuchen.« Frieda griff zum Telefon.

»Verdammt, die sind schnell.« Max atmete hörbar aus. »Er schreibt hier im Keller sein Memo, fährt dann nach Hause und wird eingesackt.«

»Womöglich ist vorher bereits seine Internetrecherche mitgelesen worden«, sinnierte Peter Sommer.

»Davon ist auszugehen. Da steht sehr viel auf dem Spiel, da wird nichts mehr dem Zufall überlassen.« Felix Althaus nickte.

»Was bedeutet das jetzt für uns?«

»Wir müssen uns schnellstens das Labor ansehen.« Frieda sprang auf. »Peter, informier du Neuenschildt, Rolf, du forderst ein Sondereinsatzkommando an, danach macht ihr euch fertig und kommt raus. Ich mache mich schon auf den Weg nach Kronichen.«

»Ich schaue, ob ich Hilfe von Europol bekommen

kann, schließlich befindet sich dies Labor im Grenz-
gebiet.« Felix Althaus zückte sein Smartphone.

Max hatte keine Aufforderung abgewartet, sondern stand bereits an der Tür. »Ich komme mit dir,
Frieda.«

*

»Da bin ich ja offensichtlich gerade rechtzeitig gekommen.« Doktor Sonntag saß Arno Wüst gegenüber
auf einem Sofa und trank Tee aus feinstem chinesischem
Porzellan.

Wüst stand immer noch unter dem Eindruck der Ver-
wandlung von Vivien Rudloff in eine Furie und war froh,
dass seine Retterin ihn aus der Situation befreit hatte.

»Was ist hier los?« Er sah an sich herunter. Statt des Kimonos trug er nun ein OP-Hemd. Seine Unterarme waren
an den Rollstuhl gebunden, in dem er saß, ebenso seine
Fußgelenke. Er verstand gar nichts mehr.

»Die Zeit von – wie Sie sie nennen – Vivien Rudloff
ist vorbei.« Doktor Sonntag lächelte schief. »Sie weiß es
nur noch nicht. Wir machen sicherlich alle einmal Fehler, aber sie hat auf der ganzen Linie versagt. Dass sie als
Profilerin eine komplette Fehlbesetzung war, hätte man
ihr vielleicht verziehen, denn sie hat ein außerordent-
liches Talent: Niemand tötet so schnell und effizient wie
sie. Sie hat außerdem ein Händchen für Kinder und etwas
verhuschte Frauen. Niemand bekommt so schnell Vertrauen von diesem Personenkreis entgegengebracht wie
sie.« Doktor Sonntag lachte leise auf. »Ich denke da an
das Mädchen aus Konradsheim und die Schnapsdrossel

aus Hannover. Na ja, wenigstens hat sie es noch geschafft, ihr Büro zu verwanzen, sodass wir wissen, dass Ihre Kolleg*innen geschafft haben, was ihr selbst nicht gelungen ist. Ihre Sicherungskopie wurde gefunden, und in Köln dürfte jetzt bekannt sein, wer Vivien ist beziehungsweise, wer sie nicht ist. Wenn dort weiterhin so schnell eins und eins zusammengezählt werden, dürfte es nicht mehr lange dauern, bis ein Sondereinsatzkommando vor unser Labor rollt. Dass Sie sie hier gesehen haben, hätte niemals geschehen dürfen. Sie hat jetzt noch eine kleine Weile ihren Spaß, dann wird auch sie nur noch in vielen anderen weiterleben. Noch glaubt sie, dass Marcel ihr Sklave ist. Aber Glauben ist nicht Wissen.«

Es entstand eine Pause, in der Doktor Sonntag Arno Wüst ruhig ansah. »Wir wollen nach nebenan gehen.« Sie gab jemandem hinter Wüst ein Zeichen und der Rollstuhl setzte sich in Bewegung.

Er wurde in einen Nebenraum gebracht, offensichtlich ein Vorraum zu einem Operationssaal. Wüst konnte durch ein Fenster in den OP blicken, während Doktor Sonntag begann, sich die Hände zu waschen. Dann wurde Wüst von einem ihm unbekannten Mann aus dem Rollstuhl auf eine Liege bugsiert und in den OP geschoben.

»Schauen Sie …« Doktor Sonntag drehte die Liege so, dass Arno Wüst sehen konnte, worauf ihr Finger gerichtet war, »wir haben überall Kameras und ich weiß zu jeder Zeit, wer sich wo auf unserem weitläufigen Grundstück aufhält.«

Wüst sah auf einen riesigen Bildschirm, der in viele einzelne Bilder aufgeteilt war. Er konnte den Platz vor dem Labor erkennen, der verlassen in der Dunkelheit lag.

»Ich kann nicht nur sehen, was sich draußen alles tut, ich sehe auch, was drinnen geschieht.«

Ein Teil des Bildschirms switchte um und nun war zu sehen, was in einzelnen Räumen passierte. »Sieht so aus, als würden Sie nun doch mit dem Wissen sterben, was dieses dämliche Pferd mit dem Riesenpimmel anstellt.« Doktor Sonntag schüttelte missbilligend ihren Kopf. »Eine Richterin aus Berlin entpuppt sich als führende Terroristin der Reichsbürger-Szene – warum nicht auch eine Richterin, die der Hafer sticht!?«

Arno Wüst traute seinen Augen nicht, als er sah, was Doktor Sonntag angesprochen hatte.

»Mich überrascht so schnell nichts mehr.« Doktor Sonntag drehte seine Liege wieder herum. »Ich habe gelernt, dass jeder Mensch korrumpierbar ist. Sei es, aus dem Wunsch heraus, etwas zu besitzen oder zu verbergen, oder um seine Liebsten zu schützen, oder wie eben jene Dame, die jeden Preis dafür zahlt, ihre geheimsten sexuellen Wünsche auszuleben. Einige unserer Gäste sind schon mehrere Wochen hier und haben inzwischen einen Tunnelblick entwickelt und alle ihre Hemmungen abgelegt. Was Sie dort beobachten können, mein lieber Wüst«, sie deutete wieder zu den Bildschirmen, »ist der extreme Verfall von Moral, Anstand und Respekt. Nennen Sie mich altmodisch, wenn Sie wollen, aber der Wegfall gemeinsamer Werte und Normen führt unweigerlich in die Verwahrlosung. Auch in die sexuelle Verwahrlosung, wie wir hier sehen können.« Sie wandte sich von den Bildschirmen ab.

»Und das aus dem Mund einer Mörderin«, höhnte Arno Wüst. »Sie sind genauso verwahrlost, wenn ich das Wort übernehmen darf.«

Doktor Sonntag lächelte auf ihn herab. »Ach, Wüst, Sie sind ein hoffnungsloser Romantiker. Sie als Polizist wissen doch am besten, dass der Mensch das brutalste Tier von allen ist. Was wir anderen antun können, das tun wir auch, und unsere Fantasie reicht bei Weitem nicht an die Realität heran.«

Arno Wüst betete inbrünstig darum, dass die Kolleg*innen den Stick schleunigst finden und ihn aus dieser elenden Situation befreien würden.

Als könnte sie seine Gedanken lesen, sagte Doktor Sonntag: »Machen Sie sich keine Hoffnung darauf, dass, je länger ich Ihnen etwas erzähle, die Chancen steigen, dass Ihre Kollegen Sie rechtzeitig finden werden. Das gibt es nur im Fernsehen, die Realität sieht anders aus.«

Wüst konnte erkennen, dass sie hinter ihrer Maske lächelte. »Es gib hier Kilometer von Stollen und Schächten mit verschiedenen Ausgängen, die selbst der einheimischen Bevölkerung nicht mehr bekannt sind. Einige Stollen sind verschüttet, andere werden einstürzen, sobald ich sie verlassen habe. Sehen Sie«, sie drehte wieder die Liege zum Bildschirm, »dort auf dem Parkplatz warten drei Motorradfahrer darauf, mit frischer Ware zum Flugplatz Dahlemer-Binz zu fahren, um sie einem startbereiten Helikopter als Fracht zu übergeben beziehungsweise umgehend ins Institut unseres geschätzten Kollegen Bachem-Mauser in Konradsheim zu bringen, wo es einem in freudiger Erregung wartenden Kunden eingepflanzt werden kann.«

Arno Wüst sah einen Parkplatz mit einer Tankstelle, dort standen neben mehreren Lkw auch besagte Motorräder. »Ein straff organisiertes, optimales Unternehmen«, sagte er widerwillig.

»Genau, es geht in meinem Geschäftsbereich, wie in allen anderen übrigens auch, um Optimierung und maximalen Gewinn. Und wo ist das am ehesten zu erreichen?« Doktor Sonntag blickte ihn wieder milde lächelnd an. »Natürlich im Sport und dem spezialisierten Gesundheitsbereich. Sehen Sie, mit Doping der unterschiedlichsten Art werden Milliardenbeträge umgesetzt. Professor Hollmann von der Sporthochschule in Ihrem schönen Köln hat vor Jahrzehnten schon darauf hingewiesen, dass die Radsportler wandelnde Apotheken sind. Sie glauben doch nicht ernsthaft, dass Sportler*innen egal welcher Sportart ihrem Körper schier unmenschliche Leistungen abverlangen können, ohne zu kollabieren oder gar tot zusammenzubrechen. Diese enormen Leistungen von Schnelligkeit, Ausdauer und Kraft gelingen nur mit illegalen Hilfsmitteln, wozu zum Beispiel auch das Injizieren von manipulierten Muskelzellen gehört, die die Heilung nach einer Verletzung extrem beschleunigen beziehungsweise mit denen weitere Muskeln aufgebaut werden können, die um ein x-Faches belastbarer und leistungsfähiger sind als das körpereigene Material. Im Sport, Herr Wüst, lässt sich eine Menge Geld verdienen und waschen.«

»Wie finden Sie all das menschliche Material und Organspender?« Wüst versuchte, sie weiter zu beschäftigen und von ihrem Vorhaben, ihn zu töten, abzuhalten.

»Das ist ganz einfach. Sie erinnern sich an den Fall Elisabeth Holmes und ihre Firma Theranos?«

Wüst nickte. Es war gerade durch alle Zeitungen gegangen, dass Elisabeth Holmes zu einer langen Haftstrafe verurteilt worden war.

»2003 kam eben jene Elisabeth Holmes als sehr junge

Frau auf die Idee, eine Methode zu entwickeln, bei der kleinste Blutproben auf ansteckende Krankheiten getestet und eine entsprechende Medikation mit Antibiotika bestimmt werden sollte. Sie hat auf diese Idee sogar ein Patent bekommen. Ihre Firma Theranos bot später einen Bluttest an, bei dem wenige Tropfen Blut ausreichten, um Cholesterin, Diabetes, Krebs und andere Krankheiten bestimmen zu können. Dieses Minilaborgerät, mit dem dies alles möglich sein sollte, taufte sie ›Edison‹. Sie hat Millionen verdient.« Sonntag machte eine kleine Pause, dann grinste sie. »Allerdings stellte sich heraus, dass dieses Gerät eine Fehlerquote von 87 % aufwies, die Holmes natürlich verschwiegen hatte. Was daraus geworden ist, wissen wir ja nun, der Absturz von Frau Holmes könnte nicht tiefer sein. Tja, was nutzt die beste Idee zum falschen Zeitpunkt?« Doktor Sonntag spielte mit dem Skalpell in ihrer Hand. »Aber nun komme ich auf Ihre Frage zurück: Unsere Labore haben die grandiose Idee natürlich sofort aufgegriffen, und während Frau Holmes versprach, Krankheiten diagnostizieren zu können – wie übrigens auch jetzt die neue medizinische Entwicklung, verschiedene Krebsarten im Frühstadium beziehungsweise sogar noch vor dem Entstehen feststellen zu können –, haben wir uns auf die schnelle und hocheffiziente Identifizierung der HLA-Marker für Transplantationen konzentriert. Unsere Technologie wurde im Lauf der Jahre immer besser und immer minimalistischer, sodass wir diese Tests inzwischen in unauffälligen Alltagssituationen durchführen können. Wir benötigen genau zwei Tropfen Blut für eine einfache HLA-Typisierung, bei der alle elf transplantationsrelevanten HLA-Gene typisiert werden. Und:

Wir erreichen in zwei Minuten ein Ergebnis mit einer Trefferquote von 98,7 %. Die hundertprozentige Quote werden wir sehr bald mit unserem ›Galileo‹ im Format eines Smartphones erreichen.« Sie strich sich triumphierend durchs Haar und seufzte.

»Sie rennen also durch die Gegend und stechen wahllos auf die Finger zufällig vorbeigehender Menschen ein.« Wüst rollte verächtlich mit den Augen.

»Selten, Herr Wüst.« Doktor Sonntag lachte. »Als wir mit der Forschung und Entwicklung anfingen, haben wir uns tatsächlich praktisch wahllos Menschen von der Straße geholt. Obdachlose waren uns da ausgesprochen hilfreich. In den letzten Jahren waren es vielfach Flüchtlinge, die in den großen Lagern verloren gingen. Darunter waren natürlich auch Kinder, die entweder allein auf der Flucht waren oder auf dem Weg von ihren Familien getrennt wurden. Diese Kinder sind nicht alle in der Prostitution gelandet, sondern auch in unseren Laboren. Inzwischen verfügen wir über viele Erkenntnisse und allgemeine Gesundheitsdaten. Deutschland mit seiner hinterwäldlerischen Digitaltechnik ist natürlich ein El Dorado für uns. Bis hier jemand merkt, dass seine Daten gehackt wurden, haben unsere Spezialisten sämtliche Hinweise auf uns verwischt. Aber, ehrlich gesagt, unsere Hacker sind noch nicht aufgefallen.«

»So, wie es sich anhört, sind Sie auf die Mitarbeit von zig Leuten angewiesen. Wie schaffen Sie es, dass alle die Klappe halten?«

»Wir zahlen oder drohen gut, je nach dem, was gerade nötig ist.« Doktor Sonntags Augen blitzten. »Es gibt nicht gerade wenig Menschen, die sich gern etwas dazuverdienen. Zum Beispiel, um ihre pflegebedürftigen Eltern in einer besseren Einrichtung unterbringen zu können, um nach einer Trennung die geteilten Schulden abzuzahlen oder um geheime Laster finanzieren zu können. Manchmal ist Erpressung auch ein probates Mittel zur Kooperation. Nehmen sie unseren kleinen Doktor aus Erftstadt mit seinem überdimensionierten Ego und seinem fatalen Hang zum Glücksspiel. Ohne unsere Zuwendungen könnte er sich die Burg nur noch von außen ansehen.« Doktor Sonntag wandte sich achselzuckend ab.

»Was ist denn mit dem Datenklau an einigen Krankenhäusern in diesem Jahr?« Wüst glaubte, wieder Oberwasser zu bekommen.

»Dilettanten, Herr Kommissar, wir waren natürlich früher da und haben keine Spuren hinterlassen.« Doktor Sonntag legte das Skalpell zur Seite. »Wissen Sie, ob bei einer Blutentnahme drei, vier oder ein Extra-Röhrchen abgenommen werden, fällt doch gar nicht auf. Die Extra-Portion landet unauffällig in der Kitteltasche und wird schnellstmöglich auf den Weg gebracht. Wenn die Labormitarbeiterin in einem großen Krankenhaus von Zimmer zu Zimmer geht, beobachtet sie doch niemand. Wir schaffen es sogar immer wieder, eine krankenhausfremde Person diesen Job machen zu lassen. Die entsprechende Kleidung und ein sicheres Auftreten, mehr braucht es nicht. Manchmal wird es uns aber auch sehr einfach gemacht, da vergeht einem fast der Spaß an der Arbeit.«

Wüst sah sie aus einer Mischung von Desillusionierung und Entsetzen an.

»Anfangs neigte ich dazu«, Doktor Sonntag lehnte sich zurück, und Wüst schöpfte Hoffnung, als er sah, dass sie das Skalpell gar nicht mehr beachtete, »Ihnen ein Angebot machen zu wollen, aber dann stellte sich heraus, dass Sie viel wertvoller sind, wenn Sie hierbleiben.« Ihre Augen bekamen einen unnatürlichen Glanz. »Ihre körperliche Verfassung ist für einen Mann Ihres Alters geradezu ideal. Ihr biologisches Alter entspricht dem eines mindestens zehn Jahre jüngeren Mannes. Das bedeutet, dass der Empfänger Ihrer Organe seine Lebenserwartung um zehn bis zwanzig Jahre steigern kann. Und wer weiß«, sie nahm zu Wüsts Entsetzen das Skalpell wieder zur Hand, »vielleicht wird mit Ihren Daten mal eine menschenähnliche Maschine programmiert – wie gesagt, es geht um Optimierung, eben auch um die des Menschen.« Doktor Sonntag sah wieder auf die Videowand. »Ich gerate ins Plaudern, ich muss mich disziplinieren.« Mit Blick auf Wüst sagte sie: »Wenn Ihre Kolleg*innen dann irgendwann hier erscheinen, finden Sie ein penibel aufgeräumtes und in der Vergangenheit ausgesprochen korrekt arbeitendes Labor vor. Von den Mitarbeitern wird allerdings niemand zu finden sein. Schade, dass wir diesen Standort aufgeben müssen. Das Krematorium war ein Geschenk. Was haben wir da nicht alles verbrannt.« Sie blickte träumerisch vor sich hin. »Von einem Bernhardiner oder Irischen Wolfshund bleibt so viel Asche übrig, dass das bisschen menschlicher Überrest, der mit in die teure Hundeurne gepackt wird, überhaupt nicht auffällt.« Sie blickte wieder zu Wüst. »Das Ensemble hier war uns viele Jahre nützlich. Für diese Riesenpleite wird Ihre sogenannte Vivien nun bezahlen. Früher oder später bekommen wir alle die Quittung serviert, nicht wahr?«

Sie tippte auf eine Taste, und Wüst sah auf einem

abgeteilten Bildschirm, wie Vivien Rudloff von ihrem Sklaven gepackt und weggezogen wurde.

»Was geschieht mit ihr?«, fragte er alarmiert.

»Dasselbe wie mit Ihnen, Herr Wüst, wir haben hier mehrere bestens ausgestattete Operationsräume. Aber, so wie ich den jungen Mann kenne, wird er vorher auch noch etwas von ihr haben wollen.«

»Und was passiert mit all den menschlichen Hündchen und Kätzchen, die sich die Gräfin hält?«

»Das hängt davon ab, wie schnell Ihre Kollegen hier auftauchen. Entweder erleben wir einen Entnahme-Hype, oder die armen Tierchen werden durch einen einstürzenden Stollen verschüttet, oder wer weiß, was Marcel noch Neckisches einfällt.«

»Man wird Sie kriegen.« Wüst schluckte und versuchte sich aufzurichten, aber die Fesseln saßen zu fest.

Doktor Sonntag lachte laut auf. »Blödsinn, jetzt machen Sie sich lächerlich. Was glauben Sie, wo wir jetzt sind? Sicherlich nicht in unmittelbarer Nähe zum Labor, wie Sie vielleicht törichterweise hoffen.« Sie tippte sich an die Stirn. »Sie haben nicht zugehört. Dies ist ein Bergwerk mit einem kilometerlangen, verzweigten Stollensystem. Es gibt in keinem Katasteramt mehr komplette Pläne. Nur ein unmöglicher Zufall würde irgendeine Hilfe für Sie rechtzeitig hierherbringen.« Sie blickte sinnierend auf den Bildschirm. »Ich habe zwei vorbereitete Identitäten, zwischen denen ich für meine nähere Zukunft entscheiden kann. Entweder werde ich als Medizinerin meine Kompetenzen weiter einbringen oder mich auf einen Ruhesitz zurückziehen. Ehrlich gesagt, weiß ich noch nicht, wofür ich mich entscheiden werde.«

»Sie sind Ärztin, Frau Sonntag, Sie haben einen Eid geleistet, der Sie verpflichtet, sich für die Gesundheit der Menschen einzusetzen und nicht dazu, Leute zu ermorden«, sagte Wüst vorwurfsvoll.

»Aber genau das Erstere tue ich doch!« Doktor Sonntag lachte auf. »Wir haben schon sehr vielen Menschen ihre Gesundheit zurückgegeben und damit ein lebenswertes Leben. Man muss Opfer bringen, und ein bisschen Verlust gibt es immer. Kollateralschäden, wenn Sie so wollen.«

»Haben Sie gar kein Mitleid mit Ihren Opfern?«

»Mitgefühl ist ein Luxus, den ich mir nicht leiste, Herr Wüst.« Sie beugte sich vor und musterte ihn aus schmalen Augen. »Und so viel Sentimentalität aus Ihrem Mund lässt meine Achtung vor Ihnen doch erheblich schrumpfen. Solange es Menschen gibt, die alles dafür geben, um zu bekommen, was sie sich wünschen, so lange wird es auch entsprechende Angebote geben. Solange ich die verlangte Ware liefern kann, für die kein Preis zu hoch ist, so lange bin ich mit im Geschäft.«

Sie blickte auf und nickte jemandem außerhalb von Wüsts Blickfeld zu, und er hörte leise eine Tür klicken. »Sie haben den Kampf im World Wide Web schon lange verloren, mein lieber Wüst, beziehungsweise, wenn wir ehrlich sind, hatten Sie nie eine Chance.« Sie wandte sich ab und Wüst hörte, wie ein Wasserkran zu laufen begann.

*

Schwester Cordula öffnete lautlos die Tür der Suite ›Saint Tropez‹ der Klinik ›Au Bien-être‹. Der Patient im Bett erwartete sie mit bangem Blick.

»Ich bin gekommen, um Sie für Ihre Operation vorzubereiten«, sagte Schwester Cordula sanft. »Das Operations-Team ist einsatzbereit und das Spenderorgan auf dem Weg hierher.« Sie lächelte den Mann an, dessen Augen sich mit Tränen füllten. Sein Privatsekretär, der neben dem Bett stand und über dessen athletische Figur sich Schwester Cordula nicht im Geringsten wunderte, da sie ihn auch für seinen Leibwächter hielt, hatte leise für seinen Arbeitgeber übersetzt. »Ich bringe Sie hinunter in den OP.« Schwester Cordula war der Inbegriff von Ruhe und Zuversicht. »Wenn Sie wieder zurück in der Suite sind, hat Ihr neues Leben begonnen.«

Sie schob das Krankenbett hinaus auf den Flur und zu dem Fahrstuhl, der im größeren der beiden Burgtürme eingebaut worden war. Die anderen Patient*innen waren bereits vor einigen Stunden entlassen worden und neue wurden erst morgen erwartet.

Der Privatsekretär machte Anstalten, Schwester Cordula zu folgen. Doch sie legte ihm sanft eine Hand auf den Unterarm. »Ich kann Sie leider nicht in den sterilen OP-Bereich mitnehmen. Sie müssen hier warten. Machen Sie sich keine Sorgen, alles wird gut werden und ich passe auf Ihren Chef auf.« Sie lächelte immer noch, als sich die Fahrstuhltür schloss.

*

Als Doktor Sonntag wieder an Arno Wüsts Liege auftauchte, war sie vorschriftsmäßig für eine Operation ausgestattet und trug ein Headset auf dem Kopf. »Ich erkläre Ihnen, was ich nun vorhabe, und Sie können entscheiden, mein lieber Wüst. Die erste Variante: Wenn Sie möglichst lange dabeibleiben wollen, verabreiche ich Ihnen ein starkes Muskelrelaxans, das Ihr Bewusstsein erhält und nur Ihre Bewegungsfreiheit radikal auf null setzt, aber Ihren Herzmuskel weiterarbeiten lässt. Die zweite Variante wählen Sie, wenn Sie sich nach Erlösung sehnen sollten: Dann erhalten Sie von mir eine reguläre Narkose.« Sie schob die Maske herunter und lächelte Arno Wüst fast mütterlich an. »Ich kann Ihnen allerdings nicht versprechen, dass ich Ihren Wunsch berücksichtigen werde.«

»Sie sind ein Monster!« Wüst riss den Kopf hoch.

»Hinter der Tür wartet ein Operationsteam darauf, mit der Arbeit anfangen zu dürfen«, reagierte Dr. Sonntag sachlich.

Er sah, dass sie eine Spritze aufzog. Einen Moment später verspürte er einen Stich.

Sonntag blickte sanft lächelnd auf Arno Wüst hinunter, der angeschnallt auf einem Operationstisch lag und sich zunehmend weniger bewegen konnte, aber trotzdem versuchte, sich aus seinen Fesseln herauszuwinden. »Versuchen Sie es erst gar nicht, es ist sinnlos«, sagte sie ruhig. »Ich habe mich übrigens für das Muskelrelaxan entschieden. Es wirkt gerade so, dass Sie keinen Einfluss auf Ihre Muskulatur haben, aber genug Bewusstsein, um zu erleben, was mit Ihnen geschieht.« Sie nahm ein Skalpell in die Hand. »Wissen Sie, was bei einer regulären Organentnahme passiert?« Ihre Augen glitzerten, als sie sich zu ihm hinunterbeugte. »Erst mal muss der Hirntod festgestellt werden – das kann Stunden dauern. Jeder Hirntote muss, genauso so wie Sie jetzt, auf dem Tisch festgeschnallt werden, zudem erhält er ein Medikament zur Ruhigstellung.

Und wissen Sie, warum?« Sie wartete einen Augenblick und schien sich an Wüsts Gesichtsausdruck zu weiden. »Weil es beim Schnitt in den Körper zu Blutdruck-, Herzfrequenz- und Adrenalinanstieg kommen kann. Bei jeder anderen Operation werden diese körperlichen Reaktionen als Hinweise auf Stress beziehungsweise Schmerz gewertet.« Sie blickte versonnen vor sich hin. »Kein Mensch weiß sicher, was der Hirntote empfindet, ob er Schmerzen wahrnimmt oder so etwas wie Angst empfindet.« Sie sah Wüst wieder an und setzte mit dem Skalpell einen oberflächlichen Schnitt in sein Brustbein. »Und dann geht es natürlich weiter bei der ach so ehrenvollen Operation. Die Kolleg*innen schneiden dann die Bauchdecke vom Hals bis zum Schambein auf und die Hautlappen werden derart fixiert, dass eine sogenannte ›Wanne‹ entsteht, die mit etwa fünfzehn Litern eiskaltem Wasser gefüllt wird. Die Organe werden mit Perfusionslösung durchspült und das Blut wird abgesaugt. Die Ärzte legen die Organe bei schlagendem Herzen frei und präparieren sie für die Entnahme.« Sie sah Wüst in die Augen. »Glauben Sie, dass den Angehörigen das gesagt wird? Ich denke nicht. Ein würdevolles Sterben ist bei einer Organentnahme nicht vorgesehen. Transplantationsmediziner kann man kaum als romantische Sterbebegleiter bezeichnen. Sie reisen in Teams an und entnehmen nacheinander die Organe. Das ist ihr Job.«

Wüst starrte auf das Gerät, das sie in der Hand hielt. Dr. Sonntag sah seinen Blick und schwenkte es leicht. »Ich arbeite gern mit dieser effektiven Autopsiesäge. Sehen Sie, diese wirkungsvolle Absaugung hier direkt am Sägeblatt erhöht die Arbeitssicherheit erheblich. Ich will mir schließlich nicht selbst in den Finger schneiden.«

Wüst beobachtete, wie sie eine Box auf einem Tisch an der Seite platzierte.

»Diese spezielle Tragebox dient dazu, entnommene Organe eines Spenders schnellstmöglich transportieren zu können. Die Organe werden steril in Beuteln mit Eis in den Boxen verpackt, um ihre Funktionstüchtigkeit bis zur Übertragung möglichst vollständig zu erhalten. Aber nun genug geplaudert.« Sie hob die Hand mit der Säge und lauschte in ihr Headset. »Georg meldet gerade, dass ein fremdes Fahrzeug mit Kölner Kennzeichen in hohem Tempo an seiner Gaststätte vorbeigefahren ist.« Doktor Sonntag sah nachdenklich auf Arno Wüst herunter. »Wie verabschiedet man sich von einem Menschen, der die nächsten Minuten nicht überleben wird? ›Auf Wiedersehen‹ passt nicht, ebenso wenig ein ›Leben Sie wohl‹.«

Arno Wüst versuchte, sich noch einmal aufzubäumen, in seinen Augen spiegelten sich Angst und Verzweiflung. Er funkelte seine Peinigerin wütend an.

Doktor Sonntag legte einen Finger an die Lippen. »Scht, lieber Herr Wüst! Ich sage einfach, wie es ist: Dank Ihnen werden Menschen überleben oder ein besseres Leben als bisher führen können.« Sie strich ihm mit einer zarten Geste eine Träne von seiner Wange. »Vielleicht ist Ihnen das ein Trost.«

Arno Wüste stieß einen grunzenden Laut aus und Doktor Sonntag lachte auf. »Ich kann mir gut vorstellen, dass Ihnen das am Arsch vorbeigeht.« Sie drehte sich um und nickte in den Schatten hinter der Liege hinüber. »Ihr habt fünfzehn Minuten Zeit, dann müsst ihr am Ausgang sein.«

\*

Max brachte den Wagen vor der großen Eingangstür des Labors zum Stehen und er und Frieda sprangen fast gleichzeitig heraus. Mit gezückten Waffen liefen sie die wenigen Schritte bis zum Eingang. Das Labor war hell erleuchtet, hinter den großen Fenstern im Erdgeschoss bewegte sich eine Frau, die neugierig den Kopf hob, nachdem sie Motorengeräusche gehört hatte. Die Tür wurde aufgestoßen und die Reinigungskraft blickte in zwei Pistolenmündungen, die auf sie gerichtet waren.

»Oh, Jesus«, entfuhr es ihr und sie bekreuzigte sich. »Ich nix gemacht, bitte nix schießen«, stammelte sie.

Frieda zückte ihren Ausweis: »Polizei, wo sind die anderen?«

»Kollega oben, sonst nix da.«

Max riss die Handschellen vom Gürtel und legte sie der Frau an, ehe diese begriff, was vor sich ging. Dann zog er die Frau zu einem Heizkörper in der Halle und fixierte sie dort, sodass sie nicht weglaufen konnte. Währenddessen hielt Frieda weiter ihre Waffe auf sie gerichtet und versuchte, die Umgebung im Auge zu halten.

»Wie viele Kollegen sind oben?«, fragte Max die Reinigungskraft leise.

»Eine, wir allein hier.« Die Frau zitterte am ganzen Körper, ihre Augen waren angstvoll aufgerissen, als Max sie abtastete. Er legte den Zeigefinger auf die Lippen und sah die Frau eindringlich an, bevor er sich zu Frieda wandte. Sie verständigten sich wortlos und schlichen leise die Treppe zum ersten Stock hinauf.

Der große Flur oben wurde von einer weiteren Frau gewischt, die Kopfhörer auf den Ohren trug und offensichtlich nichts von dem mitbekam, was sich um sie herum abspielte. Sie summte leise vor sich hin und bewegte neben dem Schrubber auch ihren Körper im Rhythmus der Musik.

»Polizei, Hände in den Nacken!«

Schockiert zuckte die Reinigungskraft zusammen, als Friedas scharfe Stimme die Musik durchdrang.

»Legen Sie den Schrubber zur Seite und nehmen Sie die Hände hoch!«

Als die Frau sich langsam mit schreckgeweiteten Augen umdrehte, blickte auch sie in die Pistolenmündungen, die auf ihren Kopf gerichtet waren.

»Wir legal, wir nix böse«, stammelte sie und verfiel dann in eine Sprache, die weder Frieda noch Max verstanden.

Frieda legte ihr Handschellen an und die Frau wurde zu ihrer Kollegin nach unten geführt. Max fixierte sie an einem anderen Heizkörper und dann durchsuchten er und Frieda die beiden Stockwerke.

»Außer den beiden ist niemand hier.« Frieda sah zu der abwärts führenden Treppe. »Da unten sind weitere Räume.« Sie blickte zu Max und seufzte. »Ich befürchte, wir begeben uns auf ein Himmelfahrtskommando, wenn wir da runtergehen. Vielleicht sollten wir lieber auf die Verstärkung warten.«

»Meinst du wirklich, dass wir warten sollen?« Max war skeptisch.

»Nein, eigentlich nicht, vielleicht finden wir Wüst und können ihn befreien.«

»Okay!« Max nickte und sie gingen langsam die Treppe hinunter, wobei sie sich gegenseitig sicherten.

Die Kellerräume lagen im Dunkeln, der Flur war nur schwach beleuchtet. Frieda öffnete langsam die nächstgelegene Tür. Ihre Hand tastete nach dem Lichtschalter und das Oberlicht flackerte auf. Sie sahen in einen Raum, der mit Laborutensilien gefüllt war. Hier lagerten kistenweise Pipetten und anderes Gerät.

Frieda und Max wandten sich zur nächsten Tür und blickten in die Räume von Doktor Sonntag.

»Das erinnert mich an Frankensteins Kabinett«, flüsterte Max, der sich aufmerksam umsah.

»Verdammt, wo ist die Sonntag? Ihr Wagen steht doch auf dem Parkplatz.« Frieda fühlte sich alles andere als wohl in ihrer Haut.

Sie gingen wieder auf den Flur, um auch die letzte Tür zu kontrollieren, bei der sich allerdings herausstellte, dass sie abgeschlossen war. Frieda drehte in aufkommender Verzweiflung die Augen zur Decke und dabei fiel ihr eine Kamera auf.

»Guck dir das an, Max.« Sie wies mit der Pistole an die Decke. »Die Kamera blinkt.«

»Die beobachten uns.« Max spürte, wie hilfloser Ärger in ihm hochstieg.

»Das ist bestimmt nicht die einzige Kamera hier.« Frieda ging zurück in Doktor Sonntags Büro. »Überall hängen Kameras und alle blinken. Die wissen schon seit einiger Zeit, dass wir hier sind.« Sie sah sich um. »Da, am Regal, Max.« Frieda wies auf den Boden. »Das sieht doch nach einer Schleifspur aus.«

»Aber nur mit viel Fantasie.« Max verzog den Mund.

»Quatsch nicht, das Regal wurde bewegt.« Frieda zog an einer Verstrebung und das Regal schwang tatsächlich zur Seite. Es eröffnete sich ihnen ein scheinbar ins Unendliche reichender Gang, dessen Lehmwände und Decke mit

Holzbalken gestützt wurden. Er führte leicht bergab und war nur schwach beleuchtet.

»Hier wird es kalt.« Max schauderte und rieb sich über den Arm.

»Das Labor befindet sich doch über einem alten Bergwerk, vermutlich führt hier ein alter Stollen in die Bleimine hinein.« Frieda machte Anstalten, den Stollen zu betreten.

»Du willst da jetzt rein?« Max zauderte.

»Du etwa nicht?« Frieda sah ihn herausfordernd an. »Die anderen werden jeden Moment da sein und uns folgen.« Damit betrat sie den Stollen und begab sich langsam vorwärts. Max folgte ihr, unsicher darüber, ob dies so eine kluge Entscheidung war.

Sie waren etwa einhundert Meter gegangen, als sie an eine erste Tür kamen, die in die Stollenwand eingebaut war. Sie betraten einen geheizten und beleuchteten Raum, der einige Monitore, einen Schreibtisch und einen Stuhl enthielt, ansonsten aber vollkommen leer war.

»Was ist das?« Max blickte auf die Bildschirme.

»Was machen die vor allen Dingen da?« Frieda runzelte die Brauen.

»Sieht aus wie eine Folterkammer«, meinte Max, der seinen Augen nicht traute.

»Hier amüsieren sich erwachsene Menschen in Tierkostümen beim Kopulieren.« Frieda schüttelte den Kopf. »Aber wo sind die? Hier unten?«

»Hier ist ein OP zu sehen, Frieda.« Max Stimme nahm einen aufgeregten Klang an. »Sieht aus, als würde jemandem ein Organ entnommen.«

In dem Moment fielen die Bilder auf allen Monitoren zusammen und flimmerten nur noch.

»Verdammt, wir müssen uns beeilen.« Frieda stürmte aus dem Raum.

Die Beleuchtung im Stollen war ausgefallen, in einiger Entfernung flackerte eine Leuchtstoffröhre. »Komm Max, dahinten ist noch Licht.«

Sie lief den Stollen entlang, dicht gefolgt von Max, der hinter ihr schnaufte. Sie gelangten an eine Abzweigung und mussten sich entscheiden, ob sie zusammenbleiben oder sich trennen wollten.

»Wir bleiben zusammen«, entschied Frieda resolut. »Wir nehmen diesen Stollen. Sieh dir den Boden an! Jede Menge Spuren, hier sind noch vor Kurzem Leute unterwegs gewesen.«

»Und es brennen noch vereinzelte Leuchtstoffröhren,« fügte Max hinzu. »Da hinten ist es stockdunkel.« Er wies in den abzweigenden Stollen.

Sie liefen weiter bergab und der Stollen öffnete sich in eine Art Halle mit einer hohen Decke, in der mehrere kleine Golfwagen standen. Max öffnete die einzige vorhandene Tür und sie sahen in einen Raum, in dem mehrere Waschbecken an einer Wand angebracht waren, verschiedene OP-Kittel hingen und von dem man durch eine Fensterfront in einen Operationsraum sehen konnte. In dem Operationsraum brannte eine Art Notbeleuchtung. Auf dem Tisch lag eine Gestalt, aber sonst war niemand zu sehen.

Frieda und Max traten ein und standen vor dem ausgeweideten Körper von Arno Wüst.

»Oh mein Gott.« Max kämpfte gegen einen Brechreiz.

Frieda starrte ungläubig auf das Horrorszenario und legte automatisch zwei Finger an Wüsts Hals, um seinen Puls zu messen. »Er ist tot, wir sind zu spät.«

»So ein Massaker kann niemand überleben«, flüsterte Max.

In diesem Moment war ein dumpfes Grollen zu hören. Der Boden bebte. Die Notbeleuchtung erlosch, und schlagartig umfing sie tiefe Finsternis.

»Scheiße!«, flüsterte Max unterdrückt.

»Wir müssen hier raus!«, rief Frieda. »Hast du deine Taschenlampe dabei?«

»Nein, bin ich beim SEK? Und du, Frieda?«

»Sie liegt in meinem Schreibtisch.« Frieda zückte ihr Handy und schaltete die Taschenlampe ein. Sie griff nach Max und zog ihn hinter sich her, zurück in den Stollen. Aus der Ferne entdeckte sie eine Feuerwalze und schubste Max rasch auf den Sitz eines der geparkten Elektromobile.

»Los, gib Gas«, schrie sie ihn an, während sie über die Schulter zurücksah.

»Wo sollen wir denn hin?« Max fingerte am Anlasser.

»Da, in den Stollen, dort führen viele Reifenspuren hin.« Frieda zeigte nach vorn in die Dunkelheit, stieß Max kräftig an und endlich sprang der Elektromotor an und das Vehikel startete mit einem kleinen Satz.

Frieda, die sah, wie das Feuer immer näherkam, betete wie ein kleines Kind. Max zog das Fahrzeug um eine Kurve und stieg voll auf die Bremse, um einen Zusammenprall mit drei geparkten Mobilen zu vermeiden. Frieda stieß sich dabei heftig den Kopf an und sah Sterne vor den Augen. Diesmal war es Max, der sie aus dem Wägelchen zog und in einen kleinen Nebengang schob, in dem massenhaft Fußspuren im feuchten Lehmboden zu sehen waren. Sie führten zu einer Stahlleiter, die nach oben in die Dunkelheit mündete.

»Komm, Frieda, wir müssen da hoch.« Max steckte das Handy in seine Hosentasche, bugsierte Frieda auf die Leiter und schob sie vor sich her. Er blickte zurück und sah, wie sich die Feuerwalze den Hauptstollen entlangbewegte. Eine Feuerzunge sprang in ihren schmalen Gang und züngelte an der Leiter.

Frieda, die wieder etwas zu Kräften gekommen war, entdeckte schräg über ihnen eine Luke. Sie riss sie auf, zog sich hindurch auf eine Plattform und streckte die Hand nach Max aus, der sie sofort ergriff und ebenfalls hinaufkletterte. Hinter ihm schob Frieda die Tür mit einem Knall zu. Erschöpft sanken sie zu Boden. Max atmete schwer in die Stille.

\*

»Was haben die beiden sich nur dabei gedacht, allein da reinzugehen?« Peter Sommer wandte sich von dem qualmenden Schutthaufen, der einst das Labor beherbergt hatte, ab und sah seine Kollegin Betty traurig an.

»Vielleicht haben sie Wüst gefunden und warten jetzt alle drei in einem Schutzraum auf uns.« Betty mochte die Hoffnung nicht aufgeben. »Und vielleicht gibt es ja noch einen anderen Zugang.« Sie sah hinüber zum ehemaligen Krematorium und zu den Feuerwehrfahrzeugen, deren Blaulicht bewegliche Schatten über die Bäume laufen ließ.

Zwei Krankenwagen standen ein Stück die Zufahrt hinunter, die Männer vom SEK hatten sich in ihre Busse zurückgezogen und warteten auf neue Befehle. Als sie in die Einfahrt eingebogen waren, hatten zwei Explosionen die Gebäude erschüttert und zum Einsturz gebracht und es war schnell klar geworden, dass das gesamte Einsatzkommando nichts mehr ausrichten konnte.

Lars, der als diensthabender Gerichtsmediziner mit zum Einsatz gefahren war, lief wie ein eingesperrter Tiger im Käfig auf und ab und sprach mit niemandem ein Wort.

»Ich glaube, dass es ein Wunder braucht, um die drei lebend zu finden.« Peter Sommer rieb seine Bartstoppeln.

*

»Da ist der Ausgang.« Max hatte die Plattform ausgeleuchtet und zeigte aufgeregt auf eine quadratische Stahltür, die wiederum schräg an der Decke angebracht war.

Die Tür zum Schacht hinter ihnen hatte sich bereits extrem erhitzt, und Rauch quoll durch winzige Ritzen zu ihnen hinein. Auf der Plattform konnten sie sich nur gebückt bewegen und Max tastete sich vorwärts. »Komm, Frieda, leuchte mal, damit ich das Mistding aufmachen kann.«

»Das wird schwierig.« Frieda, die hinter ihm kroch, hatte sofort erfasst, dass sie vor einem riesigen Problem standen, denn es gab keinen Griff oder Ähnliches, um die kleine Tür zu entriegeln.

»Das kann doch nicht wahr sein.« Max war den Tränen nahe. »Es muss eine Möglichkeit zur Entriegelung von innen geben!« Er trat mit allen Kräften gegen die Tür, aber vergeblich.

Frieda lehnte sich an die Wand und ließ sich zu Boden gleiten. Die Luke würde noch lange Zeit standhalten, aber die Hitze wurde zusehends unerträglicher. Und mit ihr die

Luft knapp. »Wir sitzen hier fest, Max, schauen wir der Realität ins Auge.«

»Ich will hier nicht sterben.« Max hockte sich neben sie.

»So schnell stirbt es sich nicht.« Frieda tastete nach ihrem Holster und spürte den Griff ihrer Dienstwaffe.

»Ich muss immer wieder daran denken, was auf einem der Monitore vorhin zu sehen war.« Max machte eine kleine Pause, bevor er fortfuhr: »Weißt du, da, wo dieser merkwürdige Raum mit den Fetisch-Tieren zu sehen war.«

»Hm, du meinst die Frau, die mit der Peitsche auf die Pferdemaske einschlug?«

»Ja, genau, das war doch die Rudloff, oder?«

»Sah ganz so aus.« Frieda war sich sicher, dass sie die angebliche Profilerin gesehen hatten.

»Meinst du, dass die Leute da rausgekommen sind?«

Frieda schüttelte den Kopf. »Ich glaube nicht. Wenn es ein Raum hier unten war, hatten sie keine Chance. Es sei denn, es gibt noch einen Ausgang.«

»Glaubst du, dass sonst noch jemand hier eingeschlossen ist?«

»Kann ich mir nicht vorstellen, die anderen haben sich bestimmt alle in Sicherheit gebracht und dann hat vermutlich die Sonntag die Explosion ausgelöst, um sämtliche Spuren zu verwischen. Und die Tür da oben verschlossen.« Nach minutenlangem Schweigen fügte sie hinzu: »Wir sind wenigstens zu zweit.«

»Wie meinst du das?«

»Wir haben uns, Max, wir können uns gegenseitig Halt geben und sind nicht allein. Im Gegensatz zu Lars, der im schlimmsten Fall einen doppelten Verlust erleidet.«

»Wie kannst du in so einem Moment an ihn denken?«
Max' Stimme drückte Unverständnis aus.

»Denken Menschen nicht gerade in so einem Moment wie diesem an die Menschen, die sie lieben?« Frieda erfasste ein warmes Gefühl.

»Du liebst ihn immer noch?«

»Ja, und ich bin froh, dass ich es ihm gestern noch gesagt habe.«

»Und seine Beziehung zu mir? Hast du ihm verziehen?« Max hielt den Atem an.

»Verzeihen ist ein großes Wort. Ich bin traurig, dass Lars mir nichts von seinen Wünschen und Träumen gesagt hat, die nicht unsere intime Beziehung betreffen, traurig darüber, dass er nicht das Vertrauen zu mir gehabt hat, das nötig gewesen wäre. Ich versuche, ihn und auch dich zu verstehen, allerdings weiß ich nicht, ob es mir so ganz gelingen wird.« Nach einer kleinen Pause fügte sie hinzu: »In der Situation, in der wir jetzt stecken, ist das Geschehene ohnehin so was von unwichtig, Max.«

Frieda schaltete die Taschenlampe aus, legte in der Dunkelheit den Arm um ihn und zog ihn zu sich heran.

Max atmete hörbar aus. »Ich bin sehr froh, dass du so darüber denkst. Weil du mir auch viel bedeutest.« Ein leises Schniefen verriet, dass er weinte. »Ich will hier nicht verrecken, so lebendig begraben.«

Er legte seine Arme fest um Frieda und so saßen sie, eng umschlungen, in der Dunkelheit und warteten.

*

»*In der Eifel ist es zu einer Erderschütterung gekommen, die die Bewohner einer kleinen Gemeinde in Angst und Schrecken versetzt hat. Wie unser Reporter erfahren hat, ist das ehemalige Bleibergwerk in Kronichen teilweise zusammengebrochen. Mehrere Stollen und Schächte wurden verschüttet. Ein ehemaliger Arbeiter des Bergwerks machte die Feuerwehr auf drei Sicherheitsstollen aufmerksam, die seines Wissens zur Rettung verschütteter Bergarbeiter angelegt worden waren. Alle diese Rettungswege stellten sich allerdings als nicht mehr zugänglich heraus. Ob es weitere Zugänge zu dem ehemaligen Bergwerk gibt, ist nicht bekannt. Das in unmittelbarer Nähe zum ehemaligen Hauptverwaltungsgebäude des Bergwerks liegende Labor ist teilweise zusammengestürzt, das sich ebenfalls dort befindende Tierkrematorium wurde völlig zerstört.*

*Wie viele Personen sich zum Zeitpunkt des Unglücks in den Gebäuden aufgehalten haben, ist ungewiss. Bislang wurden die Leichen von zwei Reinigungskräften geborgen. Ein Sondereinsatzkommando war zwar auf dem Weg zum Labor, erreichte es aber nicht mehr rechtzeitig. Zwei vorausgeeilte Beamte werden vermisst. Ein weiterer Mitarbeiter der Kriminalpolizei wird in dem eingestürzten Gebäude vermutet, ebenso die Leiterin der Einrichtung, Doktor Veronika Sonntag, die über die Grenzen der Eifel hinaus ein hohes Ansehen genießt.*

*Über den Grund der polizeilichen Ermittlungen im Labor und die Ursache für die Erschütterung gibt es bislang keine offiziellen Informationen. Eine Pressekonferenz hat die Polizei für morgen Vormittag in Köln angesetzt.*«

\*

»Verdammter Mist!« Thomas Neuenschildt schrie seinen Frust draußen in die Dunkelheit, während das restliche Team bedrückt im Zelt vor den Trümmern des Labors saß, das als provisorische Einsatzzentrale errichtet worden war.

»Es muss noch einen weiteren Ausgang aus dem Bergwerk geben.« Betty Fuchs straffte die Schultern. »Die Explosion war kein Zufall, sie wurde bewusst herbeigeführt. Vermutlich konnte sich zumindest die Person, die das verursacht hat, in Sicherheit bringen.« Sie sah ihre Kollegen hoffnungsvoll an.

»An den bekannten Ausstiegsmöglichkeiten wurden keinerlei Spuren gefunden.« Peter Sommer kratzte sich am Hinterkopf. »Es müssten doch zumindest Fußspuren, zertretenes Gras oder abgeknickte Zweige gefunden worden sein. Aber nichts! Außerdem müsste in der Nähe ein Parkplatz oder befahrbarer Weg sein, um schnellstmöglich zu verschwinden.«

»Das spricht doch für deine Theorie, Betty, dass es noch einen anderen Zugang beziehungsweise Ausgang gibt.« Rolf Stein sah zu seiner Kollegin.

»Haben wir eine Drohne zur Verfügung, mit der wir nach einem GPS-Signal fahnden können?« Thomas Neuenschildt war zum Team ins Zelt getreten.

»Du gehst davon aus, dass sie noch ein Handysignal abgeben können?« Betty schöpfte neue Hoffnung.

»Ich glaube nicht, dass wir bei der Dunkelheit eine Drohne sicher durch den Wald schicken können.« Rolf Stein ließ die Schultern hängen.

»Was ist mit den Jagdpächtern oder gibt es keine im Nationalpark?« Betty sah von einem zum anderen.

»Ich rufe bei der Nationalparkverwaltung an.« Peter Sommer zückte sein Handy.

»Da war doch vorhin einer der Ranger bei der Feuerwehr ...« Thomas Neuenschildt hob die Hand und verschwand aus dem Bereitschaftszelt.

»Hoffentlich ist er noch da, uns läuft allmählich die Zeit weg.« Rolf Stein trat vor das Zelt und schaute besorgt zum dunklen, wolkenverhangenen Himmel auf.

*

Frieda lauschte in die Dunkelheit. Ihr Herz schlug ihr immer noch bis zum Hals, während sie versuchte, ihren Atem unter Kontrolle zu bringen. Max saß an sie angelehnt da und war in Schweigen verfallen.

Von der Tür zum Schacht strömte heiße Luft zu ihnen herüber, aber der Rauch war glücklicherweise versiegt. Frieda nestelte an ihrem Handy und versuchte, es in Betrieb zu nehmen, aber das Display fiel schnell wieder zusammen und der Akku gab seinen Geist auf.

»Funktioniert dein Mobiltelefon noch, Max?«, flüsterte sie in die Dunkelheit.

»Hm?«

»Nicht einschlafen, Max! Ich brauch dich noch.« Frieda rüttelte an seinem Arm.

»Was willst du, Frieda?«, war die barsche Antwort.

»Dein Mobiltelefon will ich, ich brauche eine Taschenlampe. Ich kann nicht glauben, dass es keine Möglichkeit geben soll, diese verschissene Luke zu öffnen«, knurrte sie zurück.

Umständlich zog Max sein Telefon aus der Hose und

drückte den Daumen aufs Gerät. Prompt öffnete sich ein beleuchtetes Display und Max schaltete die Handy-Taschenlampe ein.

»Danke.« Frieda riss ihm das Telefon aus der Hand. Die Ernüchterung traf sie hart, als sie sah, dass das Gerät nur noch zwei Prozent Akkuleistung anzeigte.

Sie leuchtete zur Luke empor, unter der sie zusammengekauert saßen. Sie konnte auch jetzt keinerlei Anzeichen für eine Kurbel oder eine anderweitige Entriegelungsmöglichkeit sehen. Sie stand mühsam auf und sortierte ihre schmerzenden Knochen.

»Geh nicht weg«, flüsterte Max.

»Wo soll ich hier schon großartig hingehen?«, schnaubte Frieda. »Denk lieber mal mit!« Sie rieb sich die Stirn, in der Hoffnung, dass das dumpfe Gefühl in ihrem Schädel verschwinden würde. »Überleg doch mal! Stell dir vor, du hättest das Ding hier gebaut, um dich im Notfall in Sicherheit bringen zu können – hättest du dabei an einen komplizierten Mechanismus gedacht, der dich elendig viel Zeit kosten würde, wenn du es extrem eilig hättest?« Sie tippte sich an die Stirn. »Das wäre doch vollkommen hirnrissig. Und selbst wenn dieser Ausgang erst viel später gebaut wurde als das Bergwerk, glaubst du, dass sie was mit Elektrizität genutzt haben?« Frieda leuchtete akribisch um die Luke herum. »Ich sehe keine Leitung.«

Das Licht der Taschenlampe wurde schwächer. Frieda versuchte die Wand links neben der Luke abzusuchen, aber das Licht reichte nur noch für maximal einen halben Meter und ließ rapide nach. Kurze Zeit später herrschte wieder absolute Finsternis.

»Na Klasse«, seufzte Frieda enttäuscht.

»Wir tasten uns an den Wänden entlang, bis wir uns wieder treffen.« Max stand auf, wie Frieda hörte. Seine Stimme klang lange nicht mehr so mutlos wie vorher. »Du tastest dich an der linken Wand weiter, ich nehme die rechte Wand.« Frieda spürte, wie seine Fingerspitzen die ihren berührten.

»Okay, Max. Bis gleich.«

»Wir suchen die Wand ab, soweit unsere Arme nach oben und unten reichen. Wir geben nicht auf.« Seine Stimme war nicht besonders stark, aber Frieda klammerte sich an seine Worte. Vorsichtig tastete sie die Wand weiter ab.

Nun standen sie beide für sich allein in der Dunkelheit.

*

»Herr Schröder war noch da!« Thomas Neuenschildt erschien mit einem aufgeregt dreinblickenden Mann in der Uniform eines Rangers im Bereitschaftszelt.

Alle Augen richteten sich erwartungsvoll auf den Ranger.

»Herr Schröder hat mir von einem Bunker in der Nähe berichtet!« Die Stimme des Kriminalrats kippte fast vor Aufregung.

Der Ranger nickte eifrig: »Mein Großvater hat mir von einem Bunker erzählt, der ungefähr fünf Kilometer Luftlinie von hier entfernt sein soll. Ich selbst war nie dort. Habe mir immer vorgenommen, das zu überprüfen, aber irgendwie hab ich es nicht geschafft und es ist mir auch aus dem Gedächtnis gerutscht.« Er sah sich entschuldigend in der Runde um.

»Wie kommen wir dahin?« Betty Fuchs griff sofort nach dem Strohhalm.

»Ein Bunker, Betty, ein Bunker! Du glaubst doch nicht ernsthaft, dass sich unsere Kollegen wie Wühlmäuse einen Weg von unten durch den Beton graben? Und dann auch noch fünf Kilometer entfernt?« Rolf Stein verzog das Gesicht.

»Es ist der einzige Hinweis, den wir im Moment haben.« Thomas Neuenschildt wandte sich an den Ranger. »Bitte, wie finden wir dahin?«

»Das dürfte in der Dunkelheit nicht ganz einfach sein.« Der Ranger sah die große Umgebungskarte an, die auf einem der Tische lag und zeigte auf eine Stelle. »Ungefähr hier soll dieser Bunker sein. Dort führt ein breiterer Waldweg vorbei, der von Holzarbeitern genutzt wurde, bevor das gesamte Gebiet zum Nationalpark erklärt wurde.«

Alle standen um die Karte herum und starrten auf den Punkt, auf dem der Finger des Rangers lag.

»Aber wie kommen wir dahin?«, fragte Thomas Neuenschildt nochmals. »Also, Herr Schröder?«

»Der Weg war früher nur über eine Anfahrt aus Belgien möglich. Vielleicht ist er gar nicht mehr befahrbar«, sinnierte der Ranger vor sich hin.

»Das werden wir feststellen.« Rolf Stein griff nach seiner Jacke und suchte den Autoschlüssel.

»Sie brauchen vermutlich ein geländegängiges Fahrzeug«, gab der Ranger zu bedenken.

»Das wird doch wohl irgendwo aufzutreiben sein.« Stein klimperte ungeduldig mit den Schlüsseln.

»Gut.« Thomas Neuenschildt atmete durch. »Du und Peter, ihr nehmt den Weg von der belgischen Seite, während einer der Streifenbeamten draußen den organisatorischen Teil für euch klärt, damit ihr euch nicht mit der Beschaffung eines geeigneten Fahrzeugs aufhalten müsst. Und wir gehen zu Fuß durchs Gelände.« Er sah von Betty zum Ranger. »Wir brauchen starke Taschenlampen.«

»Ich komme mit!« Lars sprang auf.

»Herr Dr. Schneider, Sie bleiben hier am Stützpunkt! Wer weiß, wofür wir Sie später noch brauchen.« Rigoros wies Neuenschildt den Gerichtsmediziner in die Schranken.

»Aber …«

»Kein Aber, Dr. Schneider.« Damit war der mögliche Einwand vom Tisch und Lars ließ sich auf seinen Stuhl zurücksinken.

»Kommen Sie!« Der Ranger wandte sich zum Gehen. »Ich habe noch einige Taschenlampen in meinem Wagen, allerdings denke ich, Ihre Augen werden sich schnell an die Dunkelheit gewöhnen, denn wir haben Glück.« Er zeigte nach oben. »Die Wolken haben sich verzogen und uns leuchtet der Mond.« Er zückte ein GPS-Gerät und gab die Koordinaten ein. »Aber anfangs nutzen Sie ruhig ihre Taschenlampen.« Er lächelte die beiden Kriminalbeamten an, während Stein und Sommer draußen in einen eilends bereitgestellten Geländewagen stiegen und mit aufheulendem Motor los jagten.

*

Langsam arbeiteten sich Frieda und Max vorwärts, ihre Hände glitten dabei ununterbrochen über die Wand und manchmal blieben sie an einem vorstehenden Stein oder einer Schraube hängen und fluchten leise.

»Frieda, ich kann nicht mehr.« Max ließ sich offensichtlich zu Boden sinken.

»Du kannst noch nicht schlappmachen!« Frieda rieb sich wieder über die Stirn. Ihr Kopf fühlte sich inzwischen wie unter einer Käseglocke an und sie spürte deutlich, wie der Sauerstoffgehalt in der Luft immer geringer wurde.

Max gab keine Antwort.

»He«, rief Frieda in die Richtung, in der sie Max vermutete. »Steh auf!« Aber Max antwortete nicht.

»Verdammt, Max, wie soll ich das hier ohne dich schaffen?« Frieda weinte leise und lauschte in die Finsternis, bis sie zu ihrer Beruhigung seine leisen Atemgeräusche vernahm.

Sie drehte sich wieder zur Wand und suchte weiter. Immer wieder presste sie ihre Stirn an die Steine, in der Hoffnung auf Linderung ihres Druckgefühls im Kopf. Sie spürte deutlich, dass auch sie nicht mehr lange durchhalten würde und sich ihre Kräfte und ihr Wille, weiterzumachen, verabschiedeten.

Sie dachte an Lars, während ihre Hände automatisch die Wand entlangfuhren. Würden sie es schaffen, lebend aus diesem Desaster herauszukommen? Würde sie ihn wiedersehen? Und was wäre dann?

Frieda lächelte und stellte sich vor, wie sie ihn küssen und in den Armen halten würde.

»Autsch«, entfuhr es ihr unwillkürlich. Sie war mit dem kleinen Finger an einen metallischen Gegenstand gestoßen. Frieda holte tief Luft und rieb sich den Finger. Dann ertastete sie ein abgerundetes Metallrad, ungefähr so groß wie ihre Hand. Sie legte beide Hände darum und versuchte es erst nach links, dann nach rechts zu drehen. Aber es bewegte sich nicht.

»Max!«, schrie Frieda in die Finsternis hinein. »Wach auf!« Sie schluchzte auf. »Wie soll ich dich denn jetzt finden? Ich brauche dich hier!«

ABER Max antwortete nicht. Frieda überschlug schnell die Möglichkeiten, die sie hatte. Sie würde viel Zeit damit verbringen, sich an der Wand zurückzutasten, um dann was festzustellen? Sollte Max tatsächlich das Bewusstsein verloren haben, würde sie ihm ohnehin schlecht helfen können.

Okay, dann musste sie es eben allein schaffen. Frieda mobilisierte die letzten Kräfte und versuchte, das Rad nach links zu drehen. Bildete sie sich das nur ein, oder bewegte sich das Rad tatsächlich? Sie legte wieder alles in eine nächste Bewegung und wirklich, das Rad bewegte sich! Dazu hörte sie ein leises Schaben und sie meinte, einen Luftzug zu spüren. Sie setzte ungeahnte Kräfte frei und kurbelte nun wie wild. Die Luke schob sich langsam zur Seite. Fahles Mondlicht drang in die Finsternis und brachte frische Luft mit.

Frieda schluchzte auf und brach in hysterisches Weinen aus. Sie ließ sich langsam zu Boden gleiten und streckte alle viere von sich. Die Luke hatte sich zu einem Spalt von ungefähr einer Handbreit geöffnet und Frieda schloss erschöpft die Augen. Nur einen Moment ausruhen, das war alles, was sie jetzt brauchte.

*

Der Ranger behielt recht. Schnell hatten sich die Augen der Beamten an das fahle Licht gewöhnt und die Lampen kamen nur noch sporadisch zum Einsatz. Ruhig und gleichmäßig bahnten sie sich ihren Weg durch den Wald, folgten dem Ranger vertrauensvoll und ignorierten die Geräusche der Waldtiere um sie herum.

Neuenschildt und Betty Fuchs warfen abwechselnd Blicke auf ihre Armbanduhren, die beide über ein beleuchtetes Zifferblatt verfügten. Sie waren fast eineinhalb Stunden unterwegs, als der Ranger stehen blieb. Er schaute konzentriert auf sein GPS-Gerät.

»Unser Ziel müsste in der Nähe sein.« Er sah auf, schaltete seine Stablampe ein und ließ den Lichtkegel im Kreis wandern. Die anderen beiden waren von dem plötzlichen Licht überrascht und blinzelten angestrengt.

»Ich sehe nichts als Bäume und kleine grüne und rote Lichter,« stellte Betty konsterniert fest.

»Sie sehen das reflektierte Licht von Tieraugen, hier ist man nie allein.« Der Ranger lächelte.

»Wie sollen wir in dem Dickicht hier irgendetwas finden?« Thomas Neuenschildt ließ seine Lampe kreisen.

»Hier ist ein Trampelpfad!«, rief Betty Fuchs, die nicht stehen geblieben war, aufgeregt.

Der Ranger war zuerst bei ihr und ging in die Knie. »Der Weg ist nicht von Tieren niedergetrampelt worden«, stellte er fest. »Dafür ist er zu breit.« Er richtete sich wieder auf.

»Sehr gut«, freute sich Thomas Neuenschildt. »Wir teilen uns auf. Sie, Herr Schröder, gehen nach rechts, meine Kollegin und ich nach links.«

»Nehmen Sie die.« Der Ranger gab Betty eine Pistole mit Leuchtmunition. »Schießen Sie eine Rakete ab, wenn Sie den Bunker finden. Ich komme spätestens dann zurück zu Ihnen.«

Der Ranger sah Betty und Neuenschildt nach, die im dunklen Wald verschwanden. Das Licht ihrer Lampen hüpfte noch eine Weile durch die Bäume, dann waren sie nicht mehr zu sehen. Er machte sich auf den Weg in die andere Richtung.

Nach fünf Minuten stieß der Trampelpfad auf einen breiten, gut befestigten Waldweg, auf dem mehrere Reifenspuren zu sehen waren. Der Ranger hörte einen Motor aufheulen, bevor er die Scheinwerfer eines Fahrzeuges entdeckte, das langsam den Weg heraufkam und direkt vor ihm anhielt.

Im selben Moment, in dem Stein und Sommer aus dem Geländewagen ausstiegen, schoss eine Leuchtrakete in den Himmel und tauchte das Waldgebiet in ein taghelles Licht.

*

Frieda spürte einen stärkeren Luftzug und öffnete mühsam die Augen, schloss sie aber sofort wieder, denn sie blickte direkt in den Lichtkegel einer Taschenlampe.

»Da ist Frieda!«, hörte sie die Stimme ihrer Kollegin Betty Fuchs, die sofort ihre Lampe zur Seite drehte. Frieda war zu erschöpft, um zu reagieren, aber nach einem Moment hörte sie, wie die Luke über ihr sich knirschend bewegte. Schließlich hielt ihr jemand eine Wasserflasche an den Mund und sie trank gierig. Dann schlug sie die Augen auf.

Eine schemenhafte Gestalt hockte neben ihr, eine andere kroch an ihnen vorbei. Frieda öffnete den Mund.

»Max«, flüsterte sie. »Was ist mit Max?«

»Er ist bewusstlos«, hörte sie Neuenschildts Stimme. »Aber er lebt!«

Später erinnerte Frieda sich daran, wie sie durch die Luke geschoben und gezogen wurde.

Erst in einem Rettungswagen wurde sie wieder wach. Sie lag auf einer Trage und hatte einen Tropf angelegt. Neben ihr hockten ein Sanitäter und Betty, die sie intensiv anstarrte.

»Wo ist Max?«, fragte sie leise.

»Im anderen Wagen, er braucht offensichtlich etwas länger als du, um wieder zu Verstand zu kommen.« Betty lächelte schief.

»Männer eben …«, gab Frieda zurück und grinste gequält. »Wird er wieder?«

»Klar, mach dir keine Sorgen.« Betty strich ihr sanft über die Hand.

»Er hat einfach gar nichts mehr gesagt und ich habe ihn in der Dunkelheit nicht mehr gefunden. Das hätte echt schlimm ausgehen können.« Frieda legte ihre Hand auf Bettys. »Danke.«

*

»Hipp hipp, hurra,« scholl es Frieda und Max entgegen, als sie wieder zum Dienst erschienen.

»Das ist lieb von euch, aber so besonders erfolgreich waren wir ja nicht.« Frieda sah zu Max.

»Wie ihr wisst, haben wir den Kollegen Wüst nur noch tot aufgefunden. Die Art und Weise der Auffindung habt ihr sicherlich in unserem Bericht gelesen.«

Die anderen nickten stumm mit den Köpfen.

»Unseren Ermittlungen nach sind nach euch keine Überlebenden mehr aus den Stollen herausgekommen.

Wer vor euch das Bergwerk verlassen hat, konnten wir noch nicht feststellen.« Thomas Neuenschildt hatte in der Zwischenzeit die Leitung des Teams übernommen. »Die Kolleg*innen der Spurensicherung gehen davon aus, dass es noch Wochen dauern wird, Spuren zu sichern und auszuwerten. Dafür muss, soweit es möglich ist, ein Stützgerüst eingezogen und jede Menge Schutt abgetragen werden.«

»Wir gehen allerdings nicht davon aus, dass wir noch irgendeinen Hinweis auf den Verbleib von Frau Doktor Sonntag und die anderen vermissten Personen finden werden.« Betty Fuchs hob bedauernd die Schultern. »Aber Grewen hat die Gesichtsrekonstruktion genehmigt, und der von dir, Max, genannte Epithetiker hat seine Arbeit gemacht. Heute hat er uns dieses Bild von dem hergestellten Kopf geschickt.« Sie schob ein Blatt über den Tisch und Frieda sah in das Gesicht eines blonden Mädchens mit Zöpfen, das schüchtern den Betrachter ansah.

»Was ist aus der DNA in den Haarwurzeln geworden?«, fragte Frieda.

»Doktor Schneider konnte die DNA in Fragmenten wiederherstellen. Wir müssen zur Absicherung den Eltern das Bild vorlegen.« Neuenschildt sah Frieda abwartend an.

»Das werden wir übernehmen.« Sie sah zu Max, der nickte. »Wir hatten den Kontakt mit ihnen und werden es auch zu Ende führen.«

»Das habe ich nicht anders erwartet.« Neuenschildt stand auf. »Ab jetzt übernimmst du wieder die Leitung, Frieda.«

*

Die Kriminalbeamten saßen wieder im Wohnzimmer der Morgenthalers, die sie mit bangem Blick ansahen.

»Sie wissen, dass sich an dem Schädel, der hier in den Rüben gefunden wurde, eine geringe Menge an Haaren befunden hat. Es konnte nur eine fragmentierte DNA-Struktur sichergestellt werden. Um aber eine mögliche Identifizierung abzusichern, wurde das Gesicht rekonstruiert. Sie wurden in dem Zusammenhang nach der Augen- und Haarfarbe, ebenso nach der Frisur ihrer Tochter Ann-Christin gefragt.« Frieda räusperte sich und öffnete das Foto auf ihrem Handy. »Wenn Sie sich dazu in der Lage fühlen, bitten wir Sie, sich das Bild anzusehen.«

Sie schob das Handy über den Tisch.

Frau Morgenthaler wich zurück, während der Vater vorsichtig die Hand ausstreckte. Langsam drehte er das Foto zu sich und Tränen liefen über sein Gesicht.

»Ja,« stockte er, »… das Kind hier hat sehr große Ähnlichkeit mit unserer Tochter.«

Frau Morgenthaler nahm ihrem Mann das Handy aus der Hand und seufzte laut auf. Sie presste das Handy an ihr Herz und weinte leise. »Das ist unsere Tochter«, presste sie kaum hörbar hervor.

Nachdem Frieda und Max einige Zeit schweigend das Leid der Eltern geteilt hatten, standen sie wie auf ein geheimes Zeichen gleichzeitig auf.

»Ich brauche mein Handy zurück, Frau Morgenthaler.« Frieda streckte die Hand aus.

Herr Morgenthaler brachte sie zur Tür. »Wann kommt …,« er schluckte, »… unsere Tochter nach Hause?«

»Mit den Formalitäten können Sie ein Beerdigungsinstitut beauftragen. Die werden Ann-Christin aus Köln abholen und Sie können sie beerdigen.« Frieda sah ihn mitfühlend an.

»Danke. Wir brauchen einen Ort, an dem wir trauern können, sonst haben wir hier bald keine Luft mehr zum Atmen.« Herr Morgenthaler schloss die Tür leise hinter ihnen.

»Puh, wie ich das hasse«, stöhnte Max auf, als er sich in die Polster des Dienstwagens fallen ließ.

»Ja, es gibt, weiß Gott, Schöneres.« Frieda sah zum Haus, während Max den Wagen langsam von der Auffahrt rollen ließ.

»Ich werde wieder zum Landeskriminalamt zurückgehen, mal sehen, ob sie mich noch mal in eine aufregende Sonderkommission stecken.« Der Wagen glitt an der Burg vorbei und nahm Fahrt auf.

»Was ist eigentlich aus deinem Verliebtsein geworden? Lars deutete mir gegenüber schon an, dass du weiterziehen würdest.«

»Na ja, andere Mütter haben auch interessante Söhne.« Max lachte leise.

»Und was ist mit den Töchtern?« Frieda sah ihn an.

»Viel zu anstrengend. Außerdem ist die, für die ich mich erwärmen könnte, unerreichbar.«

Für einen kurzen Moment schien die Luft im Wagen zu vibrieren, und Frieda warf Max einen schnellen Blick zu. Dieser sah starr geradeaus, und bevor Frieda etwas sagen konnte, fragte Max: »Was liebst du eigentlich an Lars?«

Frieda sah ihn erstaunt an und antwortete spontan: »Ich mag seinen Humor, seine Unbekümmertheit in vielen Dingen, seine Verletzlichkeit hinter all den coolen, und zugegeben teilweise auch recht blöden Sprüchen. Sein

Lächeln bringt mich um den Verstand und er kann teuflisch gut Kochen.« Frieda lachte auf. »Du hast ja selbst von seinem Hüftgold gesprochen, das sich allmählich zeigt.«

»Ja, stimmt.« Nach einer kurzen Pause fügte er hinzu: »Eigentlich schade, dass eine Ménage-à-trois nicht möglich ist.« Max schaute Frieda an, die nun ihrerseits starr durch die Windschutzscheibe blickte und sich eines Kommentares enthielt.

»Wie wird es mit euch weitergehen?« Max überspielte das Schweigen.

»Ich weiß es noch nicht,« Frieda lächelte. »Lars und ich schauen uns zwar heute eine Wohnung an, aber im Moment fühlt es sich für mich noch nicht richtig an, zusammenzuziehen.« Frieda holte Luft. »Warum bleibst du nicht bei uns in Köln?«

Lächelnd fügte sie hinzu: »Wir sind doch ein tolles Team.«